D1664652

VERLAG KLINGENBERG
GRAZ

Jim Palmenstein

XENIA

Die Aufzeichnungen des Bob Nemo

Edition Palmenstein
Feuer, Sturm und Schaum Poesie

(es klopft an der Tür)

Xenia. Herein?

Bob. Guten Tag. Bin ich hier richtig bei, ähm, Frau Panama...

Xenia. Xenia Panagiotopoulos. Richtig. Machen wir es kurz. Sie dürften Bob Nemo sein, sind etwa sieben Minuten zu spät, und mein vollständiger Name lautet Xenia. Den anderen können Sie sich sparen, den kann sowieso hier keiner richtig aussprechen. Alle hier nennen mich Xenia.

Bob. Ähm, ja., ich..

Xenia. Worauf warten wir? Nehmen Sie Platz! Schön, daß Sie angeklopft haben.

Bob. Sie haben mich sicher durch Ihr Optisierungsgerät auf Ihrem Laptop bereits durch den Gang kommen sehen, nicht wahr?

Xenia. Das Gerät ist hier meistens ausgeschaltet, was hätte ich zu befürchten?

Bob. Naja, mich zum Beispiel. Man hält mich hier unter Quarantäne und...

Xenia. Die Bestimmungen. Die dürften Ihnen bekannt sein. Es ist nichts Persönliches. Ein Gefährder sind Sie zumindest mal nicht. Und ich kenne Ihre Aktendatei. Alles gut.

Bob. Und wann komm ich wieder raus?

Xenia. Wenn wir hier fertig sind.

Bob. Sie entscheiden das?

Xenia. Ha! Sind Sie aber neugierig.

Bob. Na, klar. Verzeihen Sie meine Neugier! Und ja, aus meinem Vorladungsschreiben von heute morgen geht hervor, daß - Sie - die Fragen stellen, oder? Ich möchte Ihnen gleich mitteilen: Ich kooperiere. Mit Ihnen. Mit jedem hier. Denn ich möchte raus!

Xenia. Haha! Sie glauben also, kooperieren reicht? Na, dann wollen wir doch mal sehen!

Bob. Xenia ist übrigens ein äußerst seltener Name hier im Sektor Vier...

Xenia. Oh weh! Jetzt kommen wohl gleich Komplimente? Was haben wir denn hier? Aus dem Gutachten geht hervor...

Bob. Eine wichtige Frage noch! Bevor wir hier loslegen..

Xenia. Ja?

Bob. Der schwarze Vehiculator auf Parkplatz 7!

Xenia. ...bitte was?

Bob. Ja. Der schwarze mit dem etwas prallen Gesäß, ja! Also, das Gesäß der Karosserie besteht aus den abwärts gebogenen Flügeln der Radabdeckung über den breiten Hinterreifen und dem ein wenig angehobenen Heck! Dann der elegante Hüftschwung vom Heck hinüberfließend zur tiefliegenden Zweisitzer-Fahrerkabine, die sich nach vorne hin verjüngt zur scharf-aggressiven und enorm schnittigen

Motorhaube. Dabei ist der Corpus der Karosserie insgesamt doch schmal, eben nicht allzu breit und ist aufgelockert durch mal konkave, mal konvexe wellenartige Oberflächengestaltung, vor allem an den Seiten, mit einigen sparsam verwendeten kantigen Stilelementen. Das ganze Teil wirkt somit äußerst dynamisch, entbehrt aber nicht einer gewissen Strenge! *(er formt Kurven mit den Händen)*

Xenia. Woher wissen Sie, daß es meiner ist?

Bob. Meine Zelle liegt gegenüber des Parkplatzes, und das müßten Sie eigentlich wissen..

Xenia. Ah!

Bob. ..und ich beobachte Sie von dort von Zeit zu Zeit..

Xenia. ..von Zeit zu Zeit!? Haha! Ich verstehe. Sie sehen also auf Ihre Uhr, und schauen, wann ich komme und wann ich das Gebäude verlasse.. Versteh ich das richtig so!? Ja?

Bob. Naja, man hat den ganzen Tag wenig zu tun, außer Turnhalle und Hofgang.

Xenia. Aus Ihrem Gutachten geht hervor...

Bob. Aber warum schwarz? Jeder hier fährt entweder einen roten, blauen, oder gelben Vehi, manche einen knallbunten Papagei, hahaha! Gut, das sind keine Dinger mit solchem Spezialdesign, wie der Ihrige, aber warum nicht wenigstens ein bißchen dunkles, aber von innen heraus leuchtendes Tiefblau, hab ich öfters gedacht, aber nun, Ihre Kleidung ist auch ganz streng tiefschwarz, und der hell schimmernde Silberschmuck dazu. Dunkelblaue Augen. Und Ihr leuchtend rotes Haar, zu einem gestrengen Dutt aufgeflochten! Das herbe Parfum! Paßt alles zu Ihrem Fortbewegungs-Apparat da unten. Und Ihre Sommersprossen! Also, wenn Sie mich fragen, ähm...

Xenia. *(knallt laut und heftig mit der flachen Hand auf den Tisch, daß es schallt)* Schluß jetzt. Ich glaube, Sie spinnen, ja? Nennen Sie das kooperieren, mich hier permanent anzugraben? Ich sag Ihnen was: Sie sind jetzt muckmäusjenstill, und über meine Kleidung, meinen Vehiculator, über meinen Hüftschwung, meine Haarfarbe und Schmuck will ich hier kein Wort mehr hören. Sonst laß ich Sie 'rüberbringen in Ihre Zelle, dann können Sie meinetwegen dort brummen bis zum Sankt Nimmerleinstag. *(sie hebt gestreng den linken Zeigefinger)* Und wagen Sie es nicht, jetzt auch nur eine Sekunde Ihren Gesichtszügen zu erlauben, in ein dreckiges Grinsen zu entgleisen, ich seh Ihnen an, daß Sie das alles hier auch noch lustig finden.

Bob. Einverstanden. Tut mir leid. Und bitte: Dreckig wollte ich nicht grinsen, ich wollte Sie anlächeln! Nicht auslachen.

Xenia. Eigentlich interessiert mich nicht im geringsten, wie Sie gerade lächeln oder lachen wollten. Verflucht nochmal hier! Wir machen jetzt sofort Ihr Gutachten! Auf ein neues, Bob Nemo. Okay. Nemo, Bob. Geburtsort: Bad Rübenthal an der Wurz. Jahrgang: 2038 – Oh, da sind Sie sieben Jahre älter als ich! Sieht man Ihnen nicht an! – Muttersprache: Deutsch. Fremdsprachen: Russisch. Englisch. Ungarisch. Kann das Französische lesen, aber nicht sprechen. Armeeangehöriger der Sicherheitsabteilung. Wurde am Fallschirm über menschenleerem Gebiet abgesetzt, mit dem Ziel verdeckte Ermittlungen durchzuführen. Des weiteren geht hieraus hervor: Physischer Entzug nach den Opiaten, die ihm als Gefangener auf den Sklavenmärkten der Zornigen Allianz zusammen mit komplexen

Mischungen halluzinogener Substanzen durch intravenöse Infusionen verabreicht wurden ... Furchtbar, diese elenden Vollidioten, Unmenschen dort! ..weiter: Kein psychischer Entzug festzustellen, kein weiteres Verlangen nach Betäubungsmitteln dieser Art. – Das ist schon mal ganz in Ordnung – Keine psychischen Veränderungen nach Entzug und eingehender Prüfung und Tests durch ein Spezialistenteam. Super. Schrieb mehrere Situationsberichte und Einschätzungen über die politische und humanitäre Situation in den Gebiets-Zonen 12, 18 und 23, die durch Satellitenfilme und andere Quellen vollkommen verifiziert wurden, jedoch wertvolle, bislang unbekannte ergänzende Details enthielten. Gut. Konnte zur Hauptinformationsquelle aber nicht vordringen. Ziel war es, Hauslehrer in einer Villa der Oberen Kaste in den Gebieten der Aggressoren zu werden. Naja, Pech gehabt. Wenigstens sind Sie ziemlich unversehrt am Leben geblieben! Wurden Sie sexuell mißbraucht?

Bob. Leider ja.

Xenia. Mist!

Bob. (*Achselzucken*)

Xenia. Körperlich anderweitig mißhandelt?

Bob. Nein.

Xenia. Wie genau hab ich das hier zu verstehen: »Gefangen vor der Enttarnung« ...

Bob. Mein kleines Funkgerät hat mich verraten. Gefangengenommen wurde ich bereits vor meiner Enttarnung, müssen Sie wissen. Aber als sie mich dann nackt ausgezogen hatten ..naja.. einen subkutanen Chip wollte ich nicht, den hätten die auch bald mit einem Detektor entdeckt..

Xenia. Ja, steht hier alles! Jetzt versteh ich. Sie fangen

und versklaven ja nicht selten Wanderarbeiter oder Land-
streicher.

Bob. ..und um überhaupt in diesem Gebiet unerkannt
voranzukommen, verdingte ich mich zuerst als Wanderarbeiter, genau. Was man mir nicht gesagt hat, ist, daß
längst alle Hauslehrer in Schlössern und Villen...

Xenia. ...ist das wahr?

Bob. Ja, sie kastrieren die Sklaven, die Hauslehrer werden sollen, wenn sie es nicht schon sind. Also, ich hatte
wahnsinniges Glück.

Xenia. Hier steht: Verstößt durch Patzigkeiten und
Witze in ernsten Angelegenheiten zuweilen gegen Konvention und Grundsitten. Prädikat: Harmlos. Mängel bei der
Beibehaltung der Disziplin durch Neigung zu Assoziation
und Abschweifung. Innerhalb der Erfüllung der Aufgaben
jedoch allzu detailversessen. Gute Ergebnisse bei kogniti-
ven Transferleistungen. Exzellente Kombinationsbegabung
vorhanden, wird gelegentlich jedoch paranoid. Prädikat:
Disharmonisch und unausgeglichen. Bedenklich ist eine
Schwäche für Alkoholika. Liest gerne und schätzt Musik,
verliert sich aber zuweilen darin.

Bob. Und darum komm ich nicht raus?

Xenia. Bob Nemo! Der Gedankenscanner stellte in
Ihren Hirnarealen Reaktionsmuster fest, die man nur in
der Erinnerung an freundschaftliche Verhältnisse entwik-
kelt. Und zwar immer dann, wenn Sie mit Ihrer Zeit in den
Gebieten der uns feindlich gesonnenen *Zornigen Allianz*
konfrontiert werden. Klingelt da vielleicht was bei Ihnen?

Bob. Glücklicherweise fand ich dort einige wenige sehr

herzliche Menschen, mit Verantwortungsgefühl und reger Hirntätigkeit...

Xenia. Das verstehe ich. Man will jedoch wissen, ob Sie hierdurch in Versuchung waren..

Bob. Ich erhielt meine Scheinidentität bis zur Enttarnung trotzdem aufrecht! Dazu wäre mir manchmal gar nicht geglaubt worden, wenn ich über meine wahre Tätigkeit dort etwas ausgeplaudert hätte. Die Leute erzählen sich augenzwinkernd gegenseitig alles mögliche über sich. Es gibt dort sehr wilde Gegenden. Viele streuen bewußt Gerüchte über sich.

Xenia. Schreiben Sie über diese Dinge einen Bericht. Ich muß Sie darauf hinweisen, daß Sie bisher nicht kooperierungswillig waren! Nämlich durch genaueste Angaben über diese Vorfälle. Und genau darum sitzen Sie nämlich noch ein. Dann aber weigern Sie sich offenbar, an einer Wiedereingliederungs-Maßnahme in unsere komplett andere Gesellschaftsform teilzunehmen...

Bob. Hören Sie, Xenia, ich bin nie eingliederungsfähig gewesen. Ich bin reinlich, ich putze täglich die Zähne und verstehe mit Messer und Gabel zu essen. Ich vergewaltige und beleidige niemanden, und klaue nicht. Reicht das denn nicht?

Xenia. Nein, das reicht nicht. Gehen Sie jetzt zum Wachpersonal unten, die bringen Sie in Ihre Zelle zurück.

Bob. He! Verdammt! Na gut. Ich hab's versucht. Mist. Ich schreib den Bericht. Darf ich jetzt gehn?

Xenia. Ja. Sie hören dann von mir..

Bob. Wiedersehn, Xenia.. *(geht zu Tür)*

Xenia. Bob?

Bob. Was gibt es denn noch?

Xenia. Nichts. Ich hol Sie hier raus! Versprochen! Ihre Wiedereingliederung übernehme ich persönlich.

Bob. Wie jetzt das? *(kratzt sich hinterm rechten Ohr)*

Xenia. Gehen Sie jetzt. Meine Vorliebe für schwarz braucht Sie nicht zu irritieren, Bob. Man muß sich entscheiden, ob man Erkenntnis möchte oder an der bunten Oberfläche treiben will. Schwarz ist ein Sinnbild dafür, daß man alle Hoffnung aufgegeben hat ... und das habe ich. Um der Erkenntnis willen. Und ich habe Menschenkenntnis. Gehört dazu!

Bob. Xenia, Sie sind wirklich sehr ernst. Also, wenn Sie mich fragen ..

Xenia. Raus jetzt! Kein Wort mehr! Raus! Sie hören von mir!

Bob. Wissen Sie, ich geh draußen zu Fuß. Ich besitze gar keinen Vehiculator ... und auch erst recht keinen papageienfarbenen...

Xenia. Raus! *(steht auf und knallt die Tür zu)*

IN DEN ERSTEN JAHRZEHNTEN eines hoffnungsvoll begonnenen dritten Jahrtausends war ein politischer Menschheitstraum in Flammen aufgegangen. Der Brand wurde jedoch gelöscht und die Demokratie abgeschafft.

Mehrere ehemalige Staaten gründeten gemeinsam das globalwirtschaftliche und militärische *Republikanische Bündnis für Erdbeglückung*, dessen Hoheitsgebiete in dreißig unterschiedliche Verwaltungssektoren aufgegliedert wurden, ursprünglich je nach Intensität des zu löschenden politisch-populistischen Brandherds.

Wahlen, Wahlrecht und Meinungen sind abgeschafft. Die Todesstrafe bleibt weiterhin abgeschafft.

Die Legitimation, durch Meinungen am politischen Wettbewerb teilnehmen zu können, ist aufgehoben. Meinungsbildung ist legitim, doch allein Privatsache. Sie fällt unter das Recht auf Persönlichkeitsentwicklung und ist dennoch durch die Verpflichtung aller zur Teilnahme an Weiterbildungsmaßnahmen öffentlich zu fördern.

Erklärtes Ziel des *Republikanischen Bündnisses für Erdbeglückung* ist es, den durch die Demokratie nicht mehr gewährleisteten Zustand der Einhaltung der Grundrechte ein für allemal festzuschreiben. Menschenwürde. Ein Leben in Frieden geschützt durch ein Gewaltmonopol. Gleichbehandlung aller bezüglich Geschlecht, Abstammung, Sprache, Heimat und Herkunft, Haarfarbe, Hautfarbe, Versehrung und Behinderung, Glauben und Meinung, persönlichem Entwicklungsstand, Bildungsgrad. Recht auf Freizügigkeit, Eigentum, Unverletzlichkeit der *Privaten Isolativität*, des individuell persönlichen Lebensbereichs..

Der antiquarische Rassebegriff ist endgültig abgeschafft. Fixation auf phänotypische, sogenannte »Rassenmerkmale« ist nicht nur genetisch besehen irrelevant, sondern behindert auch im Rahmen konventioneller Umgangsformen die zwischenmenschlichen Wahrnehmungen wesentlicher individueller Persönlichkeitsmerkmale.

Toleranz besteht, insofern alle entwicklungsfähigen Prozesse einer Meinungsbildung zu (u. a. naturwissenschaftlich) belegbarem und verifizierbarem Faktenwissen führen. Geisteswissenschaften sind spezielle künstlerische Ausdrucksformen ohne konkrete politische Relevanz.

Naturwissenschaft und die Vernetzung aller Individuen durch den Markt sind Grundlage der öffentlichen Ordnung.

Volle Gedankenfreiheit besteht hinsichtlich konstruktiver Gedanken. Destruktive Gedanken tragen das Siegel künstlerischer Freiheit. Wer destruktiven Gedanken politische Relevanz zuspricht, wird stufenweise sanktioniert. Näheres regeln Gesetze.

Das Gewaltmonopol liegt bei den Elitären des Hohen Rates. Dieser wählt seine Mitglieder aus den Räten der Subelitären aus. Die Subelitären rekrutieren sich aus den Bildungsakademien der Stiftungsfonds, deren Hauptanteile aus marktführenden Konzernen diesen Fonds zufließen. Konzerne, Zusammenschlüsse kleinerer Unternehmen, Hoher Rat und die Gesandten aus den Räten der Subelitären gestalten Lehrpläne und Bildungskonzepte immer neu und den aktuellen Anforderungen entsprechend. Die Protokolle ihrer Sitzungen sind sämtlich öffentlich zugänglich.

In den Bildungssystemen wird durch Notenkonkurrenz selektiert. Gefördert wird selbständiges Arbeiten am

Bildungserwerb. Erfolgreiche erhalten mehr Privilegien. Erfolglose bedürfen der Leitung und Führung.

Auf der anderen Seite scheidet der Markt aufgrund von Bedürfnis und Nachfrage erfolgreichere und erfolglosere Individuen. Individuum, Kreditwesen und Markt werden durch das Gewaltmonopol vor sich selbst und vor schädlichen, kriminellen Auswüchsen geschützt. Näheres regeln Gesetze.

Ideal des Hohen Rates ist die Ausbildung objektiver und unbestechlicher Menschenliebe.

Beigetreten sind dem *Republikanischen Bündnis für Erdbeglückung* fast alle der ehemaligen Staaten, in denen zuvor eine Variante der Demokratie herrschte.

Alle autoritär-totalitaristischen Staaten, monolithischen Präsidialsysteme, Oligarchien, Monarchien und andere privatisierte Gebiete, die von Kriegsherren und Rebellengruppierungen besetzt worden waren, bis auf eine gewaltige Großmacht im Fernen Osten, schlossen sich empört zur *Zornigen Allianz* zusammen und warfen dem *Republikanischen Bündnis* für Erdbeglückung vor, man habe eine Diktatur errichtet, um alle Menschen des Planeten zu versklaven.

Kein territoriales Konstrukt konnte sich der äußerst aggressiven Polarisierung dieser neuen Weltordnung entziehen. Wer nicht zum *Republikanischen Bündnis für Erdbeglückung* Zuflucht nahm, war augenblicklich vom Einmarsch der *Zornigen Allianz* bedroht, die in all ihren neubesetzten Gebieten rabiat und mit offener oder verdeckter Gewaltandrohung sofort »Freie demokratische Volksabstimmungen« erzwang.

Die Großmacht in Fernost, die den Rest des Planeten hielt, hatte anfänglich den Eliten des Hohen Rates des *Republikanischen Bündnisses für Erdbeglückung* zur Überwindung einer Gesellschaftsform der Schwäche gratuliert, den Untergang westlicher Demokratien begrüßt und sogar gefeiert. Doch bald darauf, als nach der politischen Wende unzählige Menschen asiatischer Herkunft in den Republiken Asyl beantragten und deren Firmenfilialen sich von den Mutterfirmen loskauften, hätte es fast Krieg gegeben. Der Ferne Osten schottete sich ab, schloß sämtliche Internetverbindungen, sicherte die Grenzen, rüstete auf und kritisierte, daß ein System der Starken Hand seine Untertanen in Sittenverwahrlosung und Barbarei knechte, weil man weiterhin den Konzepten folge, an denen bereits die sogenannte Demokratie gescheitert sei. Das älteste Kulturvolk allein sei nun der Hüter der Zivilisation und besäße den Schlüssel zum Weltfrieden. Der Drache könne notfalls zweihundert Jahre warten, bis die Barbarei beider Systeme, der technisch überlegenen, doch sittenlosen Republiken und die in kriegerischen Machtphantasien schwelgenden Allianz, einander aufgefressen hätten. Damit ein Gleichgewicht im Ringen der dekadenten Streithähne erhalten bleibe, knüpfte die strikt neutrale fernöstliche Friedensmacht mit den wirtschaftlich und technologisch unterlegenen Gebieten der *Zornigen Allianz* herzliche Handelsbeziehungen an, unterstützte dort die Bewahrung und den Neuaufbau von Infrastruktur, kooperierte jedoch geheimdienstlich intensiv mit dem *Republikanischen Bündnis für Erdbeglückung*, um diese über Intrigen und Machenschaften, Kriegsherrinnen und Oligarchen auf dem Laufenden zu halten.

Die anfängliche Hoffnung des *Republikanischen Bündnisses für Erdbeglückung* auf ein Zerbröckeln der *Zornigen
Allianz* war somit in weite Ferne gerückt.

Während der inzwischen eingestellten Ermittlungen in
einem mysteriösen Mordfall fand ein einfacher Polizist in
einem verlassenen und längst von Einbrechern verwüste-
ten Wohnprovisorium handschriftliche Aufzeichnungen.
Es ist unklar, ob hier ein bedauernswerter und alkoholi-
sierter MPU *(Mitmensch in prekären Umständen)* schriftstel-
lerischen Phantasien frönte, oder ob es sich um eine Quelle
handelt, in der ein Betroffener über tatsächliche Gescheh-
nisse reflektiert. Die Aufzeichnungen wurden selbstverständlich sofort »aus Sicherheitsgründen aufgrund sittli-
cher Bedenken« beschlagnahmt. Und verschwanden spurlos unter einem Datei-Rückverfolgungs-Löschbefehl. Das
heißt, eventuelle Kopien wurden auf allen erreichbaren
Sticks und in sämtlichen Rechnern durch Fahndungs-
software aufgespürt und neutralisiert. Doch der Polizist
war Hobbyphotograph und fertigte mit analogem antiken
Filmmaterial Negative der Aufzeichnungen an, die nach
dessen Ableben vom Sperrmüll auf Flohmärkte wanderten.
Die daraus entstandenen Faksimile-Dokumente werden
seither durch das Gewaltmonopol öffentlich geduldet, doch
wird ihr Besitz nicht gern gesehen.

Xenia

Die Aufzeichnungen des Bob Nemo

I

SEIT IHREM SCHWEREN UNFALL hatte ich nichts mehr von Xenia gehört.

Traurig und tief verschreckt ging ich in meinem Wohnprovisorium auf und ab.

Ich mochte nichts essen, das deprimierende Gefühl nach diesem Schock war schlimmer als die Monate des Schreckens während meines Aufenthalts als Spion in den Gebieten der fanatischen *Zornigen Allianz*. Schlimmer als Gefangenschaft in Lagern und auf den Sklavenmärkten.

Was soll ich sagen, mir wurde von der *Zornigen Allianz*, die bekanntlich den *Aggressiven und Schönen Menschen* züchtet und für den *Krieg Aller gegen Alle in wissenschaftlich kontrollierten Bahnen* eintritt, kein Sperma entnommen. Daß meine Wenigkeit nicht gerade den dort gefragten Prototypen verkörperte, wußte ich schon längst zum Zeitpunkt meiner Gefangennahme mitten im Feindesland, wo ich verdeckt ermitteln sollte. Das machte mir wirklich Angst. Monatelang machten sie Verhaltensexperimente mit mir, nahmen Blutproben, überlegten, mich als Präparat zur Plastination für die Ausstellungssäle ihrer Anatomie freizugeben – auf dem Sklavenmarkt fand sich niemand, der mich haben wollte, denn:

Ich wurde von der *Gewaffneten Amazonen-Mutterschaft*, dem zentralen Zuchtprojekt mächtiger Oligarchinnen – eine einflußreiche Clique innerhalb der »Regierung« der Allianz – für »viel zu ruhig, viel zu negativ, viel zu wenig markant, viel zu soft und zu sehr musisch veranlagt« befunden. Kurz: »Kein Format!« Für mich ja nichts wirklich Neues. Auch in der Heimat konnte ich keinen Schulabschluß erringen, der mich als besonders befähigte oder kompetente Persönlichkeit auswies. Gleichwohl wurde ich Soldat unseres *Republikanischen Bündnisses für Erdbeglückung*, schon um meinen Eltern den Gefallen zu tun, in Zeiten großer Arbeitslosigkeit etwas Ordentliches und gut Beleumundetes zu tun. Sie mochten es nicht, daß ich Musik machte und las.. »Das gab es in unserer Familie zuvor nicht!« hatte Vater gesagt. Sicher log er, es gab in meiner Ahnenreihe so manche, »von denen wir schweigen wollen!« …Damals, lange her…

Ich wußte den Wohnort meiner Eltern. Manchmal dachte ich an sie. Ich glaubte nicht, daß sie in all den vielen inneren Konflikten, die ich teilweise selbst ignorieren mußte, um überhaupt meinen Alltag auf die Reihe zu kriegen, mir hätten ein echte Hilfe sein können. Es ist unglaublich, dennoch ist es wahr: Am Ende wartet auf uns Sterbliche alle einmal der Tod. Anlaß für allerlei Sentimente und höchst emotionale Gedankenmuster. Doch vor dem Tod müssen wir erst einmal sterben. Das ist dann weniger spaßig. Und nicht so erbaulich. Es stirbt sich nicht immer so leicht. Und manchmal sterben unsere Eltern, eigentlich der durchschnittlichen Regel folgend, früher als wir. Einsam sind beide. Eltern. Kinder. Was wartet denn im Greisenalter auf uns alle? Der interaktive Bildschirm, der ›Televisor‹ der Altenheime, wie er scherzhaft genannt wird, frei nach George Orwells Roman 1984. Wo ein überwachendes Ärzteteam und medizinische Kontrollfunktionen immerzu beigeschaltet sind, während wir mit unserem sich immer weiter ausdünnenden Freundeskreis Kontakt simulieren, bis wir dann nur noch Tier- und Naturfilme oder Seifenopern schauen, ohne ihnen noch recht bewußt folgen zu wollen. Bei 3-D-Simulationen im Pflegezimmer wurde den alten Menschen sowieso schlecht, sie wollten einen klassisch mittelgroßen 2-D-Bildschirm, und oft nicht einmal mehr den.

Vater hatte mir geschrieben. Denn ich hatte eingewilligt, daß meine Eltern benachrichtigt würden, wenn ich zurückkehren oder fallen sollte. Nun hatten beide von den Behörden erfahren, daß ich in Quarantäne sei. Den Brief erhielt ich aber erst, nachdem man mich auf Xenias Betreiben hin auf freien Fuß gesetzt hatte.

»Lieber Bob. Wir beide, Mama und ich wissen, daß es einen guten Kern in den Abgründen Deiner Natur geben muß. Versuche doch einmal, Dich aus eigener Kraft am eigenen Schopfe zu packen, um Dich aus dem Sumpfe zu ziehen, in den Du wie immer so tief, tief hineingeraten bist. Mama und ich erwachen oft mitten in der Nacht vor Kummer und finden auch am Abend keinen Schlaf aus größter Sorge um Dich. Wenn das so weitergeht, wird Mutter vielleicht einen Arzt brauchen. Wir werden an einem gebrochenen Herzen sterben,

ohne Dich zuvor noch einmal gesehen zu haben. Dein
Kontaktsimulationszugang zu uns wurde ja ohnehin gesperrt,
seit Du Soldat geworden bist. Dennoch freuen wir uns sehr
darüber, daß Du den Kontakt nicht hast endgültig sperren
lassen, um gegenüber uns, Deinen Erzeugern, in Privat-
isolation zu gehen. Dieses neue Gesetz, welches es erlaubt,
daß Kinder nach Erlangen des 16. Lebensjahres ihre Eltern
zu fremden Menschen erklären dürfen, ist doch grausam.
Es mag sein, daß alle jungen Leute ab einem bestimmten
Alter zu allen Zeiten schlecht zu ihren Eltern waren. Allein,
wir, Mama und ich, waren so nicht. Weißt Du, zu unserer
Zeit hatten sich junge Menschen gar nicht erlauben können,
so hartherzig und so grausam zu sein, wie dies bei Deiner
Generation der Fall ist. Denn die Zeiten waren viel zu schlecht.
Aber auch heute sind die Zeiten schlecht. Sie sind anders
schlecht als damals, als Mama und ich jung waren. Politische
Systeme sind immer schlecht. Auch ohne Ordnung ist alles
schlecht, das wirst Du ja selbst bei der Allianz erlebt haben.
Wo natürlich, wie ich es ja von Dir gewohnt bin, Deine Arbeit
weitgehend von Mißerfolg gekrönt war. Deshalb brachte
man Dich doch jetzt in Haft, oder? Wie üblich teilt man uns
nichts Konkretes mit, nur das übliche Drumherumgerede,
aber als ein Held bist Du offenbar nicht zurückgekehrt.
Wir, Mama und ich, schätzen an der Neuen Ordnung zwar
die Sicherheit, die enorm zugenommen hat. Wir wagen uns
aus dem Haus und genießen analoges Einkaufen, erfreuen uns
an den so wunderbaren Grünanlagen. So wollen wir uns nicht
darüber beklagen, daß diese Welt so grausam und schlecht ist.

Klage bitte auch Du nicht, sondern lerne, hart zu Dir selbst zu sein, und verhilf dem guten Kern in Dir endlich zum Durchbruch!

Dein Dich liebender Papa. Gruß von der Dich noch mehr liebenden Mama. (Sie sorgt sich sehr!)«

Weil Vater in seinen Zeilen etwas über »politische Systeme« hatte anklingen lassen, war das Papier von einem Vollhonk in der Behörde, wo die Briefe, die in Quarantänehaft gehen, immer zuvor gelesen werden, mit dem »Freikunstsiegel« abgestempelt worden. Unglaublich!

Ob meine Eltern noch gesund sein mögen?, fragte ich mich besorgt.. »Wenn sie es sind, haben sie immer noch Kraft genug, sich über dich zu ärgern, dir auf die Nerven zu gehen, und auch genug Kapazitäten, dir vor dem Leben noch viel mehr Angst zu machen als du ohnehin schon für dich alleine aushalten mußt! Darum vergiß es! Vergiß es einfach! Notfalls geh in die Bar zu den Kumpels, etwas Gutes trinken...« sagte ich mir dann immer.

JETZT WAR DA XENIA, die attraktive rothaarige *ASE-ZFSR* Assistentin mit den dunkelblauen Augen, in mein Leben gekommen, ich hatte gerade begonnen, zu lernen, was Zuversicht und Hoffnung bedeuten könnten – nun aber das..

Ich war traurig, denn ich fühlte mich mitschuldig. Xenia war extrem aufgeregt, als sie in den Vehiculator stieg, ihre Gedanken waren verwirrt, sie hatte zu viele Emotionen produziert, und obgleich der Emo-Selektor ihren Zornes-ausbruch punkto der Gedankenübertragung auf das Gerät hätte erkannt haben müssen, war ihr Vehiculator gegen die Wand eines Gebäudes gerast.

Selbstmord? Freitod? Oder ein Fehler in der Program-mierung, oder bloß ein Fehler der Hardware? War der Vehi-culator autonom einem Passanten ausgewichen?

Sie hatte immer wieder versucht, an der sogenannten ›Gedankensteuerung‹ des Fahrzeuges den verplombten Emotional-Selektor auszutricksen, sie hatte das technische Wissen, sie hatte die meditativen Fähigkeiten, sie suchte den Kitzel bei der Fahrt.

Als ich im Zuge eines Gefangenentauschs freikam, wurde ich in Quarantäne in das *Zentralinstitut für Seelische Regeneration* (ZFSR) gesteckt, wo sie meine Betreuerin und Motivatorin wurde, so hatten wir uns kennengelert.

Das ZFSR war Teil der ASE (Abteilung Seelische Ertüch-tigung), die wiederum eine Sub-Org des großen Konzerns *MetaServantAwareness*, wo Xenia auch seit einiger Zeit im Labor für Human-Analogistik assistierte.

Bald hatte ich vollständigen Freigang, und so besuchte sie mich immer öfter außerhalb der Sitzungen in meinem

Wohnprovisorium. Ich begann zum ersten Mal innerhalb meines gesamten Daseins auf dieser Erde, mein Leben zu genießen, hatte gesellschaftliche Anerkennung erworben, machte Pläne für meine Zukunft..

Bald konnte ich den Zahlencode für ihre Wohnwabe richtig sprechen, und sie den für mein Wohnprovisorium! Eine wunderbare Zeit begann.

Teegebäck City! Das begehrte leckere Plätzchen, gelegen in den ehemaligen Flußtälern am Fuße der Lerchenhügelkämme. Die Flüsse selbst leider längst eingetunnelt. Das brummende und summende Konglomerat zusammengewachsener Ballungsräume ehemaliger Groß- und Kleinstädte mit ihren Industriekomplexen, durchzogen von Parks und umgeben von Hügelketten. Durchpulst von bei Nacht glimmenden Perlschnüren und elegant geschwungenen Betonbändern mehrstöckiger Straßenverkehrsadern. Hochhäuser mit öffentlichen Dachschwimmbädern, tausenden Wohnwaben und ihren Balkons, Wohn- und Bürotürme, verbunden durch gestaffelte Grünanlagenbrücken, gläserne überdachte Hallen für Analoge Einkaufsbummel und virtuelle Erlebnisreisen, der Himmel durchschnurrt von vielrotorigen Drohnen und Schraubhubern. Inmitten darin: Mein kleines möbliertes Wohnprovisorium! Ich hatte großes Glück gehabt: Ganz oben! Zwei Zimmer. Drei mittelgroße und leicht zu öffnende Dachfenster (Maße aller drei Fenster: Großzügige 100 × 100 cm!!). Eins im Schlafzimmer, zwei gegenüberliegende im Wohnzimmer. Rosa Teppichboden... Oh Gott. Na gut! Das kleine Schlafzimmer mit behaglichem Französischem Bett und einem mehrtürigen Wandschrank für Bettwäsche und Klamotten. Darin ein kleiner, bereitwillig offenstehender Tresor, dessen Geheimzahl ich aber nicht kannte. Der Hausmeister und die Mietverwaltung aber kannten die auch nicht. Wozu auch, wenn ich genauer drüber nachdachte? Dann das fast schon geräumige Wohnzimmer mit Kochgelegenheit, zwei uralte Herdplatten eben, kleiner Kühlschrank, ein Wasserboiler über der Spüle. Eine kleine transportable Duschzelle, deren Schiebetür nicht mehr schloß. In einer Ecke, unter einem Dachfenster, ein kleiner ergonomischer Schreibtisch und ein bequemer verstellbarer Arbeitsstuhl, beide wahrscheinlich ausgemustert worden. Überaltertes Büromaterial. Vom Dachfenster über dem Schreibtisch blickte ich auf eine Skyline großer und kleiner schlanker Wolkenkratzer, sah auf die gigantischen Rechenzentren der Serveranlagen und die hohen schlanken Wasser- und Sauerstofftanks der Großelektrolyseure am Horizont. Hinter den Lerchenhügeln weit draußen in den abgesperrten Zonen befand sich die Weltraumbasis. Mit etwas Glück konnte man von hier oben gemütlich den Start eines Spaceshuttles zu einer der vielen Weltraumstationen beobachten. Eine kilometerhohe Rauchsäule ragte danach noch eine Weile in den Himmel hinauf und löste sich später auf. Auch nachts stand ich oft dort und blickte in das glitzernde und rauschende Häusermeer hinab, funkelnde Signallichter der Quadrokopter blinkten hier und da, hörte von ferne Ambulanz- und Gewaltmonopol-Sirenen aus dem monotonen Gebrumm eines nimmermüden Straßenverkehrs zu mir herauftönen, über mir leuchteten einzelne Sterne. Die Sitzecke für eventuellen Besuch bestand aus einem gläsernem hübschen Flachtisch, einem Sessel und zwei billigen, sperrmüllreifen Knautschkanapees. Aus dem Dachfenster über dieser Sitzecke hatte ich einen guten Blick auf einen Dachpark, wir befanden uns im 50. Stock eines vernetzten Wohnkomplexes. Drei Stockwerke tiefer das Grün des Rasens einer Parkbrücke, mit rauschenden Bäumen bepflanzt, Linden, Birken, Pappeln. Dieser Parkweg bildete eine Kurve, die sich zu einem Höhenpark um die gleichhohen Stockwerke gegenüberliegender Gebäude hin verbreiterte, daß ich hinüberschauen konnte auf ein mäßig frequentiertes Quadrokopterlandefeld inmitten einer größeren Dachpark-Anlage mit auf- und niederquellenden Fontänen der dortigen Wasserspiele. Da landeten manchmal Flugtaxies. Auch war dort drüben ein Zugang zu den rasend schnellen Vehiculatorlifts und ein dazugehörender Parkplatz, der meistens von dort ansässigen Pendlern genutzt wurde, mit einer kleinen Wasserstoff-Tankanlage und einem Elektrolyseur mit drei großen Tanks dabei. Auf einem mit Topfpflanzen und Liegestuhl ausgestatteten Balkon irgendeiner Chi-Chi-Mansarde gegenüber des Parkplatzes hing oft eine schwarze Katze behaglich auf dem Geländer und schlief. Eine Katze! Hätte ich auch gerne gehabt..

EINMAL WAR XENIA länger geblieben. Eigentlich nur, um sich zu überzeugen, ob alles in Ordnung sei mit meinem neuen Wohnprovisorium. Und ob ich mich schon für ein Thema für meine schriftlich einzureichende Wiedereingliederungsarbeit entschieden habe, was ich verneinte.

»Wenn ich am Abend die Büro- und Wohntürme anschaue, die Lichter der Waben und Wohnprovisorien zu mir heraufleuchten sehe, da drüben in den Außenbezirken weit draußen, oder hier mitten im Zentrum der Metropole: Seltsam das. Spät in der Nacht, wenn in den schon dunklen Fassaden irgendwo noch Licht an ist, dann denke ich, wer dort jetzt wohl ist? Viele Geschichten, soviele Menschen, die ich nicht kenne! Hinter all diesen leuchtenden Fenstern! Passiert da etwas wichtiges, irgendwas sehr Aufregendes, was ich bisher versäumt habe, etwas, was ich noch nicht kenne? Gibt es dort ein Zuhause für die Bewohner? Freuen sie sich auf jemanden, der ihnen etwas bedeutet? Jedoch ist alles hinter diesen Fenstern womöglich nur Langeweile, Tristesse? Wissen Sie, als ich unterwegs war, auf langen Reisen ... Man trifft Menschen, sehr viele, aber wenn man Pech hat, erzählen sie nichts von sich, manche haben auch nichts zu erzählen. Einige verstellen sich, erzählen Ihnen weiß Gott was für Sachen. Alles gelogen. Oder komplett überzogen. Vielleicht ist das Leben auf dieser Welt öder und langweiliger als man glauben möchte? Verstehen Sie, Xenia? Manchmal glaube ich, immer am falschen Ort zu sein, und alles, was mir Freude bereiten könnte, versäume ich. Aber vielleicht ist auch gar nichts zum Versäumen da. Ich würde gerne schreiben können. Darüber. Über wirkliches Leben, was ist, über all das, was es nicht ist. Und dabei gerne auch selber noch einiges erleben, bevor ich sterbe.«

»Ach, auch ich habe große Sehnsucht!«

»Sie? Sie sagten mir, Sie hätten alle Hoffnung aufgegeben. Für die Erkenntnis. Und für die Frage, was und wie wir überhaupt erkennen können?«

»Eben. Das schließt die Sehnsucht doch nicht aus. Eine unerfüllbare Sehnsucht…«

»Ja, wonach denn?«

»Weiß ich doch nicht! Ach, Bob! Ziellose Sehnsucht nach irgendeiner großen Weite und Freiheit. Ich habe keine Ahnung, wonach. Wohin ich auch blicke, gibt es Grenzen. Strukturen. Konventionen. Konturen. Maße und Kategorien. Worte. Worte. Und alle Worte sind exakt definiert. Schreiben Sie doch einfach. Nicht nur Ihre Wiedereingliederungsarbeit! Sie, Bob, Sie spielen mit Worten, wie ein Kind am Strand nahe der Brandung mit Kieselsteinen und Muscheln spielt. Aber Sie hängen den ganzen Tag irgendwo ziellos herum. Sie treffen sich mit Kumpels.«

»Ich rede mit denen, verstehen Sie das, Xenia? Gut, ich weiß es, viele meiner Kumpels hängen in komischen und schrägen Gedankengängen fest. Aber das schau ich mir an. Und stelle ihnen Fragen. Und ja, ich rede zuviel mit denen. Weil sie mir die falschen Fragen stellen, ja. Blöde Fragen. Während ich dann alles richtigstelle, was die mir an den Kopf werfen, brauchen sie meine Fragen nicht zu beantworten. Da fall ich immer wieder drauf rein, Xenia!«

»Sie dürfen mich gerne duzen, Bob.«

»Also, ich soll jetzt zu Ihnen ›Du‹ sagen? Unmöglich, das schaffe ich nicht.«

»Offiziell blieben wir selbstverständlich beim ›Sie‹, und für so sind wir per Du. Naja, so macht man das!«

»Wenn Sie meinen, Xenia!«

»Bob, die Wiedereingliederungsarbeit ist Pflicht, ja? Hängen Sie nicht dauernd am Dachfenster herum, spielen Sie nicht dauernd Ihre Computerspielchen, da sind schnell mal acht Stunden 'rum. In der Bibliothek schlafen Sie, sagt man mir. Und lesen kaum die aktuellen Dateien. Sondern immer die alten Bücher.«

»Ich leih sie mir aus. Dateien. Bücher. Und lese hier im Bett. Ich kann nur im Liegen lesen und verstehen. An den Lesepulten, auf den Stühlen schlafe ich sofort ein. Warum gibt es dort keine Lese-Liegen, Matratzen und kuschelige Decken dazu? Warum gibt es dort keinen Kraftraum mit vielen Cross-Walkern, um nach einer Runde Lesen wieder zur Besinnung zu kommen? Kein Mensch kann in sich eine Lektüre erleben, wenn er dort immerzu am Pult hockt!«

»Es sind Lesesäle, keine Schlafsäle, Bob!«

»Doch. Mit Liegen, Sesseln und Matratzen drin wären es Lesesäle. So aber schläft dort irgendwann jeder ein! Paradox, nicht? Essen ist verboten, trinken ist verboten. Hörbücher und Videodateien sind auch verboten, werden abgeschaltet und blockiert. Ein PC-Selektor, der dort installiert ist, spürt die gleich per W-LAN-Funktion auf. Gut, das macht mir nichts, ich lese eh lieber. Aufschreien, wenn man was verstanden hat, darf man auch nicht. Alle schauen sie dann. Und schlafen weiter. Sich hinlegen, etwa auf den Boden? Da kommt dann jemand und textet so Zeug, was auch auf Verbotsschildern steht! Und man darf nichts zurücktexten, sonst holt der die Vollstreckungsbeamten des Gewaltmonopols. ›Das Hausrecht! Das Hausrecht!‹ Wozu auch soll ich etwas zurücktexten. Also setz ich mich hin, lese eine Zeile, denke nach, was sie bedeutet. Und schwupps! Schlafe ich. – Und? Was sagen Sie? Hm?«

»Was soll ich dazu jetzt sagen?«

»Am besten nichts. Also, ich sag mal so: Ich lese. Hier daheim. Esse, trinke, liege dazu. Und fange an, die Texte zu verstehen. Und wenn ich was nicht verstehe, schlaf ich eine Weile, oder schau aus dem Fenster. Ganz normal.«

»Bob, Sie sollen in die Bibliothek, um an den dortigen Arbeitsgruppen teilzunehmen. Nicht nur zum Lesen. Und dort nach jedem Gespräch ein Protokoll für Ihr Wiedereingliederungsheft anfertigen. Sie schreiben zwar keine Phantasieprotokolle, doch Sie schwänzen dauernd Arbeitsgruppen. Das fliegt irgendwann auf!«

»Begreifen Sie nicht, Xenia? Die Leute erzählen kein Wort von sich. Und rattern müde und gelangweilt den zuvor gelesenen Stoff herunter und wiederholen, was in den Büchern steht, und wo es steht. Dann hauen alle rasch ab. Meine Zeit ist mir zu schade für sowas! Und überhaupt. Draußen scheint die Sonne. Also gehen dort automatisch die Jalousien runter!«

»Sie sollen lernen, Zeit mit anderen Menschen zu verbringen. Menschen, die Ihnen subjektiv unangenehm sein mögen. Damit Sie erüben, in einem Team auch mit solchen Menschen zusammenzusein, um Ihre Empathie zu schulen!«

»Ich versteh schon. Mich mit Vollidioten herumzulangweilen. Damit mir klar wird, daß es nichts anderes gibt als das. Friß und stirb!«

»Ich hab daran auch Zweifel. An solchen Maßnahmen. Leider sind die Bestimmungen so!«

»Ja, drum geh ich manchmal hin, damit es nicht so auffällt, wie mich das anwidert. Denn kennenlernen kann man ja Leute exakt auf diese Weise nicht. Wie soll ich dann dort Freunde finden, um mit ihnen ein Team bilden zu können?«

»Bob, darf ich Ihr Freund sein?«

»Xenia, unmöglich. Haha! Aber meine Freundin? Das ginge vielleicht!«

Sie öffnete mit einer einzigen geschickten Handbewegung ihren strengen Dutt. Langes und leicht gewelltes leuchtend rotes Haar quoll ihr in den Nacken und fiel dann bis zu ihren Hüften herunter, daß ich angesichts ihrer Schönheit erschrak. Und sie blieb bis zum Morgen.

Xenias Wohnwabe hingegen befand sich in einem stattlichen Mehrfamilienkomplex im Stil klassischer Bauhausarchitektur, nahe bei den sanften Hügeln der äußeren Bezirke in einer idyllischen Weichzeichnergegend, wo intakte Familien in Flachbungalows lebten, ihre Gärten und himmelblauen Swimmingpools von angestellten Gärtnern anlegen und betreuen sowie das Wäschewaschen und das Putzen von ›Personal‹ besorgen ließen. Personal? Xenia machte natürlich alles selbst. Sie selbst besaß keinen Garten, denn ihre Wabe mit Balkon befand sich im dritten Stock eines Mehrfamiliengebäudes, und ihre Wände waren mit gerahmten, knallbunten Kunstdrucken geschmückt, und nicht kahl, wie bei mir. Ein mit guten antiquarischen Möbeln eingerichtetes Wohnzimmer hatte sie da, der Eßtisch war mit Perlmutteinlagen verziert, die Stühle dazu waren alle auf allen Seiten, nicht nur auf der Vorderseite, tadellos mit schnörkeligen Schnitzereien bearbeitet, ach, ich versteh ja wenig von antiken Einrichtungsgegenständen und teurer, stilgerechter Möblierung. Sie schätzte offenbar den Kontrast, den manche ihrer Antikmöbel, die aus in einem Jagdschloß hätten stammen können, zur klaren Linie der Wohnwabe bildeten. Die großen schwarzen, quadratischen Ledersessel und das breite, rechteckige Ledersofa hingegen waren äußerst bequem, und wirklich stabil konstruiert. Solche Stücke waren auch nach längerer Zeit nicht durch- oder eingesessen. Sie besaß eine moderne Küche mit Koch- und Backautomaten, dazu einen riesigen Kühlschrank mit Bildschirm und Sprechfunktion: »Sie sollten bald wieder Eier bestellen, Sie mögen doch Eier? Und die Bitterorangenmarmelade geht zur Neige! Wurst ist genügend da, Käse und Butter auch. Sie haben viel Mich getrunken die letzte Zeit? Soll ich Milch bestellen? Brötchen? Sie haben doch morgen frei?« sagte der Kühlschrank, und Xenia rief lachend »Halt's Maul!« – »Sehr zum Wohle! Madame geruhen wieder zu scherzen. Ich schalte mich dann mal stumm!« erwiderte der Kühlschrank dann. »Ach, mein lieber Eddy!« schmunzelte Xenia daraufhin mit einem tiefen Seufzer.

»Was? Der .. der Kühlschrank hat einen Namen? Ehrlich, Xenia?«

»Ja, Edmund! Alle aus dieser Baureihe heißen so. Ich nenn ihn Eddy! Und er versteht's!« nickte sie mit meckerndem Lachen. Sie besaß auch gepflegte Zimmerpflanzen, ganz frei von Blattläusen und ohne chemischen Dünger. Sie hatte viele Kleiderschränke mit teils ganz verrückten Sachen.

Tief ausgeschnittene seidene Ballkleider in allen Farben, die blauweiße Paradeuniform der *MetaServantAwareness Top-Staff*, mit dem schicken fülligen Seidenschal, der dazu um Hals und Nacken getragen wurde, schwarze Hosenanzüge für die Arbeiten in Feldstudien in den sozial schwachen Prekär-Areas und für die Nebenjobs in den Büros, wo sie Studien betreute und für die Statistik die Fragebögen auswertete, bis hin zur professionellen Armeekluft, und Outdoor-Freizeit-Klamotten und vieles mehr, sie war für alle Lebenssituationen stets perfekt ausstaffiert..

Es gab einen großen Spiegel im Schlafzimmer, und ein Bett, in dem gut und gerne fünf Menschen nebeneinander bequem Platz gefunden hätten. Der Blick aus den Panoramafenstern von Schlaf- und Wohnzimmer ging auf sowohl bewaldete als auch mit Obstbaumwiesen bepflanzte Hügelketten. Im Frühling blühten all diese Bäume. – Ihr Badezimmer! Oho! Ihr Badezimmer besaß eine Whirlwanne für drei Personen und eine separate, sich selbst reinigende Duschanlage mit vielen Massageduschköpfen. Offen gestanden: Oft wagte ich gar nicht, bei Xenia allzulange Besuch zu machen, aus Angst zu verweichlichen. – »Ich kann auf all das augenblicklich verzichten, in einem Camp mit mehreren Menschen in Schlafsäcken auf dem härtesten Boden mein Dasein fristen, um so im Ernstfall zu überleben oder den vor nachstellenden Truppen aus den Gebieten der Allianz flüchtenden Menschen beizustehen, sie in Lagern aufzunehmen und humanitär zu betreuen!« sagte sie dann lässig und streng zugleich, wenn ich die luxuriösen Vorzüge ihrer Wabe lobte und pries. Natürlich. Xenia eben.

Für die Schließanlage meines Wohnprovisoriums gab

es noch einen dieser uralten »Schlüssel«, und ich gab ihr meinen Zweitschlüssel. Ich kannte jetzt auch den speziellen Sing Sang, ohne den sich die Eingangstür zum Mehrfamilienhaus und ihrer darin gelegenen Wohnwabe nicht öffnete, sogar wenn man den Zahlencode selbst gewußt hätte. Da saß ich mit einem befremdlichen Gefühl allein in Xenias Zuhause, so, als wäre man bei einer sehr fremden, weitentfernten Verwandten auf Ferien. Ich wagte es nicht, manche Gegenstände darin auch nur zu berühren. Sie habe Vertrauen zu mir, hatte sie gesagt. Somit fühlte ich mich zeitweise noch fremder in den Räumen der Wabe der Freundin, wenn ich dort allein war. Xenia aber nahm mein Provisorium sofort in Besitz. Wenn ich zu mir nachhause kam, saß sie dort, mit ihrem gelösten feuerroten Haar, mit den Füßen auf dem kleinen Schreibtisch, hatte sich mit dem Boiler eine Kanne Kaffee gekocht. Und manchmal stand Essen auf dem Tisch. Sie nutzte meinen Laptop so, als sei es ihr eigener, zog ihre Dateien dann auf einen Stick. Kurz: Wenn Xenia bei mir war, war ich selber bei mir nur zu Besuch. »Los, Bob, hol dir ne Tasse, es gibt Kaffee, und vom Avocado-Reisbowl ist auch noch da, ich liebe Avocados! Du auch?«

»Schatzbob, eins muß klar sein. Die versiegelten Dateien da auf dem Laptop solltest du nicht lesen. Ich mach mir Sorgen, ob du dazu wirklich die nötige Reife hast, selbst wenn du einige meiner geheimen Notizen verstehen könntest!« sagte sie, wenn ich bei ihr daheim ihren Laptop nutzte. Nur für ein virtuelles Kartenspiel, weil ich dabei schön träumen konnte.

»Jetzt interessiert es mich aber eben doch. Wenn manches davon nicht so statistisch, tabellarisch und todlangweilig wäre!«

»Hehe, für mich nicht, denn Tabellen erzählen mir viele lebendige Geschichten, und die Ästhetik mathematischer Operationen sind wie Musik für mich, Schatzbob. Tja, lies halt! Wenn mein Verbot dir die Sinne schärft? Aber du, paß auf mit dem Zeug. Rede nicht drüber, und erst recht nicht, wenn du in einer der illegalen Bars da deinen Alkohol trinkst.«

»Ich trink doch nicht dauernd, Xeny!«

»Haha, das glauben du und hundert andre nicht, Schatzbob! Dazu diese schrägen Vögel von der Armee, mit denen du dich einfach nicht mehr herumtreiben solltest, wenn du irgendwann ein besseres Leben haben möchtest? Möchtest du nicht? Okay.«, rief sie aus der Duschkabine.

»Na, vielleicht schon, aber was hat das mit den schrägen Vögeln zu tun. Ich mag sie ein bißchen, mehr nicht. Sie wissen selber, daß sie mich nicht ganz verstehen! Soll ich sie jetzt nicht mehr grüßen? Na hör mal!« Ich hörte ihren Hochleistungsföhn rauschen und singen...

»Geh ihnen aus dem Weg!« rief sie, nun aus dem Schlafzimmer, wo sie sich jetzt vorm Spiegel neu in Schale warf. »Und wie du immer aussiehst! Unrasiert gefällst du mir besser. Aber deine Billigklamotten, immer Trainingsanzüge, deine verschwitzten T-Shirts, Schlabberhosen, aber, hehe, rasiert!«

»Xeny, ich versteh nichts von Klamotten..«

»Doch Schatzbob, aber du traust dich nicht. Ganz wie deine schrägen Vögel aus der Bar auch, mach dir das endlich mal klar! Na, wie gefall ich Dir!« kam sie aus dem Schlafzimmer. Da hatte ich manchmal fast Tränen in den Augen. Wenn sie da jetzt in einem hellen apfelgrünen Kleidchen, zu welchem ihr hüftlang gewelltes rotes Haar in einem aufregenden Kontrast nur feuriger leuchtete, vor mir stand, das Stöffchen ließ ihre Schultern offen, war dennoch tief ausgeschnitten, kniefrei, im Oberschenkelbereich in feine Rockfältchen übergehend! Ihre nackten, äußerst kräftigen Waden darunter schadeten der Wirkung des Kleidchens keineswegs. An der Taille wurde es mit einem markanten schwarzen Ledergürtel mit silberner Schnalle streng zusammengehalten. Die Füße in flachen schwarzen Ledersandalen.

»Großartig, echt, oh mein Gott! Vorher gerade noch als Polizistin heimgekommen, und jetzt eine rothaarige Fee in hellgrüner Gewandung! Und dazu die vielen süßen Sommersprossen! Eine Wucht, ehrlich!«

»Heute nacht geh ich mit dir auf das Konzert! Und wer bist du? Ein Hohlroller an meiner Seite in T-Shirt und in Schlabberhosen, aber rasiert! Na, okay!«

»Ich, .. Xeny, aber einen Büstenhalter brauch ich genausowenig wie du! Hihi! Glücklicherweise treiben wir beide Sport. Und schau, ich hab eine andere, enganliegende Hose mitgebracht, und dieses schicke dunkelrote Seidenhemd!«

»Oh, besser, da sieht man deine Brusthaare, wenn du drei Knöpfe, öhm, besser vier, offenläßt, nur leider bist du jetzt halt rasiert. Warte! Ich geb dir ein Goldkettchen von mir. Das macht sich gut auf deinem Fell auf der Brust. Schau, hier. Und die besseren Klamotten hast du echt in der Papiertüte hierher gebracht, statt sie anzuziehen? Hihihi, ha haa!«

»Überraschung eben!«

»Hihaha. Überraschung? Weil du ein Feigling bist, und dich allein in schicker Kleidung nicht auf die Straße wagst? So ist das doch!«

»Xeny, ähm, da wo ich herkomme, da..«

»Hör auf damit! Überleg dir, wo du hinwillst, nicht wo du herkommst! Okay? Na komm, schwing deine Hufe, vergiß nicht, die Turnschlappen gegen deine herben, schwarzen Zuhälterschuhe einzutauschen, wir sind spät, wir nehmen den Ejakulator!«

»Wir fahren mit dem Flitzer? Au ja!«

»Mit dem Ve-hi-cu-la-tor, Schatzbob. Immer korrekt bleiben, hehehe!« meckerte sie. »Laß uns vorher noch Wasserstoff nachtanken!«

»Okay, Xeny, aber den zahl ich diesmal! Und wann läßt du mich mal fahren?«

EINES TAGES WAR ES SOWEIT. Ich hatte alle Protokolle, die ich brauchte, in meinem Wiedereingliederungsheft beisammen. Sollte jetzt aber zum Abschluß diesen schriftlichen Eignungsbeweis verfassen, um die Maßnahme gutgeschrieben zu kriegen. Unglaublich. Was würde dann kommen? Oder war ich dann endlich fertig?

Aufgeregt und wütend war ich zu Xenias Wabe gerannt, denn sie war an diesem Tag zuhause.

»Xenia? Muß ich wieder in den Bau, wenn ich das Zeug nicht schreibe? Es interessiert mich nicht. *CO_2-Ausstoß, der Klimawandel und die daraus resultierende globale Erderwärmung seit der Industrialisierung.* Das Thema ist zu groß, zu riesig. Da bin ich in zehn Jahren noch dran!«

Ich knallte ihr meine penibel ausgearbeiteten Notizen dazu auf den Tisch.

»Zugegeben, Bob, das ist recht viel Zeug, was du da wahllos kreuz und quer zusammengeschrieben hast. Du sollst das Thema in einem übersichtlichen Aufsatz handhaben. Es in all seiner vielschichtigen Komplexität darzustellen, ist hier nicht die Aufgabe. Man erwartet eine Abhandlung in stringenter Prägnanz, um zu sehen, daß du den Inhalt als ein Ganzes im wesentlichen erfaßt hast. Wer sich ein Thema wirklich angeeignet hat, kann das. Wer keine Ahnung hat, verliert sich in den Details. Ganz einfach!«

»Ganz einfach. Klar. Immer ist alles ganz einfach. Sonst ist man selber schuld, dumm, böse, feige, faul, hat keinen Überblick!« Ich war stinksauer.

»Bob, beherrsche dich! Das Thema ist von großer Bedeutung für den Planeten. Ich nehme an, du hast es genommen, weil du keine Lust hattest, deinen Eignungs-

beweis über die Ökonomie und das Finanz- und Kreditwesen zu schreiben.«

»Oder über *Die Politikwissenschaften und die Soziologie
im Wandel der Zeiten unter besonderer Berücksichtigung der
neuen Handhabung der Sozialsysteme in den Republiken des
Bündnisses!* Ich dachte bei Klima an Wolken, die Erdatmo-
sphäre, an Regen, Sonne, Wind. Dabei ist immer alles so
industrielles und ökonomisches Zeug!«

»Was hast du dir denn darunter vorgestellt? Kinder-
schule? Da hättest du dich sicher auch beschwert! ›Nicht
mein Niveau!‹ Hauptsache, immer dagegen!«

»Xenia, wirklich, ich kann nicht mehr!«

»Hahaha! Hihihahaaa! Heul doch!«

»Weißt du, ich..«

»Ruhe!«

»...«

»Bob, es ist schönes Wetter! Heute zeig ich dir, wie Super-learning geht! Sattel die Hühner, Bob, wir reiten in die Erdbeerplantage!« jauchzte Xenia, sprang auf und riß mich bei der Hand hinter sich her, warf sich ein großes rosa Halstuch um ihre gestrenge schwarze Kluft, und hinunter ging es zur Tiefgarage, wo sie mich in den Vehiculator auf den Beifahrersitz stieß und am Lenkrad Platz nahm. Sie zwinkerte der Fernbedienung zu, so daß sich zum Schall unsichtbarer Fanfaren die Garagentür öffnete, startete mit quietschenden Reifen, setzte die Auffahrt hinauf und oben auf der Straße hob sich mit einem Summton die Glaskuppel des Cockpits und verschwand nach hinten in der Versenkung über dem Kofferraum. Der Motor des jetzt zum Cabrio gewordenen Vehiculators heulte laut auf. In der Nachbarschaft rannten augenblicklich Leute auf die Balkons, tuschelten und sahen uns mit großen Augen nach, während wir losfuhren.

Auf einer der Hauptstraßen schaltete Xenia den Vehi-culator erstmal auf autonomes Fahren und wir reihten uns brav in einen der vielen Platooning-Konvois ein. »Wir lassen uns für den Anfang mal ganz gemütlich aus der Stadt hinaustragen, und suchen uns einen großen, schö-nen Kontinental-Rollbahn-Abschnitt, wo es keine Tunnels gibt, denn dort drin schalten sie uns eh auf autonom, und wir hängen im Gänsemarsch in einer Kolonne fest.« Dann bekam ihre Stimme einen bedrohlichen Klang und ihre Mundwinkel zuckten. »Ich will aber heute was ganz ande-res machen!«

»Setz deine verspiegeltes Nasenfahrrad auf, Bob, dann kriegst du nachher keine Mücken in die Augen, hehe!«

raunte sie mir zu, während sie ihr rosa Halstuch um ihren Kopf schlang, und ihrerseits eine verspiegelte Sonnenbrille aufsetzte. Jetzt sahen wir beide wie ein Ganovenpärchen aus einem Spielfilm aus.

Xenia bog plötzlich weit draußen auf einer Anhöhe von der Hauptverkehrsstraße ab, um auf einen kleinen Seitenweg den Vehiculator anzuhalten.

»Was hast du vor?« fragte ich neugierig.

»Bob, entspann dich! Genieße den wunderschönen Tag hier draußen. Entspann dich ganz tief..«

Es summte leise unter meinem Hintern. Die Sitze des Vehiculators verstellten sich und paßten sich unseren Körpern sehr flexibel so an, daß wir bequem wie im Liegestuhl eines 3-D-Kinos nach rückwärts gelagert wurden. Xenia ließ ihren Sitz noch ein bißchen nach vorne gleiten, damit sie das Lenkrad zu fassen bekam. Zwischen Sitzen und Liegen waren wir sehr bequem in einer Position, in der Fahren gerade noch möglich war.

»Und jetzt?«

»Sprich mir nach, Bob, ich sage dir jetzt einen Vers. Versuche meinen Worten zu folgen. Du mußt jetzt all das, was du mir nachsprichst, so intensiv wie nur möglich zu füüühlen versuchen! Okay?«

»Okay!«

Mit beschwörender Stimme hub Xenia an:

»Horche mit dem Schnorchel forschend in verborgenem Meeresgrund, alle Sorgen werden wesenlose Wachgedanken sinkend in den tiefen Dunkelschlund!«

»Hä?«

»Na los! Sag es! Sag es!«

Mehrmals wiederholte ich den Vers, schließlich sprachen wir beide im Chor:»Horche mit dem Schnorchel forschend in verborgenem Meeresgrund, alle Sorgen werden wesenlose Wachgedanken sinkend in den tiefen Dunkelschlund!«

»Hahaha! Xenia, was soll das werden? Wenn ich mich hier draußen weiter und immer weiter entspanne, kriege ich eine Erektion! Wir sind hier draußen in der Nähe einer Hauptverkehrsstraße!«

»Ruhe bewahren, Bob. Also nochmal von vorne. Sieh es mal so: Wir beide werden jetzt eine kleine Traumreise unternehmen. Je mehr blöde Fragen du mir stellst, desto weniger kann das gelingen! Also nochmal von vorn. Entspann dich tief! Dein linker Arm wird riesengroß und schwer. Sooo. Dein rechter Arm wird riesengroß und schwer. Die Beine auch. Dein Rumpf wird klitze klitze klein und dünn wie ein Strichmännchen! Dein Kopf wird leer und weit wie der blaue Himmel und der Horizont, und wieder den Vers!«

Wir sprachen im Chor:

»Horche mit dem Schnorchel forschend in verborgenem Meeresgrund, alle Sorgen werden wesenlose Wachgedanken sinkend in den tiefen Dunkelschlund!«

»Horche mit dem Schnorchel...«

Mit einem Male erwachte ich durch einen schnalzenden Fingerschnipp aus tiefem Schlummer. Zuerst suchte ich nach meinem Deckbett, denn ich glaubte wegen der lauten Musik zuhause im Wohnprovisorium zu sein. Mitnichten.

Xenias Vehiculator raste auf der Überholspur über die Kontinental-Rollbahn, während aus sämtlichen Beschallungssystemen, welche die ganze Karosserie als Resonanzraum nutzen, das heitere Lied

»*Schön ist es, auf der Welt zu sein, sagt die Biene zu dem Stachelschwein*«

ertönte. Ich sah in den Rückspiegel, und erblickte dort statt meinem Gesicht ein großes Stachelschwein mit einem schwarz weißen Borstenkamm im hinteren Hals- und Nakkenbereich, ich spürte einen Kuß, drehte mich zu Xenia, dort aber saß eine singende Biene mit verspiegelt glänzenden Insektenaugen unter einem rosa Halstuch, die mich gerade mit ihrem Honigrüssel berührt hatte. Ihr großes, gläsern anmutendes, mit blauen Äderchen durchzogenes Flügelpaar war über der Rückenlehne ihres Fahrersitzes zusammengefaltet.

Der Himmel war himbeerfarben, eine quietschvergnügte Smiley-Sonne lachte mir zwinkernd zu, lila Wolken quollen am Horizont, und rechts und links der Rollbahn, die aus glänzender Lakritze gemacht schien, wuchsen riesige orangenfarbene Pilze mit hellgrünen Hüten und grellgelben Punkten darauf. Die Hügelketten waren eigentlich regenbogenfarben glitzernde, gewaltige Schwämme, aus denen überall weißschimmernde Milchbäche herabflossen, und aus deren atmenden Poren goldfarbener Honig troff. Dazu flogen Buntschmetterlinge durch die Lüfte, die sich auf großen, sich drehenden, bunte Funken stiebenden Sonnenblumen niederließen, und ein feiner Nektarduft erfüllte den Fahrtwind. Die übrigen Fahrzeuge auf der Rollbahn erschienen mir nur schemenhaft in einen düsteren Grauschleier gehüllt, sie selbst oder ihre unsichtbaren Fahrer schienen zornige Flüche zu murmeln, die uns aber irgendwie nichts anhaben konnten. All das war zwar seltsam, doch ich fühlte mich körperlich entspannt und mir war äußerst angenehm zumute.

Jetzt sprach die Biene zu mir Stachelschwein mit Xenias Stimme. Während sie sprach, schwirrten ihre Flügel blitzschnell, daß meine Augen dem Flügelschlag nicht mehr folgen konnten und vibrierten Wortfiguren in meine Richtung:

»Bob, ich weiß nicht, was Du jetzt alles so siehst! Aber wisse, daß du dich jetzt in einem Zustand veränderten Bewußtseins befindest und Zugang auf verschiedene Hirnareale hast, die dir nur bei Nacht während der REM-Schlafphasen für gewöhnlich unkontrolliert erreichbar sind. Schau mich an! Erkennst du mich? Bob, sag was, warum grunzt und schnaubst du?«

»Ich bin ein Stachelschwein!«

»Alles klar. Versuch es, nicht nur Bob zu sein, sondern schließ die Augen, und sage dir ›Augen auf! Normale Welt! Klare Sinne, bares Geld!‹, los!«

»Soll ich Geld sehen, Xenia?«

»Später ja, jetzt erstmal der Realität ins Auge sehen! Um Geld zu verdienen!«

Ich tat, wie sie mich geheißen hatte, und tatsächlich sah ich wie im Traum den Highway und statt der Pilze standen dort viele Großelektrolyseure! Statt der Sonnenblumen sah ich etliche Windräder. Doch überall klebte oder hing ein großes Preisschild daran, auf dem ein Geldbetrag zu lesen war. Auch war Xenia jetzt keine Biene mehr. Auch sie trug ein Preisschild, »Hundert Millionen Republikanische Dollar, Lottogewinn!« und außerdem waren Dollarzeichen in ihrer verspiegelten Sonnenbrille zu sehen. Meine zuvor gesehene knallbunte Welt war mir viel wirklicher vorgekommen. Die jetzige Sicht auf die sogenannte Realität war ein ermüdender Traumzustand, den ich als sehr illusionär und schrecklich zugleich empfand. Sogar die Insekten trugen Preisschilder mit Centbeträgen. Die Schilder und Orientierungstafeln der Rollbahn zeigten keine Entfernungswerte, sondern einen Dollarwert.

»TEEGEBÄCK – 850 Milliarden Dollar«, »WUMMENHAUSEN – 70 Milliarden Dollar«, »GROßKNÖRKEN – 65 Milliarden Dollar«, MARIENKÄFERCHEN – »75 Cent«, RÜCKSPIEGEL S-KLASSE-VEHICULATOR – »347 Dollar«, WINDRAD – »890 125 Dollar«, FRUCHTFLIEGE AM FENSTER, HALBTOT – »ein halber Cent«, usw.

»Durchhalten, Bob!«

»Jaja, geht schon. Alles ist halt alles sehr teuer auf dieser Welt, nicht?«

»Auf jeden Fall!«

Plötzlich beschlich mich ein tiefes Schuldgefühl. Mir dämmerte, ich hätte all das durch einen unachtsamen Mausklick im Internet gekauft und müsse es bezahlen. »Wie soll ich das jemals bezahlen, Xenia!? Ich bin ein ruinierter Mann!«

»Das mußt du akzeptieren. Das schaffst du nie!«

Da bekam ich einen Lachanfall! Ich sah mich in Gedanken Privatinsolvenz anmelden und würde auf allen öffentlichen Nachrichten in den Medien als »Der Schuldenkönig« gefeiert werden, und die Menschen in den ganzen Republiken wären durch mich mit einem Mal ihr Eigentum, aber auch viele ihre Schulden los. Ich würde interviewt werden. Würde gefragt, wie ein einzelner Mensch allein so blöd sein könne, aber zugleich auch so segensreiche Folgen für die Allgemeinheit durch sein leichtsinniges Tun erwirkt habe! Man würde mir einen Orden verleihen.

»Hahaha, hihihi! Xenia, ich kann das ja nie bezahlen, aber ich werde berühmt sein! Wenn ich das nicht versehentlich alles gekauft hätte, wären die Staatsschulden und die Schulden privater Eigentümer und Unternehmer immer noch unermeßlich hoch!«

»Super, Bob, gut gemacht, jetzt gib acht. Ich erkläre dir jetzt, was es mit der Energiewende auf sich hat. Denn das gehört dir ja jetzt eh alles!«

»Wenn mir aber jetzt alles gehört, die ganze Welt praktisch, bin ich da nicht auch an allem schuld!? Ich mein, wirklich an Allem?«

»Na klar, Bob, aber exakt darum ist es auch vollkommen scheißegal! Es ist nunmal passiert und unabänderlich jetzt. Für immer! Hehe!«

»Na dann ist ja alles gut!«

»Eben! Jetzt hör zu! Der Rohstoff Wasser wurde maßgeblich. Das weißt du ja, Bob. Der Wasserstoff, der zusammen mit Sauerstoff als Sekundärprodukt in teils gewaltigen zentralen Elektrolyseuren, teils kleineren für Tankstellen erzeugt wurde, konnte jederzeit auch wieder verstromt werden. Siehst du sie? Die Elektrolyseure, die Rastplätze dort, da, mit den Tankstellen dabei, hinten auf den Hügeln die Sonnenkollektor-Anlagen? Die Windräder? Und erzähle mir jetzt nicht, was die dich kosten werden, es hat eh keinen Zweck mehr, hihihi!

Allmählich konnten Überschüsse produziert werden, gekoppelt mit der Effizienzsteigerung, etwa bei Raumwärme durch neuartige und alte isolierende Baustoffe, Abwärmeabgabe, bei der Umwandlung von Gas in erneute elektrische Energie, in lokale Nahnetze, und durch lokale Nutzung von Geothermie.

Durch die ›Power to Gas‹-Technologie nahm zwar der Stromverbrauch enorm zu. Die erneuerbaren Energien deckten dennoch jetzt den Bedarf ab, und sind zudem nun routinemäßig ausbaufähig.

Wärme, Kommunikation, Verkehr, Kraft, Licht, Prozeßkälte sind die Varianten des Energieverbrauchs. Es wurden dezentralisierte Elektrolyseure und zentrale Groß-Elektrolyseure zur allgemeinen zentralen und dezentralen Energieerzeugung entwickelt. Die hast du wohl zuerst für riesige Pilze gehalten...«

Allmählich wurde ich nüchterner und hörte Xenias Erklärungen zu, diskutierte mit ihr, aber ich hörte mir selber und ihr dabei gar nicht zu, sondern erlag der fast außerkörperlich angenehmen Empfindung der rasanten Fahrt, betrachtete fasziniert ihr lächelndes Gesicht mit der verspiegelten Sonnenbrille und ihren mit dem rosa Tuch umwickelten Kopf. Ich wollte die Füße auf die vordere Karosserie hochlegen, was sie sanft verhinderte. »Die Kameras!«

»Für mich ist es inzwischen sehr einfach, alles realistisch zu sehen, obwohl ich vollkommen andere Hirnareale nutze. Der Gedankenscanner ist nicht dafür gebaut, und darum gilt jetzt für uns auch keine Geschwindigkeitsbegrenzung! Juhuuuuh!«

Xenia stieg aufs Gaspedal und der Vehiculator raste wie ein von der Leine gelassener Teufel im Zickzack um einzelne Fahrzeuge und Platooning-Konvois, es gab lautes Protestgehupe! Ich war so baff und weggetreten zugleich, daß ich mich nicht fürchtete, sondern alles irgendwie interessant fand. Xenia nutzte nicht mal die Überholspur allein, sondern umfuhr alles, was ihr im Weg war, in einer Slalomfahrt mit streckenweise zwischen 250 bis 320 km/h.

Dazu jauchzte sie laut. Während inzwischen über die Boxen ein Sänger im Ton der 20er Jahre des vorigen Jahrhunderts mit nasaler Stimme zu einem Orchester sang, johlte Xenia ausgelassen mit...

»Wenn ich ein Schnörkel wär in einem Ornament
Das Leben wär nicht schwer
Insoweit man nur das Kurven, Strecken, Kräuseln
Krümmen, Reizen, Spreizen selbstbeherrschend kennt
Hast du noch Platz genug für mich allhier
Auf einem blütenweiß gegerbten Dokument?
Nimm mich als Schnörkel her,
Ich zier dein feines reines edles Pergament!«

Dazu schien sie das Lied beim Slalomfahren um die viel langsameren Vehiculatoren, Lastfahrzeuge und Konvois fast wörtlich zu nehmen, sie wieherte vor Lachen, und ich sah entspannt, wie einem unrealistischen 3-D-Experiment beiwohnend, zu.

»Warum werden wir nicht angehalten, Xenia?«

»Weil der Gedankenscanner uns erstens nicht wahrnimmt, und weil das, was wir hier tun, sonst niemand kann und macht, denken sie, wir seien ein Polizeieinsatz! Irgendsowas!«

»Es folgt nun der Wetterbericht bis Freitag den dritten September, ...« schallte es aus den Boxen, »weiterhin klares Wetter, viel Sonne..«

Sie meckerte: »Bob, du wirst dir alles merken, was wir gerade über Klimawandel und erneuerbare Energien besprochen haben, und das brav konzentriert zuhause niederschreiben, wenn wir aus der Trance aufgewacht sind, nicht wahr?«

»Wenn wir aus der Trance aufgewacht sind? Wie denn? So?« Ich schnippte mit dem Finger...

Es gab einen gewaltigen Ruck, die Reifen quietschten laut auf, wir fielen beide fast schmerzhaft in die Sicherheitsgurte, die Sitze wurden aufgerichtet auf Normalposition und unser Vehiculator wurde umsichtig und stufenweise ausgebremst. Und schließlich in einen biederen Platooning-Konvoi eingereiht, wo man mit nur 75 km/h unterwegs war. Aus den Boxen tönte eine arrogant näselnde Stimme:

»Hochachten Sie die Grundsitten! Soeben wurde Ihr Vehiculator für die kommenden fünfzehn Minuten vom Großrechner des Verkehrsministeriums des Hohen Gewaltmonopols übernommen! Während dieser Zeitspanne besinnen Sie sich bitte auf Ihre Fähigkeiten als manierlicher und aufmerksamer Verkehrsteilnehmer. Sind Sie wahnsinnig geworden? Sie wurden mit dreihundertundfünf Stundenkilometern auf einem Streckenabschnitt ausgebremst, auf dem auf der Überholspur maximal hundertvierzig Stundenkilometer erlaubt sind. Dies kann im Wiederholungsfall mit einem einjährigen Entzug der Fahrlizenz geahndet werden. Sollte Ihr System außer Kontrolle geraten sein, was wir vermuten, lassen Sie bitte Ihren defekten Gedankenscanner und Ihre Fahrautomatik in der nächsten Werkstatt augenblicklich überprüfen! Wir wünschen Ihnen noch einen schönen Tag!«

Ich hatte wieder zuerst nach meinem Deckbett gesucht, denn ich hoffte, zuhause im Wohnprovisorium zu sein und wüst geträumt zu haben. »Bob! Du bist vielleicht ein Depp! Du hast unsere Trance mittendrin beendet!« grummte Xenia, die sich die Sonnenbrille abgenommen hatte, und sich die Augen rieb! »Wir lassen gleich am nächsten Rastplatz den Vehi checken, sonst gibt es Ärger, und trinken währenddessen eine Blubberbrause!«

ZUHAUSE ANGEKOMMEN hatte ich ein schlechtes Gewissen. War ich jetzt mit einer Wahnsinnigen zusammen? Die mich auch in den Wahnsinn treiben würde? »Mach dir keine Sorgen, Bob. Sag die Verse auf, schnippe mit dem Finger, geh in Trance und schreib rasch deine Arbeit! Schnipp nochmals mit dem Finger, und danach legst du dich gleich ins Bett und schläfst lang und tief!« hatte sie gesagt, als sie mich auf dem Parkplatz vor meinem Wohnprovisorium absetzte.

»Hatte sie keine Angst, verhaftet zu werden, wenn sie solche Sachen machte? In einer kontrollierten Tieftrance mit über dreihundert Sachen über die Kontinentalrollbahn zu brettern, dazu im Slalom um andere Vehiculatoren herumfahren, statt auf der Überholspur zu bleiben? Das Gewaltmonopol verarschen? Oder hatte sie bereits so viel Einfluß und Macht, daß man ihr das durchgehen ließ? Ja, das war die einzige stichhaltige Erklärung dafür. Denn so ein Fahrstil, dazu in einem veränderten Bewußtseinszustand? Das machte die nicht das erste Mal!«

»Es ist längst zu spät, sich darüber noch den Kopf zu zerbrechen. Ich werde jetzt diese Übung machen. Mal sehen, ob ich mich auch alleine in Trance versetzen kann.«

Ich sagte also den Spruch auf: »Horche mit dem Schnorchel forschend in verborgenem Meeresgrund, alle Sorgen werden wesenlose Wachgedanken sinkend in den tiefen Dunkelschlund! Der linke Arm wird schwer und riesengroß. Der rechte Arm wird schwer... Horche mit dem Schnorchel forschend in verborgenem Meeresgrund, alle Sorgen werden wesenlose Wachgedanken sinkend in den tiefen Dunkelschlund!...«

Anderntags erwachte ich in meinem Bett. Im Augenblick des Aufwachens fürchtete ich, mit Xenia wieder bei dreihundert Sachen im Vehiculator über die Kontinental-Rollbahn zu rasen. Aber nein. Alles gut. Ich lag dieses Mal tatsächlich im Bett. Nach langem behaglichen Hin- und Herwälzen ging ich ins Wohnzimmer um mich in der Naßzelle zu erfrischen, und sah, daß »jemand« meine Hausarbeit getippt hatte. Jetzt erinnerte ich mich dunkel an ein goldenes warmes Dämmerlicht eines großen Sicherheitsgefühls. Souverän und distanziert hatte ich in einem Durchgang gestern abend alles getippt.

»Aha, es muß funktioniert haben! Mh mh!«

Mit diesem Skript im Rucksack rannte ich aus der Wohnung, raste mit dem Lift in die Straßenschluchten hinab und joggte genüßlich hinaus in die Vorstädte zu Xenias Wohnwabe.

»LASS MAL SEHEN, wie weit bist du? *(liest)*

… Energie, vornehmlich elektrische Energie und ihr Verbrauch, eine Frage der Umweltethik. Eingriffe in seit 4,5 Milliarden Jahren entstandene Klimasysteme. Das geschah innerhalb der relativ kurzen Menschheitsperiode zur Zeit der Industrialisierung durch einen globalen Kontrollverlust in den exponentiell wachsenden arbeitsteiligen Gesellschaften. Kohle, Gas und Öl wurde verbrannt und zukünftige Generationen wurden komplett ignoriert. Klimaschädliche Gase werden heute noch ständig in den Staaten der Zornigen Allianz in die Atmosphäre entlassen.

Darum stellt vornehmlich die CO_2-Emission durch die Gebiete der Allianz immer noch ein Problem dar, und es besteht weiterhin ein Treibhauseffekt. In den Gebieten der Allianz werden immer wieder Forscher geehrt, die von sich behaupten, die Lösung aller Energieprobleme durch die Erfindung des Perpetuum mobile für die gesamte Menschheit behoben zu haben. Doch der Zustand fortschreitender Deindustrialisierung durch Kleptokratie und Unwissenheit ist für die Menschen in diesen Gebieten offenbar beschlossene Sache…

… Einst schrumpfte die Ozonschicht durch Fluorchlorkohlenwasserstoffe, kurz ›FCKW‹, die als Kältemittel für Kühlschränke benutzt wurden und als Treibmittel in Spraydosen. Die ultraviolette Strahlung konnte durch die Ozonschicht in der oberen Atmosphäre nicht mehr gefiltert werden. Anhand des Montreal-Protokolls von 1987, welches weitgehend erfolgreich umgesetzt wurde, regenerierte sich der natürliche Filter, der in der Ozonschicht gegeben ist…

... Ein drastisches Umsetzen der scheinbar beschlossenen Reduzierung des Emissionsausstoßes von CO_2 hingegen gelang auf demokratischem Wege nicht, weil Energieerzeugung und das Klammern an den veralteten Methoden ein allzu vitales und auch gewinnbringendes Bedürfnis der alten Gesellschaften war. Keine Institution wollte wirklich handeln...

... In den südlichen Zonen gab es schließlich kein Wasser mehr in den Flüssen, Kraftwerke wurden abgeschaltet, weil deren Kühlwasser zu heiß geworden war, und am Ende ganz fehlte. Unzählige Menschen in immer neuen Regionen waren betroffen, mußten ihre Heimat aufgeben. Ganze, für die Versorgung mit Nahrungsgütern wertvolle und leistungsstarke Gebiete wurden menschenleer, Inseln gingen unter. All die heimatlos gewordenen Menschen mußten neu eingegliedert und sozial aufgefangen werden. In den Republiken stellte man sich diesen Problemen durch gewaltige humanitäre und neue ökonomische Aktionen. In den Gebieten der Allianz ziehen seitdem schon jahrzehntelang fahrende Wanderarbeitertrecks umher, die überall unerwünscht sind, und oft werden aus diesen Wanderzügen Sklaven rekrutiert...

... Durch intensive und zügige Solarzellen-Bekachelung der Wüstenflächen, inklusive der neuentstandenen Trockengebiete, die für Landwirtschaft und sogar für Besiedelung unbrauchbar geworden waren, wurde ein komplett emissionsfreies Energiesystem erschaffen. Zusammen mit der alten Windenergie, die damals schon zuviel fluktuierende, nämlich unregelmäßige Energie erzeugte, wurde die

Speichertechnologie ›Power to Gas‹, das einstige ›Wind-Gas-Verfahren‹, auch in der neuen Solartechnik genutzt, um Wasserstoffspeicher anzulegen. Auch, um für die neuen Vehiculatoren, mittels Treibstoffsystemen mit großer Reichweite, die Brennstoffzelle zum verbindlichen Antrieb zu machen. Solarenergie wurde ebenso zur Meerwasserentsalzung eingesetzt. Eine komplette Aufbereitung oder gar Neutralisierung nuklearer Abfälle blieb weiterhin technisch unlösbar.

In Territorien der Allianz setzen Regierende weiter auf marode Kernkraftwerke, während in den Republiken Atommeiler mit hohen Sicherheitsstandards sukzessive abgeschaltet und zurückgebaut wurden. Betreute Endlagerung alter Brennelemente und Ankauf von Atommüll der Allianz zur Sicherstellung fachgerechter Lagerung durch die Republiken. Kernfusionsforschung ist ein sekundäres Thema, wurde aber nicht ganz fallengelassen. Die Produktion von Biokraftstoffen wurde aufgrund deren schlechter Ökobilanz aufgegeben...

Der Rohstoff Wasser wurde maßgeblich. Der Wasserstoff, der zusammen mit Sauerstoff als Sekundärprodukt in teils gewaltigen zentralen Elektrolyseuren, teils kleineren für Tankstellen erzeugt wurde, konnte jederzeit auch wieder verstromt werden. Allmählich konnten Überschüsse produziert werden, gekoppelt mit der Effizienzsteigerung, etwa bei Raumwärme durch neuartige und alte isolierende Baustoffe, Abwärmeabgabe, bei der Umwandlung von Gas in erneute elektrische Energie, in lokale Nahnetze, unddurch lokale Nutzung von Geothermie...

... Durch die ›Power to Gas‹-Technologie nahm zwar der Stromverbrauch enorm zu. Die erneuerbaren Energien deckten dennoch jetzt den Bedarf ab, und sind zudem nun routinemäßig ausbaufähig ...

... Wärme, Kommunikation, Verkehr, Kraft, Licht, Prozeßkälte sind die Varianten des Energieverbrauchs. Es wurden dezentralisierte Elektrolyseure und zentrale Groß-Elektrolyseure zur allgemein zentralen und dezentralen Energieerzeugung entwickelt ...

... Daß zu hohe Energiepreise zur Deindustrialisierung ganzer Regionen führen, sehen wir an der ineffizienten und ideologischen Wirtschaftsweise in den Gebieten der Allianz, die damit aber auch weiterhin den Planeten mit einem hohen CO^2-Ausstoß und, am Rande vermerkt, mit einem immensen Verlust der Artenvielfalt, vornehmlich einem weiterhin um sich greifenden Insektensterben konfrontieren.

Der globale Methanausstoß ging leicht zurück, seit vermehrt in den Sektoren der Republiken in Zellkulturen gezogene Eiweißprodukte, inklusive künstlicher Milch, sich sukzessive einen Markt erschließen. Tierhaltung gibt es weiterhin, um ein Bedürfnis nach Fleisch zu befriedigen. Doch die größten Marktsektoren der Republiken für Fleischproduktion sind Aquakulturen und Hühnerhaltung, die an der direkten Belastung des Klimas keinen Anteil haben. Wohl aber das Meerwasser bzw. die Böden belasten.«

»Hehe, du hast die Plastikverschmutzung durch die Abfälle der Allianz vergessen. Bei uns werden sämtliche Plastikwaren komplett recycelt, die Allianz verschmutzt weiterhin das Meer damit...«

»Ist aber nicht Thema! Boah! Meine Güte. Ja! Das gibt es ja auch noch!«

»Keine Sorge, Bob, hey! Braucht es hier nicht. Mensch! Du bist ja durch! Das Teil brauchst du nur noch ins Reine zu tippen und abzugeben!«

»Meinst Du!? Das Büro hat am Nachmittag noch auf. Gut, da geh ich mal hin! Ich bin heilfroh, daß du mir da geholfen hast. Denn ohne deine Übungen hätte ich viel länger gebraucht. Fünf total langweilige mehrstündige Vorlesungen mußte ich zudem besuchen, da gab es soviel Information, daß ich nicht wußte, ob ich jetzt zehn Bücher schreiben soll, denn alles schien mir wichtig...«

Am Nachmittag gab ich die Arbeit im Büro des *Zentralinstituts für Seelische Regeneration* bei der Abteilung für Seelische Ertüchtigung ab, und war froh, jetzt endlich erlöst zu sein, und gespannt, wie es mit mir weitergehen würde.

Am nächsten Morgen wurde ich per Anruf in selbiges ZFSR-ASE Büro zitiert, wo mir die Sekretärin freundlich mitteilte, die Arbeit könne nicht weitergereicht und nicht angenommen werden.

»Erstens: Sie haben den Auffrischungskurs über Erste Hilfe-Maßnahmen am Unfallort nicht belegt!«

»Ohjeh! Den hab ich vergessen, ja? Kann ich den nicht nachholen, und...?«

»Gerade die selbständige Einhaltung von Terminen ist es, worauf hier besonders Wert gelegt wird. Weniger der Kurs selbst. Als ein Mitglied unserer Armee werden Sie beim Thema ›Erste Hilfe‹ ohnehin zwar über erweiterte Kenntnisse verfügen. Aber Sie sind hier, um zu lernen, tadellos Ihnen auferlegten Verpflichtungen nachzukommen, und wäre es ein Kurs im Kuchenbacken, mein Lieber!«

Ich war sprachlos.

»Zweitens!«, sang die Sekretärin triumphierend, »befindet sich bei dieser Wiedereingliederungsarbeit für einen Eignungsbeweis der Briefkopf mit Ihrer Anschrift, Ihren Geburtsziffern und Ihrer neuen Anschrift noch wie früher auf der rechten oberen Seite des Titelblattes. Nach den neuesten Bestimmungen ist dieser jetzt auf dem Titelblatt links oben anzubringen, und außerdem stimmt das Datum nicht. Gestern bei Ihrer Abgabe war der zweite September, Sie haben geschrieben ›Dritter September‹. Und was soll hier der komische, freilich witzige Schnörkel am Schluß ihrer Arbeit? So läuft das hier alles nicht, wie Sie sich das hier so vorstellen, mein Lieber. Jetzt sind Ferien. Ihr Protokollheft jedoch, wie es mir außerdem vorliegt, wird Ihnen angerechnet. Es ist akkurat geführt und vollständig. Aber für Ihren schriftlichen Eignungsbeweis dürfen Sie sich ein neues Thema suchen. Sie dürfen müssen! Es gibt ein Recht auf Pflicht hier! Darauf legen wir bei uns großen Wert. Nicht wahr? Es hilft Ihnen bei der Wiedererlangung Ihrer Erwerbsfähigkeiten. Und Sie werden die vorgeschriebenen entsprechenden Vorlesungen, die mit einer Anwesenheitsliste abgehalten werden werden, dazu zu hören haben und sich in Ihr neues Thema baldigst einlesen. Zweimal das Gleiche machen, das geht natürlich nicht!«

Kurz überlegte ich noch, mich zu beschweren, eventuell zu verlangen, ihren Vorgesetzen zu sprechen. Das hätte vielleicht noch mehr Staub aufgewirbelt. Ich kannte meine Akte. »Verstößt gerne mal, wenn auch harmlos, gegen Grundsitten und Konvention.«

Also ging ich.

»Man darf auch ›Auf Wiedersehen‹ sagen!«

»Wiedersehn!«

»Na bitte. Geht doch. Einen schönen Tag noch, Ihnen, Bob Nemo!«

»Ja, danke, ebenso!«

»Gerne!« sang die Sekretärin.

Ich ging zu Xenias Wohnwabe, als sie einen freien Tag hatte, und war immer noch enttäuscht und wütend. »Xeny, die Sekretärin ist eine blöde S...! Die Arbeit wurde abgelehnt wegen falschen Datums, weil der Briefkopf auf der falschen Seite angebracht war, und ich die Auffrischung ›Erste Hilfe‹ vergessen hatte. Euren Leuten geht es nicht darum, daß wir was lernen. In erster Linie sind alles Schikanen, man gängelt die Leute, frustriert sie!«

»Hindernisse im Leben sind da, damit man sie überwindet, ich selber finde sogar, daß man sie suchen sollte, statt ihnen auszuweichen, ...!«

»Xenia? Mehr fällt dir dazu nicht ein? Du sagst doch selber, daß du die Art und Weise, wie das Wiedereingliederungsprogramm läuft, einfach nur Sch... ist?«

»Ich habe die Herausforderung stets angenommen. Wie erklärst du dir, daß ich heute da bin, wo ich bin?«

»Ich bin sprachlos. Du bist genauso wie die!« brüllte ich.

»Du bist ein Aggressivling. Schmücke nur weiter so deine Akte, du wirst schon sehen, was du davon hast!« schrie sie.

»Eine Akte bin ich also für dich? Als Spion bin ich verbrannt. Kann ich etwas dazu? Auf Sklavenmärkten hat man mich zum Verkauf angeboten, mich gefesselt, vergewaltigt, und der Dank ist, daß ich lernen soll, artig Guten Tag, Auf Wiedersehn, Bitte, Danke zu sagen, und zu wissen, den wievielten wir haben, und wieviel Uhr es ist? Ich will eines Tages noch erleben, mir eine Wohnwabe leisten zu können, irgendeine Ausbildung abzuschließen, um eine Marktzulassung zu erhalten, die attraktiver ist, anstatt als kastrierter und geprügelter Haussklave bei der Allianz die Töchter eines Oligarchen lesen und Gedichte rezitieren zu lehren!«

»Der Fleiß und die Zuverlässichkait, nicht Geld und Ansehen spielen eine Rolle auf dem Weg in verantwortungsvolle Positionen und Sozialränge! Außerdem hättest du freundlich um eine Rücksprache mit dem Vorgesetzten bitten können. Du aber bist ein Leisetreter und Feigling. Und Aggressionen konstruktiv in vernünftige Bahnen lenken kannst du auch nicht! Das erlebe ich gerade sehr eindrucksvoll!« sagte Xenia mit scharfer Stimme.

Auf einem ihrer Küchenablagen sah ich den Schlüssel zu meinem Wohnprovisorium liegen. »Den hier..«, ich warf den Schlüssel auf den Küchentisch, an dem sie teetrinkend saß, »den nehm ich an mich, wenn ich hier rausgehe!«

»Du kannst gleich gehen. Und dann laß dich nie mehr hier blicken!« schrie Xenia mich an.

»Hier, den Ring! Den du mir geschenkt hast!«, ich warf ihn in den Biomüll.

»Und hier!«, ich öffnete ein Fenster, nahm ihren neuesten Kunstdruck, der ein sich küssendes Paar zeigte, von der Wand, und warf ihn hinaus in den Rasen.

»Hau ab!« weinte jetzt Xenia. »Ich will dich nie mehr hier sehen, es ist aus. Für immer. Ja! Du zerstörst ja alles!«

Ich rannte hinaus, um vollends betäubt den weiten Weg zu meinem Wohnprovisorium in Angriff zu nehmen, doch zuvor schrie ich auf der Straße mit den Familienhäusern und Bungalows lauthals herum...

»Xenia, du bist das System!« – »Spießbürgerpack!« – »Ich sch... auf die Republiken. Sklavenhalter. Die Schwachen erziehen zur Unterwürfigkeit!« – »Ja, f... euch alle, ihr Kriecher, ihr verdammten!« – Einige von Xenias Nachbarn öffneten die Fenster, statt ihre Optisierungsgeräte zu nutzen, um nachzusehen, was es gab, während ich weitere ausgesuchteste Flüche ersann und herausschrie.

Unterwegs überlegte ich mir, in ein privates Billardkasino zu gehen, welches ein altgedienter Offizier der Armee im Keller seiner kleinen Villa unterhielt, um mich mit Kumpels zu treffen, um mich ordentlich zu besaufen... »Heute abend dann«, dachte ich und ging erstmal nachhause.

Als ich mit dem Lift in den 50. Stock emporgerauscht war, sah ich auf dem Parkplatz vor meinem Wohnprovisorium zwischen zwei dort ebenfalls gerade parkenden Autonom-Taxies Xenias Vehiculator stehen. Da bekam ich große Angst. »Wahrscheinlich hat sie das Gewaltmonopol gerufen und wartet mit Vollstreckungsbeamten auf mich?« murmelte ich, und entdeckte in mir jedoch so eine winzige Freude, die sich zaghaft Bahn brechen wollte. »Das macht sie nicht, oder?« sagte ich zu mir selbst. »Ich hab vergessen, meinen Schlüssel mitzunehmen...«

Als ich das Provisorium betrat, roch es nach Kaffee und Hühnersuppe. Xenia saß behaglich im ergonomischen Bürostuhl und hatte die Beine auf den Schreibtisch gelegt. Doch ihr Gesicht war wie versteinert, und ihr rotes Haar hatte sie streng zum Dutt aufgeflochten und gebündelt. Sie war bleich. Zaghaft zuckte ein vorsichtiges Lächeln über ihre Lippen eilig hinweg.

»Setz dich, und halt den Mund, Bob! Und nimm dir was von der Hühnersuppe. Die wird uns beiden guttun!«

Nachdem wir beide, von großer Trauer umgeben, geschwiegen hatten, sagte Xenia: »Bob, was dir passiert ist, war nicht gut. Das mit der Sekretärin vorgestern morgen, meine ich. Und was die Nachbarn denken, ist mir sch...egal, es gibt wirklich Schlimmeres! Und: Die optisierten Aufzeichnungen deines Ausrastens und freikünstlerischen Auftritts haben keinen Alarm ausgelöst, wir sind doch schließlich Menschen.« Sie schlürfte Hühnersuppe aus einer meiner großen Tassen. Ich saß auf dem Boden, an die Wand gelehnt, und wärmte auch mich an der Suppe. Sie hatte etwas Zwiebeln, Lauch und Möhren und Liebstöckl hineingeschnipselt.

»Nimmst du den Ring wieder an dich? Hm? Hier..!« fragte Xenia. Ich nickte unter Tränen... und nahm den Ring verlegen wieder an mich.

»Wenn du bei der Wiederholung deiner Eingliederungsarbeit das Thema *Politikwissenschaften und die Soziologie im Wandel der Zeiten* nimmst, es könnte dir sogar mehr Spaß machen, als der menschenverursachte Klimawandel

– da helf ich dir. Denn darüber schrieb ich meine Assistenz-
arbeit. Und das war für mich keine Arbeit, das macht richtig Spaß. Da ist soviel angewandte Philosophie dabei. Die
Frage nach dem Sinn des Lebens auch!«

Sie blieb wieder. Die ganze Nacht. Aber wir redeten. Und
tranken viel Kaffee dazu.

UND SO WAR SCHLIEßLICH DIE WEIHNACHTSZEIT heran-
gekommen, die im Sektor Vier festlich begangen wurde –
es hatte sogar geschneit, was in den südlicher gelegenen
Gebieten von Sektor Vier selten vorkam – waren wir beide
ganz lange zu Walzermusik auf einer öffentlichen Eisbahn
auf dem Dach eines Wolkenkratzers gemeinsam, erst
händchenhaltend, dann Arm in Arm, schließlich mutiger werdend, eng umschlungen Pirouetten drehend, ganz
befreit selbstvergessen Schlittschuh gefahren. Zu diesen
Zeiten flogen sehr viele Lufttaxies über die Städte, viel
mehr als sonst, diese Fahrten waren sehr teuer und überall
war Festtagsgedrängel. Ich hatte spontan entgegen meiner
Gewohnheiten beschlossen, meinen Eltern doch mal von
Hand mit Tinte einen Brief zu schreiben und ihnen dazu
ein Weihnachtspaket zu senden. Nichts Besonderes. Für
Vater kaufte ich sein Rasierwasser, das *Southern Goldmine*,
was er seit jeher benutzte, und für Mutter eine dieser Duft-
lampen, die gerade wieder in Mode kamen, mit einigen aromatischen Ölen dazu. Xenia war sehr entspannt. Wir beide
hassten Geschenke, Weihnachten, Geburtstage, Jahrgangs-
feierlichkeiten der Internatsklassen. Und während mir
Xenia beim Einkaufen zugesehen hatte (ich suchte dann in
einem Geschäft noch nach einer schönen Weihnachtskarte,

um sie im Briefkuvert ins Paket zu legen), kullerten mit einem Mal dicke Tränen über ihr Gesicht.

»Xenia!? Um Himmels willen! Ist etwas passiert, was ich wissen sollte?« fragte ich sehr beunruhigt. Sie versuchte, blitzschnell ihre Miene zu wechseln, augenblicklich ihre Selbstbeherrschung wiederzugewinnen, worin sie sonst immer eine sehr geschickte Meisterin war.

»Hehe, nichts ist! Wie immer!« versuchte sie mit einem Lächeln zu antworten, welches zu einem verzerrt-zitterigen Grienen geriet. Sie hakte sich fest bei mir unter, und beschwor mich, mir ins Ohr flüsternd: »Gleich! Laß mir Zeit, Schatzbob. Auf der Arbeit und zwischen uns ist alles in Ordnung. Ich bin auch nicht schwanger oder krank, falls du an sowas denkst. Der Abend ist noch lang, und die Weihnachtsmärkte haben bis spät in die Nacht geöffnet. Mir kommen da so paar schräge Gedanken. Laß mir Zeit! Gleich.«

Zwischen zwei breiten, unterschiedlich hoch gelegenen und sehr geräumigen Wolkenkratzerdächern war extra wieder für die Weihnachtszeit mittels einer mächtigen Stahlkonstruktion mit Hubschraubern und Last-Quadrokoptern eine Ski- und gleich nebenan eine Rodelpiste gebaut und eröffnet worden. Der Schnee kam natürlich aus speziellen Schneekanonen, auch wenn es dieses Jahr sogar wirklich überall in unseren Gebieten geschneit hatte. Xenia war plötzlich heiter wie ein vierjähriges Mädchen, und wollte rodeln. Schreiend vor Glück rasten wir den großflächigen, künstlichen Abhang hinunter, überholten viele der lahmen und ängstlichen Schlittenfahrer. »Lahme Enten!« brüllte Xenia mit dem ganzen Körper, ausgelassen, und mit rollender Stimme, setzte ihre Kapuze ab, ließ ihre Haare fliegen, so daß manche erschrocken »Na sowas auch!« riefen und viele Leute uns immer wieder kopfschüttelnd nachsahen und uns zusahen. Wie die Verrückten rannten wir immer wieder gleich mehrere Stufen auf einmal nehmend die Stahltreppe ganz außen an der Konstruktion hinauf, von wo aus man in die darunter liegende, beängstigende Tiefe sehen konnte – es ging von da einige hundert Meter in die Straßenschluchten hinab – statt die bequeme Rolltreppe parallel zur Ski- und Rodelbahn zu nutzen.

Zu später Stunde genossen wir es, vollkommen erschöpft auf dem niedrigeren Wolkenkratzerdach Popcorn essend, den Skifahrern nebenan zuzusehen, wie sie hin- und herwedelnd die Piste zu uns herabsausten. Auch von ihnen nutzten etliche die schwindelerregenden Stahltreppen ganz am Rand, um gleich nach ihrer Abfahrt aus eigener Kraft wieder nach oben zu gelangen.

»Und das auch noch mit den Skiern auf dem Rücken!« nickte Xenia, in meinen Armen, an mich gelehnt. »Wir sollten mal im Winter gemeinsam in die Berge fahren!«

»So richtig Urlaub, Xeny? Rodeln gehn? Skikurs machen, oder...?«

»Hehe, Bergsteigen natürlich!«

»Nein, wirklich nicht, die Treppe da, okay, aber in die Felsen dort einsteigen, und das kilometerweit, womöglich Freeclimbing!, niemals!«

»Auf den Inseln bin ich oft hohe Felswände hinauf, Schatzbob, aber natürlich ohne Seil. Ich beherrsche meinen Körper, und kann mich auf ihn verlassen. Ich kann auch nach einem Salto in der Luft aus zwanzig Metern Höhe mit Kopfsprung in die Wasseroberfläche eintauchen!«

»Oh nein, Xenia, ich hab's geahnt! Gegen dich seh ich alt aus. Einfach in allen Disziplinen! So eine verfluchte .. Sch... auch! Gibt es denn gar nichts, wo ich dir mal imponieren könnte!«, aber ich war keineswegs gekränkt oder gar neidisch. Und an einem solchen wunderbaren Tag auch? Wie denn?

»Wahrscheinlich nicht, Bob Nemo. Du hast keine Chance. Niemals, Hehehe!« meckerte sie glücklich. »Du bist trotzdem schon was Besonderes für mich, weißt du?« sagte sie, und drückte sich fest an mich.

»Und, Schatzbob, du, hör mal, morgen vor der Bescherung,...«, sie schluckte.., »haben da die Geschäfte nochmal auf? Ich denke doch, oder? Am Vormittag?«

»Aber Xenia! Du mußt mir doch nix schenken! Ich hab doch dich!« lachte ich freudig. Was sollte das denn jetzt? Aber sie flüsterte mir ins Ohr:

»Ich hab das sehr bewundert, wie du für deine Eltern da die Sachen verschickt hast. Ich würde das gern jetzt auch machen!« Dann weinte sie wieder, ihr Gesicht in meinem offenen Anorak bergend.

»Papi, Mami, schaut mal, die Frau mit den schönen roten Haaren, die beim Rodeln so laut und froh geschrien hat! Sie weint!« sagte ein Kleinkind, in der Mitte seiner Eltern, die es gemeinsam an den Händen führten. Beide Eltern nickten mir freundlich und sich quasi entschuldigend zu – »Ja, das kommt an Weihnachten schon mal vor, Max!« sagte die Mutti zum Kind –, und gingen rasch weiter.

Am nächsten Tag sind wir dann, wieder sehr ausgelassen vormittags in das Gewühl der überfüllten Fahrstühle, Rolltreppen und Einkaufspassagen hinein, von Klangboxen mit den allerkitschigsten Weihnachtsliedern umsäuselt und beschallt. Xenia machte es sich nicht leicht. Wir besuchten gefühlt - *ausnahmslos sämtliche* - großen und kleinen Geschäfte, drängelten uns durch die Menschenmassen, die noch einmal all die riesigen Einkaufszentren, alle winzigsten Läden und Marktstände heimsuchten. Schließlich hatte sie drei antiquarische Schallplatten erstanden.

»Leonidas Kavakos. Ein Lieblingsgeiger meines Vaters, ein echter Fund!« sagte sie stolz und begeistert, und übergab mir die Einkaufstüte. »Gib drauf acht, daß sie im Gewühl all der Leute nicht zerbrochen werden!«

»Wird gemacht, Chef«, entgegnete ich, und gab sorgfältig acht darauf.

Dann erstand sie in einem Lädchen, wo es nach allerlei Duftölen und Räucherstäbchen roch, zwei chinesische klingelnde bunte Kugeln.

»Qi Gong Kugeln mit Klangwerk! Der helle Klang darin ist der Phönixruf, die tiefere der Drachenruf«, erklärte sie.

»Wenn du das so sagst, Xenia, okay! Und wozu sind die gut?«

»Zum damit Spielen!« lachte sie. »Schau, du läßt die zur Entspannung in deiner Hand kreisen. So zum Beispiel!« Sie ließ die Kugeln geschickt mit einer Hand in der selbigen ineinander rotieren.

»Sie dürfen einander nicht berühren, wenn du mit ihnen übst. Meine Mutter wird sie bestimmt mögen und sie auch nutzen! Sie trainieren und erhalten die Feinmotorik, weißt du!?« Xenia ließ sie sich einpacken und lächelte selig. Und wir gingen endlich Richtung Heimweg.

»Schatzbob?« – »Ja?« – »Du kannst mir die Sachen jetzt geben! Und bevor wir uns einen Quadrocopter nehmen, der uns aus der überfüllten Stadt rausbringt, könntest du noch etwas Gemüse besorgen da drüben, ich geh derweil zur Post, und ich warte dann oben auf dem Dach auf dich?«

»Na klar, Xeny, kein Problem, dann machen wir es eben so! Gewürze könnte ich auch noch paar besorgen, für die tierfleischfreien Proteinsteaks?«

»Na klar, super!«

Und so machten wir es dann.

EINIGE MONATE SPÄTER WAR ES FRÜHLING, und ich war wieder mal alleine in Xenias Wohnwabe. Ich wollte nach draußen, etwas spazierengehen, mir die Hügel mit den blühenden Obstbäumen ansehen, betreten durfte man sie ja nicht, sie waren in Privatbesitz. Es war aber etwas frisch, und ich beschloß, mich zu überwinden, um einmal ausnahmsweise aus einem von Xenias Schränken mir ein Halstuch zu holen, um es umzulegen. Da! Im Schrankgefach mit den Tüchern lagen, etwas weiter hinten versteckt, die Tüten, noch mit den Schallplatten und den Qi Gong Kugeln drin. Ich seufzte tief auf! Ich hätte es mir fast denken können. Ich stellte sie mit allem Feingefühl zur Rede, als sie heimkam. Sie blickte scheu zu Boden.

»Ich tat sie in ein Schließfach. Schatzbob, ich weiß, du wirst jetzt schlecht von mir denken. Aber ganz plötzlich verließ mich der Mut. Wegschmeißen aber wollte ich die Tüten dann auch nicht. Eigentlich nur wegen dir. Hab ich sie dann nicht weggeschmissen, ... sondern in ein Schließfach gegeben und sie später geholt, weil: Vielleicht trau ich mich nächstes Jahr? Verstehst du? Du verstehst das doch, irgendwie? Oder!«

»Ja, Xenia, ich kann das verstehen. Es ist all das nicht leicht. Wenn man so weit weg von Eltern und Kindheit ist. Und mitten im eigenen Leben steht!«

»Meine.. meine Eltern leben beide auf einer Insel im Sektor Neun. Sie sind äußerst wohlhabend. Weißt du? Ach ...! Ich mochte meinen Vater so sehr, meine Mutter hingegen war eher etwas zickig und mädchenhaft, wollte immerzu von Vater vor allem möglichen beschützt werden. Mutter wurde wahnsinnig, wenn ich alleine in die Felsen der Inselküste stieg. Vater nicht. Er hatte Freude an meinem Mut. Lange her. Schatzbob!«

Sie trat ans Fenster, seufzte, und sah hinauf in die Weite des Himmels.

»Meine Eltern, Bob, verstehen es, ihr Leben zu genießen. Sie leben in einer sehr wunderschönen Gegend am Meer. Nicht wahr? Dort kann man schwimmen, klettern, tauchen, segeln und surfen. Und, wenn man möchte, abends fein ausgehen, oder man setzt sich in eine der vielen angenehmen Bars nahe beim Strand.«

Sie warf sich auf ihr riesiges Bett und sah still die Decke an, wo ein großer Ventilator für heiße Sommertage jetzt stillstand.

»Es geht ihnen jetzt sehr gut, glaube ich, meinen Eltern«, fügte sie noch bei.

Wir schwiegen beide lang und hielten uns an den Händen, auf dem Bett die Schlafzimmerdecke mit dem stillstehenden Ventilator ansehend.

Dann setzte sich Xenia wieder an den Laptop, um von speziellen Programmen Fragebögen auswerten zu lassen und schrieb Gutachten für ihre Büroarbeiten. Eddy, der formidable Kühlschrank, überbrühte uns mittels einer Boilerfunktion eine Kanne Tee. »Madame, Sie wirken etwas traurig? Der Tee wird Ihnen beiden guttun. Ich habe ihn nach Ihren Wünschen, Madame, mit 65,5 Grad aufgebrüht. So, wie ein feiner Blattspitzen-Grüntee es verlangt.« – »Ach, mein guter Eddy, du treue Seele!« – Wir sprachen seither nie wieder von ihren Eltern. Immerhin aber hatten wir es einmal getan. Dachte ich. Wenigstens einmal? Oder eben nicht?

Womöglich sagte Xenia nicht die ganze Wahrheit? ›Was, wenn ihre Eltern gar nicht mehr leben?‹ fragte ich mich seither von Zeit zu Zeit beunruhigt. So verschob ich ein weiteres Gespräch über Xenias Familie stets auf ein andermal. Auf einen zukünftigen, vielleicht passenderen Zeitpunkt?

›In Filmen fragen die Helden einer Lovestory ihre Gefährten über alles mögliche klar und direkt aus, ohne deren Vertrauen zu verlieren. Ohne daß es eine allzu lange ›Szene‹ gibt. Dann trösten sie ihre Liebesgefährten perfekt. Jedes Wort: ein Versprechen für die Ewigkeit. Ein starker Fels zum Anlehnen....‹ dachte ich wehmütig. Denn: Hier, in der Realität, in der ich gerne ein ›Held‹ gewesen wäre, teilten mir meine Instinkte immer neu und unabänderlich mit, daß es besser sei, behutsam und geduldig zu bleiben, um Xenia selbst die Tage und Augenblicke bestimmen zu lassen, in denen sie mir mehr über ihre Vergangenheit und Herkunft berichten würde. Es gibt zeitliche Rhythmen, derer eine verwundete Seele bedarf, ihre innersten Geheimnisse zu verarbeiten, um sich in einem günstigen Moment mitzuteilen, ohne die Fassung, ohne das Gesicht zu verlieren. Ich wollte das aushalten und abwarten. Ungeholfen hilflos bleiben angesichts des Gefühls, daß sie immer noch einiges vor mir verbarg.

II

AUF JEDEN FALL hatten wir trotz unserer intensiven Beziehung viel gestritten – es ging mir nicht immer gut damit, dabei liebten wir uns wie zwei Verrückte, laut, heftig, wild...

Es gab an einigen Tagen gegenseitiges Konkurrieren. Es gab Besserwisserei. Nicht selten »suchten wir mit Eifer, was Leiden schafft«, wie es so heißt. Das machte uns beiden dann Sorgen. Trotzdem passierte es immer mal wieder.

Wir mochten auch zu manchen hierfür günstigen Gelegenheiten den Alkohol, um uns zu berauschen. Wir tranken ihn gern. Ich hatte durch die Armee ja so meine Verbindungen. Aus Verzweiflung? Weil wir uns durch diese nüchterne Welt, die uns umgab, manchmal ganz ausgestorben fühlten? Oder einfach, weil Trinken ein Spiel sein konnte? Mit der Ambivalenz von Kontrolle und Kontrollverlust? Im Grunde waren wir hin und wieder sehr einsam. Hier in den Republiken regierte »der Terminkalender«, der auch in Gestalt vielseitiger virtueller Funktionen immer den Lebenshintergrund bestimmte. Schon morgens meldete an den Werktagen mein Laptop unaufgefordert, welche Termine heute für mein Wiedereingliederungsprogramm vorgesehen waren. Es nervte, egal wie oft ich die Computerstimme auch austauschte. Mal weckte mich die präzis artikulierende Stimme eines kollegialen Coachs mit beschwingter Marschmusik unterlegt, anderntags wählte ich das fast schon stöhnende Hauchen einer sanften Verführerin zu schwebendem Klaviergeklimper. All das half nichts. Termine nervten. Basta. Bei Xenia zuhause nervte Eddy, der

Kühlschrank zudem immer mit seinem »Die aktuelle Einkaufsliste, Madame! Guten Morgen!« »Eddy, halt's Maul. Bitte keine Bestellungen. Ich wünsche heute keine Hausbesuche durch Anlieferungs-Services!« Aber einen Freundeskreis? Hatten wir beide nicht. Zu »deinen schrägen Kumpels?« ging sie nicht mit. »Die baggern dann bloß, und ich mach dann noch eure Männerfreundschaft kaputt! Ich weiß, wie das läuft, Bob!«

In der Öffentlichkeit, in Einkaufzentren, auf den weitläufig geschwungenen Parkterrassenbrücken zwischen Wolkenkratzern, oder auch in von Wäldern umgebenen Wiesen und Äckern der Vorstadtzonen führten die meisten Menschen »Selbstgespräche«. Auch beim Joggen, oder wenn sie ihre Hunde ausführten. In Sportzentren, Schwimmhallen trainierten viele hochkonzentriert für sich alleine. Badeten still genießend und schwiegen in der Sauna. Die Kontaktsimulation war längst zur gegenseitigen Kontrollfunktion der zwischenmenschlichen Beziehungen entartet, die ein Ansprechen von Privatpersonen durch Fremde auf offener Straße schier unmöglich gemacht hatte. Es wurde als Unverschämtheit empfunden, Passanten um Auskünfte zu bitten, die nicht in äußerster Kürze vorgetragen wurden. Kulturelle Veranstaltungen waren von dieser Verödung hinsichtlich jeder spontanen Begegnungsfähigkeit nicht ausgenommen. Ja keine fremden Menschen zu lange kontaktieren! Gefahr!

Auch hier simulierte jede Einzelperson entweder mittels der Ohrbügelkamera, oder nur mit der Sprechfunktion allein, die als bequemer Ohrstöpsel getragen wurde, Kontakt zu seiner Clique oder Familie, die ihre eigene *Private*

Isolativität wie einen Augapfel hütete! Jedem Bürger stehe das Privileg auf die Freiheit eines unversehrten, intimen Privatlebens zu. So lautete das Versprechen der Republiken. *Interaktive Brillen*, mittels derer man in der Öffentlichkeit auch lesen und nebenbei virtuelle Hologramme hätte besichtigen können, versehen mit statistischen Tabellen, waren nur Ordnungskräften, Ärzten, Sanitätern, Polizisten und den Mitarbeitern Technischer Hilfswerke vorbehalten und erlaubt. Sie wurden ausschließlich für den öffentlichen Dienst produziert.

Gerade diese Interaktiven Brillen spielten während der Unruhen, die die alten demokratischen Ordnungen untergehen ließen, eine äußerst traurige Rolle. Es war möglich geworden, jeden Passanten augenblicklich durch die unzähligen Gesichtserkennungsfunktionen, die man sich längst kostenlos aus dem Internet herunterladen konnte, augenblicklich mit Namen, Geburtsdaten und Adressen zu identifizieren. Und ebenso war es möglich, sich dazu sofort Zugang zu sämtlichen Informationen, Bildmaterial und Diskussionsbeiträgen der so identifizierten Person in ihren präferierten Sozialen Netzwerken zu beschaffen. Was im Zusammenhang mit den immer länger werdenden öffentlichen Todeslisten und den sinkenden Hemmschwellen einer ganz neuen Gewaltbereitschaft zu unerträglichen Mordserien geführt hatte. Solche Gesichtserkennungsfunktionen und ebenso die Interaktiven Brillen wurden zwar auf einem Schwarzen Markt weiterhin gehandelt, doch war der illegale Besitz dieser Instrumente und Programmfunktionen mit drakonischen Strafen belegt, oft mit lebenslänglichem Freiheitsentzug.

FÜR VIRTUELLE REISEN UND PARCOURS gab es die geräumigen *Second World Sporting Arts* Spielhallen. Dort fand man vor allem verzärtelte Jugendliche, die sich die riskanten Manöver der Skateboardstrecken und das verbotene, doch schwer zu unterbindende Freerunning über die Ränder von Wolkenkratzerplateaus, Parkhäusern und hochgelegenen Gebäudeterassen von Dach zu Dach nicht zutrauten. In den Second World Hallen kam mitnichten die Interaktive Brille zum Einsatz, sondern die sogenannte VRM, die »Virtuelle Realitäts Simulations Maske«, die natürlich auch begrenzte, interaktive Eigenschaften besaß. In geräumigen Wolkenkratzern jeweils in größeren Städten des Republikanischen Bündnisses war über mehrere ausgeräumte Stockwerke eine Seite der Cheopspyramide durch ein gigantisches 3-D-Druckverfahren nachgebildet worden, in unserer Metropole, in Teegebäck-City war es die Südseite. Damit man das Erlebnis, eine Pyramide zu besteigen, einst für Touristen noch eine Selbstverständlichkeit, trotzdem noch haben konnte. Erklomm man jedoch mit der VRM, der »Virtuelle Realitäts Simulations Maske«, eine solche Nachbildung, konnte man in die Wüste hinausblicken, sah das glitzernde Band des Nil. Oder man konnte von einer nachgebildeten Ostseite der Pyramide bis nach Kairo und Gizeh schauen. Die drei bedeutendsten Pyramiden von Gizeh, aber auch der Kölner Dom und die Festungsstadt Alhambra in Andalusien waren ja von Spät-Islamisten in einer gnadenlosen und diabolischen »Vergeltungsoperation« gesprengt und dem Erdboden gleich gemacht worden. Nur die Gebäude des Vatikans, die Museen mit all den Kunstschätzen, der Petersdom, die Sixtinische Kapelle, die ebenfalls Ziel der perfiden und konzertierten Operation waren, blieben für unsere Epoche nochmal erhalten. Es funktionierte die Zündungsmechanik nicht. Doch in unseren virtuellen Hallen konnte man all das, was man früher das »Weltkulturerbe« nannte, längst bis ins kleinste Staubkörnchen digital erfaßt, annähernd weltweit bequem in Echtgröße besichtigen. Natürlich gab es aufregende Spaziergänge auf sämtlichen Planeten und größeren Monden des Sonnensystems. In ›Raumanzügen‹ wurden die gestochen scharfen optischen Eindrücke dann auch durch haptische Feedbacksimulation für Tast- und Wärme- und Kältesinn in feinster Auflösung erlebbar. Man konnte Felsen betasten, Steine aufheben. In manchen Anzügen konnten Spaziergänger räumliche Dufterlebnisse von Wiesen und Wäldern genießen, während sie durchs Gras stapften, mit der Hand über wogende Ähren der Kornfelder strichen. Der Haptische Ganzkörperanzug erfuhr jedoch praktische Anwendung beim Blindentraining in therapeutischen Zentren. In simulierten Werkshallen wurden Mechaniker an 3-D-Modellen von Großbaustellen, etwa auf virtuellen Bohrinseln für ihre ihnen bevorstehenden Aufgaben unter und über Wasser oder auf schmalen, schwindelerregend hohen Baugerüsten geschult. Dort zogen die Auszubildenden, mit echtem, jedoch präpariertem Werkzeug ausgestattet, nicht real existierende Schrauben fest, schweißten ebensolche Stahlträger zusammen, oder bereiteten die riesige Metallgußform für eine gewaltige Strömungsturbine vor. Auch übten dort angehende Ärzte OPs an simulierten Modellen verschiedenster menschlicher Körper. Auf Roboter hingegen, die chirurgische Eingriffe ausübten, wurde in den Republiken verzichtet.

Beeindruckend war die visuelle Zooming-Funktion des ›gläsernen Modells‹, die praktisch überall zum Einsatz kam, wo der volle Durchblick erfragt wurde. Der menschliche Körper und seine Organsysteme, die innere Mechanik eines Motors oder klassischen Uhrwerks, der Verlauf der Kanalisationen und Tunnelsysteme unter einer Stadt, das Innere einer zu erwerbenden Immobilie, die man begehen wollte, deren Räume, der Verlauf der Strom- und Wasserversorgung in den Wänden, überhaupt sämtliche historischen und modernen Bauwerke, ein Stück Fels mit einer darin eingelagerten fossilen Versteinerungsstruktur, die Körnung von Baumaterialien, all das konnte man nicht nur mit dem virtuellen Blick ›durchleuchten‹, sondern sich auch, durch hohe Bildauflösung unterstützt, hindurchzoomen. Ob menschlicher Leib, Baum, Kathedrale, Maschine, Raumfrachter oder ein Stück Felsenkonglomerat usw., all die Simulationen ließen sich sowohl als oberflächliche Fassade untersuchen oder bewundern, oder als ›gläserner Bauplan‹ durchschauen, doch nicht nur das: Per Zoomingfunktion gewährten einige Modelle, je näher und tiefer der Betrachter zu sehen wünschte, Einblick bis in die molekularen Strukturen.

Die ganze Amüsierindustrie hatte ihr eigentliches Gegenstück in industriellen oder militärischen Schulungszentren, die jedoch außerhalb der Städte in Schutzzonen lagen, zu denen man nur entweder mit einem implantierten Chip oder eben einem Ausweis in Kombination mit dem Iris-Scanner-Abgleich und einem zu singenden Codewort Zugang hatte. Das Sich chippen Lassen war glücklicherweise keine Pflicht.

Wie dem auch sei, niemand mußte mehr reisen, um einmal zu erleben, in der Ruinenstadt von Angkor umherzugehen, durch Mayaruinen zu streifen und die steilen Treppen ihrer Pyramiden im Dschungel zu erklimmen. Wer die Orte im Original erleben wollte, fuhr hin, doch dort drängelten sich meistens tausende Touristen. Lagen diese Orte in den Gebieten der Allianz, war es dort zudem brandgefährlich. Der Touristenmarkt von heimischen Banden blutig umkämpft. Da konnte man schon mal mit einer Schußwaffe am Kopf gebeten werden, das Hotel zu wechseln. »You come with me. I have better hotel. Better cook. Better pool!«

Da bevorzugte mancher natürlich den Besuch der virtuellen Abbilder, die auch durch das Ineinandergreifen von »Virtueller Realitäts Simulations Brille« und realen Unterstützungsinstrumentarien ihren eigenen Reiz haben konnten. Zum Beispiel die Sturm-, Wind- und Wärmeillusionen. Die glitzernden Wellenmuster des Ozeans in der Tiefe, während man scheinbar am umpusteten Paragleiter in einem Windkanal hing. Orientalische Basare, man konnte raunende Menschenmengen erleben, die dem Passanten entgegenkamen und manchmal durch den Spaziergänger einfach hindurchliefen, wenn mal wieder das Programm defekt war. Ansonsten konnte man mit Händlern feilschen und markierte Personen ansprechen, die einen in Erlebnisse, Flirts, Hütchenspiele, Verfolgungsabenteuer mit Quizfragen verstrickten. Die Herausforderung bestand darin, in solche virtuelle Welten immer neue kleine Abenteuer für die »Urlauber« zu installieren, damit die Besucherzahl einigermaßen gleich blieb. Es gab mit Vehiculatoren befahrene Autostraßen am Horizont, Ruinen mit Düften des

Dschungels umwogt, Kamelrouten mit miefendem Tierdung, Metropolen mit diversen Regengerüchen auf Gras oder Asphalt, eine auf- und untergehende, wärmespendende, künstliche Infrarot-Sonne, etwa über sich wiegenden Palmengestaden der Südsee mit einer realen, an virtuelle Simulationen gekoppelten Wellenschwimmbadanlage. Was es da halt in den großen *Second World Hallen* alles so geboten wurde.

Die Firmen der Unterhaltungsindustrie beschäftigen Hundertschaften unterbezahlter Zeichner und Grafikkünstler, um dem Erlebnishunger gerade der Jugend gerecht zu werden. Achterbahnen, die durch bizarre, rein ornamentale Welten stürzten und kreisten, Schnellboote, die scheinbar auf Meeren fremder Sonnensysteme kreuzten, wo man gegen die seltsamsten Kreaturen kämpfen oder ballern mußte oder als B-Lymphozyt in der Blutbahn unterwegs war im Auftrag des Körpers, gegen Viren in eine Abwehrschlacht zu ziehen, Gespensterschlösser von gigantischen Ausmaßen beherbergten Labyrinthe von kerzendurchglänzten Sälen, und lockten schließlich abwärts in die Keller verpilzter, grünlich schimmernder Gruftgewölbe, wo feiste, glatzköpfige oder halbverweste Kreaturen manchen in echte Angst und alptraumerzeugende Schrekken versetzte.

Für Jugendliche und deren Eltern stellten solche Vergnügungspaläste ein echtes Problem dar, weil der Eintritt nicht umsonst war. Einen Kölner Dom zu besichtigen, oder in einer vatikanischen Gemäldegalerie einige Tage hintereinander zu verbringen, kostete nicht viel Geld. Solche virtuellen Bildungsreisen wurden subventioniert in

Nachfolge des gescheiterten Engagements des einstigen »UNESCO-Weltkulturerbes«. Besondere Denkmäler und Naturgebilde wurden nur noch virtuell geschützt. Real waren diese Dinge kaum mehr zu bewahren. Die Menschheit als Ganzes hatte längst erkennen müssen, daß Zeitenwenden einander immer rascher ablösen konnten, und kein Stein auf Dauer auf dem andern bleiben würde. Aber die rasanten Abenteuer in den Wimmelwelten der puren Unterhaltungsindustrie stellten eine Herausforderung für den Geldbeutel ärmerer Leute und junger Menschen dar.

Man darf nicht vergessen, daß inmitten solcher kostspieliger Abenteuer eine letzte Lücke und Möglichkeit gegeben war, realen Menschen zum Anfassen nahe zu kommen, weil hier zuweilen gemeinsam »Aufgaben zu lösen« waren und man daher gleich ein Thema hatte, und sich nicht etwas wenig Überzeugendes aus den Fingern saugen mußte. Immerhin wurden 10% der Ehen in solchen virtuellen Vergnügungspalästen angebahnt und geschlossen, und mancher Jugendliche versuchte, einen zweiten Job zu finden, um sich sowas öfter leisten zu können.

Das virtuelle Strandkino in Teegebäck-City war sehr schön, vor allem, wenn man das erste Mal hinging. Ein großflächiger Strand aus Meersand mit echten Muscheln darin war da aufgeschüttet worden, und die Besucher saßen bequem in Badekleidung an einem echten Flachwasserbereich einer Brandungszone, wo man in lauem, salzigem Meerwasser auch baden konnte. Dazu natürlich eine kleine Strandbar, Liegestühle. Eine virtuelle, riesige Himmelsglocke erstreckte sich bis zum simulierten Horizont über die Häupter der Zuschauer. Verborgene Ventilationsanlagen erzeugten einen unstetigen, aromatischen Seewind. Kurz bevor die Filmvorführung startete, ging eine blendende, täuschend echte Sonne unter, die Sterne blinkten an einem südlichen Nachthimmel auf. Und wie eine riesige Fata Morgana erschien der dreidimensionale Film, kombiniert mit einem perfekten räumlichen Klangerlebnis über der dunklen, nun zur Ruhe gekommenen Wasseroberfläche. Andere Kinos hatten das natürlich in speziellen Varianten, so, daß man mal auf einer immer golfplatzgerecht gemähten Almwiese saß, von dort aus in ein gestochen scharfes Hochgebirgspanorama schauen konnte, ziehende Wolken warfen beeindruckende Schattenspiele auf Wälder, Wiesen, ferne und nahe Felsenklüfte, Wiesendüfte säuselten aus unsichtbaren, sanft säuselnden Windkanonen, woanders wieder war es eine hohe Wüstendüne mit Blick auf eine antike Ruinenstadt im Tal, oder man fuhr auf einem Steamboat über einen animierten Mississippi, und sah auf Deck dann den Film. Ein reizvolles 3-D-Kino gab es in einer benachbarten Metropole. Dort genoß man die Filme auf einer Anhöhe des Hellas Planitia, am Kraterrand des größten Asteroiden-Einschlagbeckens auf dem Mars, unter der Simulation des dortigen Sternenhimmels. All das Drumherum eines solchen Lichtspiel-Spektakels konnte ein beeindruckendes Erlebnis sein. Beim ersten Mal...

Ich hielt das meiste dieser Schauen und Darbietungen, auch das 3-D-Kino ohne die Masken, Anzüge und Brillen, für grausigsten Kitsch. War man ein einsamer Mensch, konnten all die Simulationen das Gefühl der Sinnlosigkeit des Daseins eher verstärken. Wie sollte man sich selbst darin vergessen? Dann lieber wirklich reisen, und das

Risiko eingehen, im schlimmsten Fall umgebracht zu werden, ehrlich gesagt! Dafür aber echte Tempel, echte Strände,
echte Menschen sehen. Oder eben weder-noch. Und ein
Buch lesen. Die zuweilen quälende Einsamkeit aushalten.
Was erwartete einen denn als Tourist an den überlaufenen
Kulturerbe-Stätten? »Gruppe A hält ihre Eintrittskarten
bitte gut sichtbar hoch! Sehr schön! Folgen Sie ab jetzt dem
blauen Schirm!« »Die Tempelstadt darf nur in den fest verschlossenen Plexiglaskabinen befahren werden, die Sie auf
keinen Fall, auch nicht im Verletzungsfall verlassen dürfen!
Unterschreiben Sie hier! Vielen Dank! Bitte lächeln!«

Auf jeden Fall war der an und für sich schwammige Begriff der Konvention einer *Privaten Isolativität* in allen Sektoren der Republiken zu einem echten Problem geworden. Es handelte sich hierbei um ein auf die Spitze getriebenes Grundrecht auf ›Individuelle Selbstbestimmung‹. Doch das war längst dermaßen pervertiert, daß man auch von ›Cliquenautismus‹ bzw. ›Symbionten-Autismus‹, gerade bei Liebespaaren sprach. Dazu trat ein großes Maß an Wehleidigkeit. Viele Menschen klagten über gefühlte Einsamkeit, taten aber fast nichts anderes, als mit anderen Wesen zu chatten, zu schimpfen, in Fake-Identitäten im Internet ihre virtuellen *Partykreise* aufzusuchen, statt ernsthaften Nachrichten und Faktenberichterstattungen Aufmerksamkeit zu schenken. (»Die Eliten drehen das! Sowieso! Was schert mich die Tagespolitik?«) Manche drohten im Netz ständig ihren bevorstehenden Suizid an, und viele weinten zuhause an den Kontaktsimulations-Gerätschaften mit und sandten Logos mit Herzensgrüßen, während andere dazu heftig fluchten und die Trauerlappen beschimpften. Wer öfter Suizid ankündigte, um Aufmerksamkeit zu erhalten, konnte Ärger mit den Behörden kriegen, bis hin zur gefürchteten dreitägigen Sperre bei allen Dienstleistern der Sozialmedien.

Eine Buchstaben-Tastatur nutzte in der Freizeit kaum noch jemand, um mit seinen langweiligen, virtuellen Partykreisen in Kontakt zu treten. Wo doch die Sprechfunktion sofort Gesprochenes in Geschriebenes umwandelte. Bei Fortbildungsseminaren oder im Studium war das Nutzen der Tastatur Pflicht und eine Funktion im Laptop kennzeichnete jeden Text unerbittlich. So konnte man sehen, ob ein Schriftstück nur eingesprochen oder ordentlich getippt worden war.

Setzte man nach dem Einloggen die Heimbrille auf, fand man sich in einem Gesprächsraum mit den dreidimensionalen Animationen der Avatare der jeweils netzaktiven Mitglieder seines Partykreises. Den Farblichen Hintergrund, knallbunte Seifenblasenwelt, Blumenwiese mit Wasserfall, Kaminzimmer, einfarbige Monotonie usw. konnte, klar, jeder User frei wählen. Lila Hintergrund *Deep float in temptation*, glitzernde Regenbogenanimation auf pulsierendem Hintergrund *Unicorn paradise*, Rotglühender Meditationsraum *Bloody Passion,* Schlichtes Grau *Bonjour Tristesse,* Punkige U-Bahn Graffiti Wände *Subterrean Homesick,* und natürlich das beliebte Dunkelblau des *Monday Blues,* usw. Auch für die Sitzelemente, auf denen des Users ›Gastavatare‹ Platz nehmen sollten, unterlag ›deinen Privateinstellungen‹: Gemütliche Plüschsessel, ›*Die runde Couch*‹, nüchterne Stühle usw. Einblendbare Zusatzinformationen in leuchtender Schrift ließen sich aktivieren, oder ausschalten. Die umschwebten dann als Anzeigetafel bunt wie eine Aura die im Kreis anwesende Person. Mit einem Fingerstups tippte man Bilder und 3-D-Videos an, die Ausschnitte aus dem Alltag der User preisgaben, falls diese welche hochgeladen hatten. Darauf wurden auch persönliche Infos angezeigt, etwa:

Erna, freiwillig gesundheits- und einkaufsgechippt, geboren am 11.12.2032 in Columbus, Ohio. Ißt leider gerne Spaghetti Carbonara. Würde zu gerne eine Bärin sein. Liebt Hamster und Katzen. Arbeitet als Modedesignerin. Läuft manchmal Marathon. Liebt Gespräche über Reinkarnation und ein mögliches

Weiterleben nach dem Tode. Empfängt zur Zeit keine Privat-
nachrichten. Oder *Arrietta, abenteuerlustiger Buntschmetter-*
ling, Literaturwissenschaftlerin und Dolmetscherin (Japanisch,
Russisch), Trisomie-21-Frau, Jahrgang 2038, will echte Weltrei-
se wagen, und sucht ...vielleicht dich! Oder *Schorsch Vollhorst.*
Geboren 2025. PP. Einsamkeitsgeplagt. Will anonym bleiben
und nicht diskriminiert werden. Mag gerne lustige und wit-
zige Gespräche mit Menschen, die Selbstironie besitzen. Geht
gern in die Sauna und in Schwimmhallen. Ißt gerne Pommes
mit Schnitzel. Liebt Sonnenuntergänge. Da gab es eine/n *Joe*
Black Wulff, totalgepiercter (auch Zunge und ...) Genießer
mit Subcutan-Erbsen-Gesicht und Schachbrett-Tattoo auf der
gebohnerwachsten Glatze, lädt Dich in sein Kabinett. Liebt
Auspeitschungen, Zärtlichsein, Einradfahren und Jonglieren
bei Nacht. Nur PN. und *Isabell Shau Kee, mandeläugiger*
Hermaphrodit, möchte über prickelnden erkenntnistheoreti-
schen Diskurs erobert werden.

Das beliebte Amputating zwecks Körperverschlimm-
schönerung war in den Republiken als Selbstverstümme-
lung verboten und unter Strafe gestellt worden. Es bestand
eine ärztliche Dokumentationspflicht im Verdachtsfall.

Gerade in transhumanistischen Cyborg-WGs und -Cli-
quen, wo manche zwecks vielfältiger Vernetzungsmöglich-
keiten mehrfach gechippt waren, spekulierte man, äußerst
verspielt, auf schicke Metallic-Prothesen, Organimplan-
tate, ja sogar medizinische Exoskelette. Schlimme Unfälle
wurden vorgetäuscht, um sich ungestraft technisch zu
optimieren.

Während Erna einen Avatar besaß, der sie – wahrscheinlich – in echt zeigte, saß Schorsch als Batman in der

Gesprächsrunde. Andere waren Micky Maus oder Donald Duck, wieder andere kamen als Einhorn angaloppiert, oder als Bambi-Reh, und legten sich zur Runde. Da war so einiges möglich. Mit einem »Ssst-Bumm« ›materialisierten‹ die Avatare sich im Raum, mit einem »Plopp« gingen sie in einer Wolke zerstiebender bunter Lichtfünkchen offline und verschwanden wieder! Freilich konnte man unliebsame Gäste auch mit dem Joystick wegdrücken, mit einem »Rumms« flogen sie aus der Runde raus. Ich war äußerst selten im virtuellen Gesprächsraum und meiner war immer im sachlichen *Bonjour Tristesse gehalten, und ohne Schnickschnack. Meine Gäste saßen auf der runden Couch. Von da konnte man sich dann von den Gast-Avataren mitnehmen lassen, in befreundete Gesprächsräume, durch ein virtuelles Tunnelsystem sausend.* Die Gespräche überall verliefen ja meistens banal, aber gerade das mochten viele Leute, was mich schier wahnsinnig machen konnte. Darum ging ich immer rasch wieder offline.

Da wurde zum Beispiel einem Kind geholfen, dessen Hase nicht mehr fraß. Bis schließlich ein Tierarzt ausfindig gemacht worden war, der eine Verstopfung des Langohrs diagnostizierte. Da war gerade unter den Damen ein großes *Hallooo*, schillernde Herzen flogen durch den Äther, kleine Einhörner galoppierten durch den Raum, es wurde gerufen: »Aaah, aaah, wie süüüß!« – »Wie lieb und fein das Häslein wieder kacken kann!« – »Na siehste maal!« – »Dudududu-duuh!« – »Bussi, Bussi, Bussi!«

Es gab schräge Vögel, die dumme Fragen stellten: »Verratet mir euren Body-Mass-Index und eure Lieblingsspeisen, und wie oft ihr sie eßt, ich errechne hieraus euer

Sterbedatum! Meine bisherige Trefferquote liegt bei fünf-undneunzig Prozent!« Mit einem »Rumms!« flog der bei mir gleich raus..

Die allermeiste Zeit war in diesen Runden »Quizfragen-Prisma« angesagt, oder es wurde »Stadt, Land, Fluß« gespielt. So konnte man nach Feierabend Ballast abwerfen, an was anderes denken, und manchmal gab es was zu gewinnen. Lebensgroße Teddybären, die dann mit im Post-paket anderntags bei den Nachbarn abgegeben wurden, oder einen kleinen Geldbetrag aus einem Gemeinschaft-stopf. Da zahlten immer alle erstmal ein, außer den Gewin-nern dieser Ratespiele. Im Quizfinale ging es dann ›um die Wurst im Topf‹!

Im Privatgesprächs-Raum erzählte mir des öfteren spät in der Nacht ein Rettungssanitäter von seinen Einsätzen, vorwiegend wurde der zu älteren Menschen gerufen, mal in teure Wohnwaben besserer Gegenden der ›Gated Areas‹, mal in extrem verwahrloste Wohnprovisorien. Wir spra-chen darüber, daß unsere Gesellschaft immer älter werde, Hundert das neue Fünfundachtzig sei. Gerade ältere Men-schen litten stärker am Manko *Privater Isolativität*, und Nachbarschaftshilfe sei selten geworden. Oft fände man Senioren erst Wochen nach ihrem Tode auf, weil sie auch im Alter auf eine Beischau-Funktion in der Wohnung lie-ber verzichten. Hier, in seinem kontaktsimulierten Beisein konnte ich auch wirklich ernsthafte Gespräche über Ver-gänglichkeit, wahre Menschlichkeit und Hilfsbereitschaft, über unsere physische Verletzlichkeit und Belastbarkeit, über die Tatsache eines plötzlichen, unvorhergesehenen Todes führen, der uns Menschen ein ständiger Begleiter ist.

Natürlich hatten Streitereien, Grobheiten und unflätiges Gebaren kurzfristigen Unterhaltungswert. Naturgemäß geschah das meistens, wenn hochsensibel-esoterisch angehauchte Gemüter auf schlechtgelaunte, doch humorvolle Alltagspragmatiker trafen.

»Haltet ihr einen Lichtnahrungsprozeß, oh meine Freunde, für möglich? Sich allein vom Lichte nähren?« – »Mach nur, Mausezähnchen, sparste Geld, bist eh zu dick!« – »Wenn er uns aber stirbt?« – »Macht nichts, sparen alle Geld, geht er nich in Rente!« – »Ihr seid niveaulos und gemein! Kein Mensch, oh meine Freunde, sollte den anderen, den Mitmenschen verspotten!« – »Neulich sagtest du doch, der Humor sei wichtig, Mausezähnchen? Auf dem Pfad der Erleuchtung?« – »Erleuchtet isser ja nich, der Mausezahn frißt noch nicht genug Licht!« – »Ey, Mausezahn, sag? Meinst du, man könne sich auch von Finsternis ernähren?« – »Jo, Bob, da kannst du dich eingraben und vergessen lassen!« – Der Lichtnahrungsexperte mit dem Avatar namens *Mausezähnchen – Herzkasper, Reinkarnateur und Philosoph, Jahrgang 2043* fing zu weinen an, und bettelte: »Ihr hört mir doch sonst auch so gerne zu! Heut abend aber redet ihr mir nur böse Sachen. Es tut mir weh!« – »Alder, ich hab auf Arbeit Ärger mit dem Chef, wenn es dir bei uns zu ruppig wird, streif dir den haptischen Anzug über, und schaff dich in deine Streichelgruppe!« – »Ooooh, für heute hab ich genug von euch Proleten. Wahrlich, nach dorten walle ich jetzt fürbaß!« – »Na bitte, auf bald, Mausezahn, nimms nich zu persönlich!« – »Joo mai, und laß die Finger vom Licht, nimm lieber ein ordentliches Proteinschnitzel mit Pommes und Salat, da kriegste wieder Bodenhaftung!« –

»Laß ihn in Ruhe, Jimmy, haha!« – »Oooh!« und *Plopp!* war der unverstandene Lichtnahrungsexperte aus der Runde verschwunden. »Das alte Weichei, ey!« – »Laß, Bob, der weiß was er tut, wenn er bei Leuten wie uns manchmal vorbeischaut! Bei seinen Einhörnern und Esodamen wird er nur eingeherzt! Bussi, Bussi, Bussilein!« – »Jesse, halt die Fresse, altes Schweineschnitzel!« – »Harr, harr, harr, harr, harrr!« gröhlte die virtuelle Gruppe. »Und Bob, biste mit deiner Eingliederungs-Assistente jetzt zusammen, oder was?« – »Willisch nich drüber reden, laß!« – »Von der Größe her paßt ihr gut zueinander, voll perfekt!« – »Die Alte is ein Schlachtschiff, alder Falder, ey, da macht ›Eingliederung‹ Spaß!« – »Leute, ich geh offline, morgen dann im Casino wieder, okay!?« – »Ooooooch!« rief die Gruppe.

Der Umgang miteinander in der realen Öffentlichkeit war höflich, korrekt, distanziert. Auf der Arbeit aufgeschlossen sachlich und kooperativ. In der Anonymität Sozialer Netzwerke wurden Menschen familiär, exhibitionistisch, manchmal auch grausam zueinander und ordinär. Obwohl man doch da, zumindest von Maschinen, strenger überwacht wurde! Alle verdrängten das. Vertrauensselig. Hier lebte man sich aus, oft auch in Fake-Identitäten. Niemand wußte, wer der sensible und masochistische Mausezahn war. Vielleicht ein durchtrainierter markanter Bodybuilder, ein Türsteher und Wachmann einer Firma, der es im Nahkampf mit 5 Männern hätte aufnehmen können? Seine Daten aber, die besaß die Firma, die das Soziale Netzwerk zur Verfügung stellte.

Zwei Nutzer, die als *Mr. Penis Mitklöten* und *Mrs. Dicka Busen von Großemhofe* in ihrer Runde in überlebensgroßer anatomischer Echt- und Vollständigkeit erschienen waren, erhielten nach fünfzehn Minuten eine zweiwöchige Sperre, ihre mühsam selbstgebastelten Avatarprogramme wurden augenblicklich gelöscht. *Plopp – Plopp*, ein *Möööp! Möööp!*-Alarmsignal ertönte, die Avatare lösten sich in einer rabenschwarzen Rauchwolke auf, und »Hochachten Sie die Grundsitten! Solche Freikunst ist in Netzwerken, die von allen Menschen, auch Minderjährigen, genutzt werden dürfen, antisozial und gereicht nicht allen Entspannungssuchenden zur Freude!« hieß es in penetrant nasalsonorem Tonfall, begleitet vom rotleuchtenden Schriftband mit dem gleichen Text virtueller Zurechtweisung, an den gesamten Nutzerkreis gerichtet.

Durch die Freundschaft mit Xenia hatte ich gar keine Lust mehr auf Kontaktsimulation. Als Jugendlicher fand ich das zuweilen noch ganz witzig. Damals traf ich mich sogar in der wirklichen Welt mit einigen Leuten aus meinem kontaktsimulierten Partykreis. Ich sah zu, daß die Leute, denen ich mich anschloß, möglichst Gleichaltrige waren, die in meiner nächsten Umgebung wohnten.

Es war zwar äußerst leicht geworden, die Eltern schon früh aus dem eigenen Leben zu verbannen. Hatte jemand trotz knapper Freizeit oder wochenlanger Internetrecherche plus riskanter *Freischwärmerei* schließlich doch Anschluß an einen realen Lebensgefährten oder eine reale, verschworene Menschengruppe gefunden, erlag er sogleich der Versuchung, diese Beute nun permanent anzurufen und per Kontaktsimulation zu überwachen. Und wurde ebenfalls überwacht. Wie rasch konnte man da aufgrund eines falschen Wortes oder einer falschen Handlung als *nicht integer* gekündigt werden. Gerade am Anfang, während der üblichen Probezeit.

All dies stand in einem extremen Gegensatz zur Konvention Öffentlicher Sachlichkeit des realen zwischenmenschlichen Umgangs im durchschnittlichen Dienstleistungsleben der Erwerbstätigkeit. In den Städten, fast alle Menschen lebten jetzt in Städten, war fast jeder dritte Besserverdienende unermüdlich im Sozialen Dienstleistungsgewerbe beschäftigt. Kinderbetreuung, Altenpflege, Fortbildungs-Coaching, Internatspädagogik, Medizinischer Bereich, Sicherheitsdienstleistungen des Gewaltmonopols, Datenauswertung virtueller Interaktivität.

Ein weiteres Drittel unterstellte ihr Leben relativ willenlos den Improvisationen der Zeitarbeitsfirmen. Man wurde überall eingesetzt, wo temporärer Personalmangel herrschte, mußte daher immer wieder umziehen, lebte somit nicht selten kaserniert in Firmenwohngemeinschaften oder in kleinen möblierten Wohnprovisorien. Für junge Menschen war dies ein aufregendes Leben, zumal einige wenige auf diese Weise das Freie Land zu Gesicht bekamen, wo sie in Landwirtschaftlichen Betrieben als Erntehelfer dabei sein durften. Außerdem konnte man vielerlei Branchen anschauliche Erfahrungen sammeln. Dennoch blieben etliche Menschen willenlose chronische Leiharbeiter. Ihr Leben lang.

Ein sehr geringer Anteil der Bevölkerung der Republiken lebte auf dem Lande. Dort war längst alles Privatbesitz. Kleine und größere Forstwirtschafts- und Agrarbetriebe wollten keine Erholungsgebiete für herumstreunende Stadtmenschen sein. Also waren diese Gebiete für die

Öffentlichkeit gesperrt. Und das übrige Land stand komplett unter Naturschutz. Man mußte schon in der Familie eines Rangers aufwachsen, um als Zivilist unberührte Natur zu Gesicht zu bekommen. Die Erholungsparks auf dem Freien Land waren komplett überlaufen und straff sozial durchorganisiert. Eigenmächtige Unternehmungen waren dort komplett verboten. Schon wegen der hohen Versicherungsrisiken für die Anbieter solcher Parks.

Spontane Freundschaften oder kurzfristige, doch intensive zwischenmenschliche Begegnungen kannte man längst nicht mehr. Risiko! Fremde verabredeten sich mitnichten so einfach und leicht wie in lang verflossenen Zeiten in einem freien Internet! Man stellte jetzt Begegnungsanträge.

Und zog virtuelle Gutachterseiten hinzu, die das potentielle und penibel definierte Begegnungsprodukt (*Lebensbeichte, Café-Kränzchen, gemeinsames Yogaüben, Waldwanderung, Hausmusik, Gesellschaftstänze, Veganer suchen Metzger, um echtes Tier zu schlachten, Beschimpfe mich, Eintopfkochen* – eine der ständig wechselnden Chiffren für die verbotene Gruppenschlägerei, *Streitgespräch*, usw.) zuvor durchcheckten und bewerteten. Meistens wurde einem abgeraten. Das Profil eines Fremden war für den oft genutzten *konservativen Bewertungsmodus* stets mit einem Warnsymbol versehen. »Unvorhersehbare Konflikte«. Daher mußte man lange suchen. Sexuelle Spontan-Begegnungen benötigten in der Regel einen zuvorigen, sich äußerst langwierig gestaltenden Notarbesuch. Und das Produkt *Lebensbeichte* erfreute sich neben dem Produkt *Wurstsuppe machen* (Schlägerei), die suchten meistens Pubertierende, zwar großer Beliebtheit und blieb eben doch auch das heikelste Wagnis.

Flashmobs mußten lange vorher beim Ministerium für Freikunst und Gestaltung des Öffentlichen Raums beantragt werden. Meistens wurden sie verboten, oder niemand hatte an solchen Tagen Zeit. Fanden sich trotzdem Menschen spontan zu einer witzigen Aktion zusammen, liefen sie danach, oft schon nach Minuten sogleich aus Furcht vor der eigenen Courage wieder auseinander.

Reiche tummelten sich im Internet mittels 3-D-Heimbrille, Joystick, wahlweise zwischen ihren nicht billigen Wohnwaben-3-D-Projektoren, im *Second Life*, wo man teure virtuelle Vehiculatoren, Villen und Schlösser kaufen und verkaufen konnte. Man nahm mit kostspieligen Avataren an Orgien teil, ließ sie Wasserski fahren, oder genoß mit ihnen die virtuellen Opern. Gerne verabredete man sich zu Opfer-Täterspielen mit dem Ziel, einen anderen Avatar zu ermorden. Da fanden zuweilen richtige Treibjagden statt. Es gab etliche in relativer Armut lebende Nerds, die von einem ihnen unerreichbaren Second Life sehnlichster träumten als von realen Treffen mit echten Menschen. Denn das Second Life war sehr kostspielig, aber wahnsinnig hip!

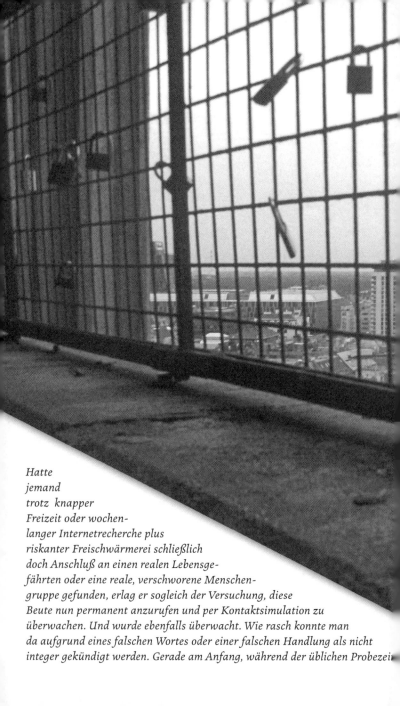

Hatte
jemand
trotz knapper
Freizeit oder wochen-
langer Internetrecherche plus
riskanter Freischwärmerei schließlich
doch Anschluß an einen realen Lebensge-
fährten oder eine reale, verschworene Menschen-
gruppe gefunden, erlag er sogleich der Versuchung, diese
Beute nun permanent anzurufen und per Kontaktsimulation zu
überwachen. Und wurde ebenfalls überwacht. Wie rasch konnte man
da aufgrund eines falschen Wortes oder einer falschen Handlung als nicht
integer gekündigt werden. Gerade am Anfang, während der üblichen Probezei

Jeder Second-Life-Fan wartete auf das allen versprochene *Third Life*, denn das Manko der momentan gängigen Variante war, daß die Mitspieler nur ›Augenzeuge‹ ihrer Avatare sein konnten, die sie aus dem Off per Joystick bedienten und gleichsam als deren ›Schutzengel‹ begleiteten. Third Life bedeutete: Informationen selbstverständlich direkt ins Gehirn einzuspeisen. Allerdings müßten dann die User durch einen Helm, der spezielle Magnetfelder um das Gehirn herum aufbaue, in eine tiefe Trance versetzt werden. Die Technik war längst ausgereift und theoretisch verfügbar. Die Programme geschrieben. Doch der Hohe Rat der Eliten verweigerte eine kommerzielle Nutzung. Sehr zum Ärgernis des *PPPP-Fanclubs* (›Rote Pille? Blaue Pille? Pille Palle!!‹), auch die entsprechenden Firmen waren beigetreten, dem jedes Verständnis für enormen medizinischen, sicherheitstechnischen und sozialwissenschaftlichen Bedenken zahlreicher Wissenschaftler fehlte. »Wer es sich leisten kann, wird nur noch wie eine Made in seiner Wohnwabe verkümmern. Bei Feuergefahr, bei Hilferufen aus der Nachbarschaft in Apathie verharren. Auch läßt sich bei regelmäßiger Nutzung eine Schädigung des Gehirns nicht ausschließen!« sagte man den Vier-P-Fanatikern. »Nee, wir haben längst ein prima Alarm- und Rückruf System entwickelt und getestet!« sagten die Firmen. »Und eine Funktion zur kurzen magnetischen Hirnaktivierungsmassage für eine aktive Rückkehr in die Realwelt. Nachweislich hebt diese Behandlung sogar geringfügig die Intelligenz der Spieler!« »Nein!« sagte der Hohe Rat. So blieb den meist besser betuchten Liebhabern dieser Parallelwelt als Ergänzung zum *Sanus per Aquam*-Bereich, Kaminsimulator, mit

Sauna, Eiswasserbecken und Whirlpool, weiterhin nur die heimische Gummizelle. Dort hatte man im Haptischen Anzug mit der 3-D-Heimbrille notarfreien Sex, konnte sich nach Herzenslust mit Gegnern aus dem Internet ein Ballerspiel, einen Boxkampf liefern, Kampfsportarten, Schwertkämpfe trainieren oder Tennis, Golf und Völkerball spielen. Trotzdem gab es auch da öfters Verletzte. Spieler, die es mal wieder übertrieben hatten. Es waren immer die gleichen, der Sanitätsdienst kannte gewöhnlich schon die Adresse..

Es gab freilich Konzerte, Bühnenaufführungen aller Art auch in der realen Welt mit echten Schauspielern, Sängern, Musikern. Auch Bälle, wo man mit Fremden reden konnte. Danach jedoch, so die Konvention, grüßte man sich nicht mehr, und sah durch die »Bekanntschaft« vom Vorabend hindurch, wenn sie einem im Park oder im Einkaufsviertel begegnete.

Prekärproleten, die Sozialhilfe bezogen, stand in Sozialen Netzwerken nur eine einzige mit *PP* gekennzeichnete Frei-Identität zu, meistens entschied man sich dann für ein vorteilhafteres Fake-Profil. Man wußte eben nie, ob der virtuelle *Partykreis*, an den man sich angeschlossen hatte, aus echten oder falschen Leuten bestand. Schon wegen der frappierenden *Stimmveredelung*, die manche nutzten, obwohl sie ihr echtes Hologramm online gestellt hatten. Wer konnte schon wissen, wer andere wirklich waren, außer den Überwachungsdiensten der Konzerne, die diese Netzwerke anboten und alles mitlasen, mithörten, mitschnitten. Und zuweilen eben ans Gewaltmonopol weitermeldeten. Wer ein eigenes Einkommen hatte, legte sich gerne drei oder fünf mit Aufpreis verbundene Fake-Profile zu.

Sogenannte *Freischwärmer* gaben sich der Lächerlichkeit preis. Sie nahmen virtuelle, interaktive Seminare, um Fähigkeiten zu entwickeln, öffentlich Leute anzusprechen, um ihre Einsamkeit zu durchbrechen. Sie hatten selten wirklich Erfolg und auch untereinander Angst vor der eigenen Courage. Was war denn zu erwarten? Ein neuer Teufelskreis gegenseitiger Überwachung? Wahrscheinlich...

Wer öffentlich Menschen interviewte, besaß seinen virtuell verifizierbaren Presseausweis mit dem besonderen Vermerk, Fremde etwas fragen zu dürfen.

Natürlich kam es immer wieder mal zu spontanen Gesprächen zwischen Menschen, es gab immer wieder Hilfsbereitschaft und Mitgefühl. Leider jedoch grüßten sich die Menschen am nächsten Tag nicht mehr, und gingen lieber eilig weiter. Das hatte etwas Bedrückendes. Auch der Tatbestand, daß ein großer Teil der Bevölkerung in Wohnprovisorien lebte, durch befristete Arbeitsverträge mindestens pro Jahr einmal umziehen mußte, stand einem menschlichen Grundbedürfnis nach verläßlicher und fester - realer - Bindung entgegen.

Mittels illegaler und von den Überwachungsbehörden pragmatisch geduldeter Halbwelten gab es Möglichkeiten spontaner und unkomplizierter Kontaktaufnahme zu Fremden. Für viele ein Nervenkitzel, der auf vielerlei Weise schlimme Folgen haben konnte. Denn dort lauerten, selten, aber immerhin immer wieder mal, potentielle Gewaltverbrecher auf Beute. Xenia beneidete mich zuweilen um die Kumpels, um meine für sie geheimnisvollen Bars, wo ich mit ihnen Alkoholika konsumierte, Billard und Tischfußball spielte. Und fürchtete sie. Wegen des unseriösen

Umgangs, der meine Auffassungsgabe lähmen könne. Aufgrund intrapersonaler Loyalitätskonflikte mit »diesem Milieu«. Die mich ab nun natürlich ständig heimsuchten. Bis ich die Kumpels wieder traf. Dann verdämmerten kurzzeitig Xenias Ermahnungen. Natürlich beobachtete ich jetzt die Freunde genauer. Und lernte hierdurch weiter.

Es war ja verboten, den Alkohol zu trinken – wir taten es trotzdem. Schließlich brachte auch Xenia aus allerlei dunklen Kanälen augenzwinkernd feine, teure Alkoholika, die wir gemeinsam in ihrem riesigen Whirlpool bei ihr zuhause konsumierten. Wenn das mit dem Ausschlafenkönnen anderntags klarging. Auch war es nicht gerne gesehen, wenn zwei Menschen unterschiedlichen Sozialranges sich intimer aufeinander einließen. Ein klarer Regelverstoß. Umgehung gewisser Auflagen. Sie war Geheimnisträgerin. Trotzdem blieben wir unbehelligt.

Eine aufwühlende Zeit. Es war so spannend. Jeder Tag. Und jetzt mit einem Mal diese schreckliche Nachricht! Sie war eben noch durch diese Tür hinausgegangen! Und dann mit quietschenden Reifen in den Vehiculatorlift gerast. Wir hatten noch soviel vor...

*»Ich will, und wünsche mir von Dir, daß auch Du all
diese Dinge nicht vergißt, die wir auch mal berauscht
und enthemmt zusammen besprochen haben..«,*

..so hatte ich einen Brief an Xenia angefangen, er lag jetzt,
vielleicht nutzlos geworden, auf meinem Wohnzimmertisch –
ich hatte ihn, wie es heute unter jungen Leuten Mode ist,
mit echter Tinte geschrieben, und mit einer Schreibfeder..

*»es tut mir leid, daß ich ehemaligen Soldatenfamilien
entstamme und so wenig Feingefühl in meiner Grund-
erziehung habe, weil mein Milieu diese Dinge verachtete
und nicht kannte. Ich meine halt, zehn Tanzkurse würden
heute keinen Kavalier mehr aus mir machen. Ich war nicht,
ich weiß es, nett genug zu Dir. Ich kann nicht mit Frauen
einfühlsam umgehen, ich fasse sie verbal zu hart und zu
direkt an, bin gekränkt, wenn sie scheinbar grausam und
zornig werden, oder eiskalt, und ich vergesse, wie zart sie
dabei empfinden. Das tut mir leid..
Ich weiß, daß du das manchmal offenbar anders siehst.
Du hast mich oft gelobt. Unverdient. Durchschaubar.
Natürlich hat mich das trotzdem immer wieder aufgebaut.
Ich verdanke Dir so viel!
Es gibt da eben Dinge, die mir wichtig sind, über meine
Person hinaus, und ich weiß immer noch nicht, wie man
gewisse wichtige Dinge nicht nur Kumpels, sondern auch
Frauen näherbringt, ohne sie damit zu vereinnahmen.
Es geht mir ja nicht etwa um Philosophie, sondern um das
Leben selbst... Es ist mir immer peinlich, entgegen meiner
Gefühle zu handeln, was ich als ein Lügen empfinde,*

mich zu prostituieren, was mir jedoch als einziger Schlüssel
zu gesellschaftlichem Erfolg erscheint. Das geschmeidige
Sich zur Verfügung Stellen, Du weißt schon. Ich glaube nicht
daran, daß unsere Liebesgefühle hormonelles Geschehen
sind und den Signalements in den kortikalen Strukturen der
Amygdala und dem limbischen System, von wo aus diese
Drüsen gesteuert werden, allein unterliegen.
Wenn ich jemandem die Hände abhacke, so kann er nicht mehr
streicheln. Und wenn ich jemandem das hormonelle Geschehen
blockiere, so kann er auch nicht mehr seine Liebe ausleben.
Wenn ich aber jemandem Stromstöße appliziere, so zuckt
er zusammen. Aber ich erzeuge dann ja nicht den Wunsch
in ihm, sich nun ruckartig zu bewegen. Schlage ich auf
den Tisch, wo ein Frosch sitzt, so springt der Frosch fort.
Hacke ich ihm die Beine ab, springt er nicht mehr vom Tisch,
wenn ich daraufhaue. Hört jetzt der Frosch mit den Beinen?«

Darüber hatten wir gestritten, als Xenia rasch noch einmal ins Labor mußte...

»Daß ich dich liebe, und nur Dich allein, kommt aus einem Unbewußten heraus, nicht aus bewußter Entscheidung, ich kann es nicht beeinflussen, nicht zurückverfolgen. Wenn ich das Geschehen meiner Liebe zu dir analytisch zurückverfolgen möchte, es endet in einem rein biochemischen und biophysikalischen Geschehen, da wette ich..!« stampfte sie mit dem Fuß auf, »...akzeptiere doch, Bob, daß du über dich nicht alles bewußt wissen kannst ... und daß du niemals behaupten kannst, einen Menschen zu verstehen oder gar zu kennen, und mich schon gar nicht!«

»Du verstehst mich vollkommen falsch, zu undifferenziert, Xenia..« konnte ich ihr noch zurufen, bevor sie den Schlag des Vehiculators zudachte, der dann allzu heftig zuknallte, wie mir schien.. »Ich glaube dennoch nicht an die Entschuldigung geringerer persönlicher Verantwortu...«, ach, sie war immer gleich zornig.. Dabei schätzte sie es, daß ich so selbstverständlich mit »Gefühlen denken und mit Gedanken fühlen« könne, aber mich verwirrten solche Aussagen von ihr bloß. Die sie nämlich bald darauf als Sentimentalismen von sich wies.

»Ich erlaube mir Gefühle, um zu genießen. Du aber, Bob, bist abhängig davon. Süchtig danach. Und damit vollkommen befangen und verwirrt. Schäme dich! Ein Sklave deiner Vorverurteilung anderer Menschen. Im Guten wie im Schlechten, je nach deiner Laune. Schweig! Einmal nur! Du Irrer..«

Wir hatten nicht getrunken an diesem Nachmittag, nein, und eine unkontrollierte Verselbständigung ihrer Denk-, Gefühls- und Verhaltensmuster war dahingehend unwahrscheinlich.

Empfindungen waren uns beiden immer wertvoll gewesen, sie begleiteten uns bei unseren überlegten Handlungen. Gaben unserem Leben erst die Farbe, die Musik, und wir konnten auch Gefühle anderer Menschen und deren Empfindungen einschätzen. Bedrückende Traurigkeit, Bedrohung oder beschwingte Heiterkeit in der Umgebung von Menschen auf rätselhafte, doch evidente Weise empfangen, ihre Ausstrahlung oder gar, wenn sie eines besaßen, ihr Charisma und ihr Milieu erspüren. Die Atmosphäre unterschiedlichster Lebewesen, Pflanzen, Tiere und auch das spezielle Ambiente von Orten wahrnehmen, und all dies beurteilend einordnen.

Pure Rationalität kann nicht die Schönheit eines geliebten Menschen, auch nicht die eines Waldes begreifen, nicht die ästhetischen Wahrnehmungen, die uns eine Musik vermittelt, oder die Attraktion visueller Reize beim Betrachten der geometrischen Veranschaulichungen von Fraktalen, etwa der Mandelbrotmenge, darin waren wir allerdings beide einig.. Unser Streit drehte sich um die Frage, warum wir Menschen von uns überhaupt wissen.

Xenia sah mich am Abend, wenn sie mich, nach ihrer Arbeit am Labor, besuchte, manchmal lange und nachdenklich an, und sagte wehmütig:

»Und ich weiß nicht einmal, ob es dich überhaupt gibt, mein süßer Schatzbob. Falls wirklich mein ganzes Dasein schlimmstenfalls nur ein solipsistischer Traum wäre? Nun, wie auch immer: Im Institut wissen wir, daß es keine Seele gibt, so, wie man das früher angenommen hat. Wir sind durch Selektion der Natur zu wunderbaren Apparaten geworden, und wir entschlüsseln heute, wie wir funktionieren. In der Human-Analogistik bauen wir das menschliche Bewußtsein immer besser nach. Die Gesetze all der Staaten, die sich dem *Republikanischen Bündnis für Erdbeglückung* angeschlossen haben, sichern bald einmal die ganze Menschheit vor dem Mißbrauch dieser Werkzeuge. Sie dürfen niemals Waffen werden, daran glauben wir doch, Schatzbob, oder?«

»Ich weiß nicht, was ich glauben soll. Es gab früher einmal eine Idee, die nannte sich Demokratie, Xeny. Weißt du, ich habe darüber bereits gelesen, bevor ich Soldat wurde. Leider ließ sich ein solches Gemeinwesen nicht mehr verwirklichen, weil die Technik zu enorme Fortschritte machte und die Wissenschaften zu umfangreich wurden. Und die Märkte sich weltweit, auch maschinell, immer perfekter vernetzt haben. Ich kann nicht ganz daran glauben, daß Demokratie nicht, prinzipiell nie, möglich gewesen wäre, aber mir fehlt die Hochschul-Bildung, weißt du. Ich habe zwar viel Bücher gelesen, aber mir fehlen echte Argumente, so, wie einem schlechten Musiker die Töne, mir fehlen Zeit und Ruhe, und auch gebildete Gesprächspartner, darüber tiefer nachzudenken, und so weiter..«

Nach der Weihnachtszeit hatte ich die Studien für die Wiederholung einer *Wiedereingliederungsarbeit für einen Eignungsbeweis zu einer erneuten Aufnahme in den Arbeitsmarkt* (WEAA) wegen des versäumten Erste Hilfe Kurses und der Formalfehler beim Briefkopf begonnen. Ich las viel, und hatte, im Gegensatz zu meinen Studienkollegen, die Möglichkeit, mit Xenia lange, mal zärtliche, mal heftige Gespräche zu führen. Oft kam sie nach Dienstschluß gleich in mein Provisorium. *Politikwissenschaften und die Soziologie im Wandel der Zeiten unter besonderer Berücksichtigung der neuen Handhabung der Sozialsysteme* war mein neues Thema.

Xenia grinste breit, weil meine antike Kaffeemaschine röchelte wie ein in seinen letzten Zügen liegender Kranker.

Das alte Ding konnte ja nicht sprechen. Kaffee war fertig.

Wir trugen unsere behaglichen Trainingsklamotten. Ich saß in T-Shirt und weißer Schlabberhose, die Xenia so sehr

›mochte‹, Arme meist hinterm Kopf verschränkt, auf meinem ergonomischen Stuhl, Füße auf dem Schreibtisch. Und hatte zuvor die Matratze des französischen Bettes im Schlafzimmer aus dem Rost gehoben, sie auf den Fußboden des Wohnzimmers geworfen, den Glastisch dafür zur Seite geschoben. Die Matratze auf die Xenia, heute auch in schwarzer Trainingskluft mit einem Satz gesprungen war, um sich behaglich auszustrecken, von aufgeschlagenen Büchern und Notizen umgeben. Die Dachfenster auf! Der Frühling kündigte sich an, die Sonne schien. Vögel zwitscherten von der gegenüberliegenden Hochpark-Anlage. Die Katze auf dem fern gegenüberliegenden Balkon hatte auch bereits die Ohren erwartungsvoll gespitzt. Xenia schlürfte Kaffee aus ihrer Lieblingstasse, die sie im Geschirrschrank des möblierten Wohnprovisoriums entdeckt hatte.

»Unsere Ergebnisse von Analysen des Schwarmverhaltens, daraus resultierende Algorithmen und Marktprognosen verzahnen sich eng mit der Hirnforschung, lieber Bob, und Philosophie in ihrer gewissenhaften Betrachtung dessen ›was ist‹ und wie wir uns Dinge ordnend bewußtmachen, all das war stets Vorläufer einer Hirn- und Bewußtseinsforschung! Uns geht es unter anderem um das Erzeugen und Vorhersehen von Trends, um Bedürfnisse berechnen und wirtschaftlich befriedigen zu können. Damit nicht zuviel von einer Ware, oder zuwenig davon produziert wird. Zum Beispiel. Außerdem will man doch wissen: Welche Ausbildungswege sind überlaufen, und für die meisten Menschen unrentabel? Wo müssen wir Menschen hinlotsen, damit sie sich anders ausbilden lassen wollen als in ihren eventuellen Traumjobs? Wie wecken wir Träume, um

Jobs attraktiver zu machen? Wie desillusionieren wir die Menschen schmerzfreier? Wo finden wir welche geeigneten Menschen, die fähig und bereit sein werden, spezielle Qualifikationen zu erwerben, die gerade aktuell oder in nächster Zukunft immer dringender gebraucht werden? *MetaServantAwareness* handelt mit Profilschwärmen, und weiß durch dein Bewegungsprofil und Kommunikationsverhalten im Netz, was du und deine Profilverwandten im nächsten Monat einkaufen werden, du weißt es nicht! Durch sämtliche Spiele und Chats in virtuellen Welten der Kontaktsimulation werden folgende Parameter ermittelt:

a) Offenheit, für neue Ideen und andere Milieus zum Beispiel.

b) Zuverlässigkeit, weißt du, wieviel Uhr es ist, bist du pünktlich?

c) Gewissenhaftigkeit, ist dein Zimmer aufgeräumt, weißt du, wo was steht?

d) Geselligkeit, fühlst du dich wohl in einer Herde unterschiedlicher Leute?

e) Labilität und Angstfaktor, hast du Schiß vor komplexen Aufgaben, bist du lieber allein und fragst nach dem Sinn des Lebens? Das reicht schon grundsätzlich, um Menschen in Filterblasen hin zu Bildungsangeboten oder Warenempfehlungen zu dirigieren, wohin sie passen, wo sie sich wohlfühlen. Menschen werden auf diese Weise glücklicher. Und friedlicher auch! All diese Dinge... Schatzbob, das will man doch wissen, oder!?«

»Boah, mir tun diese Parameter weh! Während meines Einsatzes in den Gebieten der Allianz kam ich durch stille und weite Waldgegenden, da fragte niemand, ob ich gut erzogen und gewissenhaft bin, ob ich gern gesellig und pünktlich jedem in den Arsch krieche, um nicht alleine sein zu müssen! Verdammt auch!«

»Um dich als Person geht's da nicht!«

»Um was denn dann? Bin ich ein Stück gezähltes Vieh?«

»Auch. Hehe! Sei mal nicht so eitel! Das ist wertfrei zu sehen. Im End-Resultat geht es sogar um dein Wohl!«

»Ach .. Mmmh. Schwarmverhalten, exaktere Marktprognosen? Wo bleibt ›der Mensch‹ in den Kalkulationen, die auf den Marktwert verschiedener Qualifikationen des Humankapitals und des noch erschließbaren Potentials desselben spekulieren, Xenia? Die Populisten lockten ja skeptische Systemkritiker aller Art, indem sie die ›Menschenrechte‹ als Relativierung alter traditioneller Gewohnheitsrechte bezeichneten, um den Bürger ›heimatlos‹ zu machen? Dabei ist die Menschheitsgeschichte auch immer eine Geschichte von Handelsrouten und Migration.., oder? Was aber ist ›ein Mensch‹, per se?«

»Der Mensch? Der Mensch? Schatzbob, der Mensch, das ist eine hochkomplexe und sozial interaktive Überlebensmaschine! Wie alle anderen Organismen und Lebensformen dieses Planeten übrigens auch! Auf anderen Planeten, falls es da Leben gibt, wird es genauso sein.«

»Das, liebste Xenia, klingt doch nach fressen und gefressen werden? Und nach Notvergemeinschaftung aus purem Zwang heraus!«

»Ach Bob. Niemand wird zu seinem Glück gezwungen, weißt du..«

»Xenia! Warum heißen in den Republiken Menschen, die augenblicklich und auf unabsehbare Dauer kein eigenes Einkommen erwirtschaften können *PPs, Prekär-Proleten*?«

»Ach, das? Weil im Rat diejenigen eine Stimme mehr hatten, die tendenziell eher dafür waren, es Personen ohne Einkommen fühlen zu lassen, daß sie anderen auf der Tasche liegen. Ursprünglich war die Bezeichnung *PK, Prekär-Klient* angedacht, und zwar von denjenigen, die dazu tendierten, hervorzuheben, daß man einen Menschen mit einem unglücklichen Schicksal, der Hilfe braucht, nicht zu streng sanktionieren, gar diskriminieren sollte! Was auch meine Position gewesen wäre, wenn ich etwas zu melden gehabt hätte. Damals, als über diese Dinge neu beraten wurde, war ich noch wie du ein Kind. Doch die anderen, welche der Ansicht waren, daß ein gewisser Schmerz notwendig sei, um Menschen zu motivieren, für sich selbst tätig zu werden, hielten das Wort *Klient* schon für eine Einladung, es sich auf Kosten anderer bequem zu machen. Sie wollten Druck, Druck, Druck! Der *Klient* unterstehe nach klassischer und historischer Auffassung einem *Paten*, suche Zuflucht unter der Obhut solcher Patenschaften.«

»Ist der Mensch nicht auch ein kulturelles Wesen? Nicht bloß eine Überlebensmaschine, die sich erst beweisen muß? Und auch wenn vormals die Populisten extrem überzogen haben, und Begriffe wie ›Beheimatung, Kultur‹ mißbrauchten, gibt es denn nicht auch ein Recht darauf, Wurzeln zu schlagen, und in einem gewachsenen Freundeskreis heimisch zu werden? Migration, ja, klar. Aufnahme geflüchteter und verfolgter Menschen, die aus Kriegsgebieten kommen, na sicher! Aber was ist mit dem - *Zwang* - firmeninterner und allgemeiner Mobilität? Immer umziehen, um den Jobangeboten zu folgen? Oder das Pendeln? Morgens und abends weite Entfernungen zurückzulegen, um einer Arbeit willen? Der Dissonanz zwischen Wohnort und Arbeitsplatz? Warum ist das seit jeher in postindustriellen Gesellschaften so fatal schlecht organisiert?«

»Bob, es ist perfekt organisiert. Denke an die Leiharbeit und die Zeitarbeitsfirmen. Das kasernierte Wohnen mit Gemeinschaftsküchen und interner Freizeitgestaltung mit Kegelbahnen, Fitneßangeboten, Theatergruppen. In den Gebieten der Allianz, das weißt gerade du, hungern Wanderarbeitertrecks, immer davon bedroht, ermordet oder eingefangen zu werden!«

»Aber dennoch gibt es zahllose sogenannte *Prekär-Proleten*. Und Leiharbeiter, die drei- bis viermal im Jahr woanders hinverbracht werden. Das kasernierte Wohnen wird vom Gehalt abgezogen. Etwas zusammensparen? Rücklagenbildung? Für Unterqualifizierte schier unmöglich! Eine Sackgasse! Einer meiner Freunde, der mit seinem Zeitarbeitertrupp in den Hallen der Gießereien großer Stahlwerke beschäftigt wurde, verbrachte wochenlang die Nächte auf Isomatte im Schlafsack in den Produktionshallen. Dort kursierte der Witz: ›Na siehst du mal, jetzt haben auch wir nach Feierabend einen gemütlich warmen Kamin mit einem ordentlichen, dicken Schornstein!‹ Wenn du jung bist, ist sowas romantisch, klar! Kaserne eben. Und Kaserne heißt Zölibat. Allein schon, weil den Firmen an ihrem guten Ruf gelegen ist. Da hast du dann Gemeinschaft mit anderen, doch wenn du jemanden besonders magst, mußt du um eine Beziehungserlaubnis bitten. Was psychologische Tests nach sich zieht, die Geld kosten. Schon wegen komplexer Versicherungsparagraphen. Tests!? Viele fallen durch. Wenn nicht, dann der langwierige Besuch beim Sex-Notar! Xenia, du weißt, der ›Notar für Sexualrechtliche Belange‹. Theoretisch müßten wir beide da ja auch noch hin. Der ›F...schein‹. Wo dann die Firmenbosse ein Duplikat des Dokuments einfordern. ›All dies geschieht, um unsere Mitarbeiter vor Übergriffen zu schützen und sicherzustellen, daß diese niemals Opfer sexueller Belästigung werden!‹ Das ›Variantenprotokoll erwünschter sexueller Handlung gegenseitigen Einverständnisses‹ wurde sogar gegen die Bestimmungen den Vorarbeitern und Vorarbeiterinnen zugänglich gemacht, um diese ›in Kenntnis zu setzen, daß der sexuellen Selbstbestimmung zweier Beschäftigter juristisch Genüge getan sei!‹. Die Witze dann, und Nachstellungen, wenn zwei während der Pausen oder der Arbeitszeiten zufällig gleichzeitig mal auf Toilette müssen. Da könnte ich dir Geschichten erzählen. ...

Die ›Idealisten‹, die nach dem Putsch den Elitären Rat begründeten, die haben nach Abschaffung der Demokratie soviele hanebüchene und krude Verhaltenscodices der alten Welt übernommen! Und diese sogar überspitzt. Auch damals gab es Beziehungsverbote unter Mitarbeitern von Unternehmen, Gängelung von Menschen, die in prekären Umständen lebten. Angestellte, die Wohnungslosigkeit in Kauf nahmen, um einen Job nicht zu verlieren. Darüber gibt es immerhin noch Quellen.«

»Bob, das Leben ist kein Wunschkonzert. Nur freikünstlerische Esoteriker halten ein Paradies auf Erden für möglich. Und mißbrauchen seit jeher Kreativität und Phantasie, um Schuldige zu suchen, notfalls zu erfinden. Kapuzenleute, die in unterirdischen Hallen bei Fackelschein unter Schwüren und Gesang immer neu beschließen, eine sich von selbst einstellende wunderbare Welt zu verhindern, um ihre bösen Herzen daran zu erfreuen, uns alle zu versklaven!« schmunzelte Xenia.

»Trotzdem frage ich mich immer in diesem riesigen Städtekonglomerat: Wie fühlt es sich an, an einem einsamen Fluß allein sein Lagerfeuer anzuzünden? In einer menschenleeren Wildnis zu wandern? Sich in einem kalten Bach zu erfrischen? In einem Dorf zu leben, und das Hämmern der Schmiede zu hören, das Wiehern der Pferde? Kinder schwimmen nur noch in Hallenbädern, springen auf kurz geschorenen Rasenflächen herum, die immerhin grün sind. Es gibt hier und da Großparks mit sogenannten Naturseen, die sich biologisch durch spezielle Bepflanzung selbst reinigen von den schwitzenden, desodorierten und mit Besonnungsölen bedeckten Menschenmassen, die sie in Scharen heimsuchen. Wälder dürfen wir nur von Aussichtspunkten aus ansehen, weil sie alle unter striktem Naturschutz stehen. Oder im Privatbesitz weniger ganz ganz reicher Leute sind. Wir kennen eine Wildnis nur aus unseren virtuellen Hallen mit den 3-D-Simulationen, den raffinierten Beduftungssprühern konzertiert mit unterschiedlich wärmenden und kühlenden Windstrom-Anlagen.«

»Besser als nichts! Bob! Angesichts des Verlustes großer Gebiete durch Desertation und durch den Anstieg des

Meeresspiegels merken wir doch, daß isolierte Hoheitsgebiete, Nationen und Machtblöcke längst der Vergangenheit angehören sollten. Die Zivilisation verursacht planetare Katastrophen, die wir nur gemeinsam als eine Menschheit zu lösen imstande wären! Die Allianz macht nicht mit. Nur in Teilen. Sie halten drei Fünftel des Planeten. Menschenrechte haben wir doch. Es liegt an uns allen, sie auch mit Inhalten zu füllen, damit sie nicht nur Angebot bleiben. Damit sie Angebot werden, dafür sorgen rechtliche Vorgaben. Wenn du in deiner Heimat nicht den Menschen etwas geben kannst, wofür sie bereit sind, dich zu bezahlen, mußt du Freunde und Heimat verlassen können, um bessere Voraussetzungen für dich zu suchen, und sie - vielleicht - zu finden. Verändern mußt du auf jeden Fall etwas! Angesichts der Not derer, die nicht frei suchen konnten, sondern flüchten mußten, ist dein Vorwurf, Bob, eines ›Mobilitätszwangs‹ absurd!«

»Oje, klar, Xenia. Leider hast du immer recht. Weil du mit Vergleichen argumentierst. Wenn ich ›Aua‹ sage, sagst du: ›Bob, es gibt schlimmeres!‹!«

»Hihihi! Hahaa!« wieherte Xenia so, daß ich mitlachen mußte.

»Haha.. Klar: Autoritäre und neufeudalistische Oligarchien kontrollieren und dezimieren nach Gutsherrenart ihren eben nicht so intelligenten ›Menschenbesitz‹. Passen auf einem idealen Planeten, auf dem grenzenlose Freiheit und Freizügigkeit herrschen würden, die Forderungen nach absoluter Selbstverantwortung mit der offensichtlichen Notwendigkeit eines freiheitsbeschränkenden Gewaltmonopols antagonistisch ineinander? Kann man Freiheit verordnen?«

»Wenn dieses Gewaltmonopol die Menschen nicht allzusehr gängelt. Die Machtfrage wird sich immer stellen, Bob. Wenn wir Menschen vor sich selbst und anderen Menschen schützen wollen. Wer verdient das Privileg, vollends und ideal selbstverantwortlich leben zu können? Wer weniger, wer aber gar nicht?«

»Weil der fatale Hang zur Grausamkeit in der menschlichen Natur immer neu dazu tendieren wird, Sklaverei, Schutzgeld, Korruption, Manipulation, Bedrohung und Schlimmeres entstehen zu lassen?«

»Genau! Wir aber glauben, und das ist unser einziges metaphysisches Instrument und Sentiment, daß Menschenrechte ein unveräußerliches Gut, und kein Marktfaktor sind. Der Glaube an Menschenrechte und an Menschenwürde wäre für äußerste Skeptiker und brutale Zyniker bereits eine angewandte Praxis sentimentaler ›Sozialer Kunst‹. Ja, es ist im Grunde eine Poesie! Angesichts der Abgründe der menschlichen Natur ein Witz. Menschenwürde? Etwas für Weicheier? Jedoch, wie ich finde, lieber Bob: Eine Praxis Sozialer Kunst, die idealerweise eine lebenswerte Welt für alle Menschen zum Ziel hat. Menschenwürde darf eben nicht spekulative Grundlage für Wirtschafts- und Geldsysteme sein! Daher streben wir dieses Ideal an! Auch wenn wir zuweilen in der Realität scheitern mögen, sind wir deshalb keine Lügner – menschliche Schwäche, Sterblichkeit, Engpässe vielfältiger Herausforderungen negieren scheinbar immer jeglichen Idealismus durch deprimierende, realistische Fakten. Darum sagen wir ›Herausforderung‹! Nicht ›Problem‹! Herausgefordert, die Begriffe Menschenrechte und Men schenwürde immer neu mit Inhalt zu füllen, um sie tätig umzusetzen.«

»Ich hoffe doch, Xenia, wir beide finden zudem jede Diskriminierung einzelner Menschen mit einem unglücklichen Schicksal, die dringend Hilfe brauchen, unerträglich. Deren öffentliche Etikettierung, die sie als *PPs* ausweist! Die Populisten-Anführer forderten einst, mal heimtückisch verschleiert, mal offen, ihr eigenes Recht auf eine ›evolutionär bedingte Grausamkeit‹ und planten ihre personenbezogenen, auf Diktatoren und Herrschaftscliquen ausgerichteten Gewaltmonopole! – Plutokratie und Oligarchie als eine natürliche Eigenart menschlichen Zusammenlebens! Das Lebenselixier der *Zornigen Allianz:* Konkrete, nur in heimlicher Intrige hinter den Kulissen konkurrierende Macht! Mit einem vordergründigen Ehrencodex überlagert, an den sich keiner, der was kapiert hat, mehr hält. Insgeheim suggerierte der einst demokratisch gewählte Populismus das Recht der Schwachen, durch Starke beherrscht zu werden. Statt, wie es in unseren Republiken der Fall ist, ein Minimum von abstraktem Gewaltmonopol vorzugeben. Deren Vertreter sich selbst einem Gesetz, nicht etwa mächtigen Personen, Tyrannen, Oligarchen verpflichten. Ich vermisse jedoch in unserem System irgendwie ein Recht auf Fehler und Irrtum! Es gibt kein Recht auf Irrtum?«

»Doch, aber kein Recht, auf destruktiven, zum Beispiel rassistischen Irrtümern beharren zu dürfen! Oder in der klientelartigen Position eines Hilfebedürftigen, der seinen Lebensunterhalt von der anonymen Masse finanzieren läßt, willenlos steckenzubleiben. Die Frage ist, ab wann Forderungen an Menschen und Einforderungen normativen Verhaltens brutale Züge annehmen!

Bob, schau: Die Republiken suchen eine freie Welt, geschützt durch eine stabile Leistungsaristokratie zu gewährleisten! Eine Welt, in der sich der einzelne Mensch in einem Recht auf Pflicht gegenüber dem Gemeinwesen sein ganz individuelles Mitspracherecht erwirbt. Ein Gemeinwesen, in welchem alle an Wertschöpfung und Geldflüssen beteiligt sein dürfen. Die kompetentesten Menschen werden ab einem bestimmten Level automatisch subelitär, und damit in ihren Fachgebieten stimmberechtigt – und von den Hohen Eliten in den Rat berufen, sobald dort Bedarf besteht.«

»Ach, Xenia! Alles schön und gut! Zu gut! Eine maßlose, zweckgerichtete Allvernunft liegt über den *Republiken des Bündnisses für Erdbeglückung*! In unserer Massengesellschaft ist ein Gewaltmonopol gefordert, alles zu sortieren, und perfekt zu ordnen. Aber in unserer Natur, Xenia, dürsten wir auch nach dem Chaos! Dem absoluten Gegenteil von Ordnung und Kategorisierung!

Ein irrationaler Wunsch lebt in jedem von uns, alles anders, alles ganz, ganz neu zu machen! Schöpfer zu sein, und nicht bloßes Subjekt und Geschöpf!

Wie ein von Deichen eingeengter, künstlich begradigter Fluß, der dem weiten, ungebundenen Meer zustrebt, warten wir vergebens auf große Momente und Gelegenheiten, einmal keine bedrückenden Ufer zu spüren! Und warten doch nur noch auf unser Ableben! Man sagt: ›Du darfst doch fließen! Wir stauen dich nur hier und da mal etwas an, und packen dich gut ein in sichere Dämme!‹

Aber unser Leben, Xenia, möchte auch einmal über alle Ufer treten, um sie zu fluten mit der ganzen uns eigenen Macht und Gewalt im ungebändigten Hunger nach Freiheit. Einer anderen Freiheit als diejenige, gut abgesichert auf große Ereignisse zu warten, die nie kommen, unaussprechliche, unvorstellbare Ereignisse. Am Ende ist es doch nur der Tod, auf den wir warten, fürchte ich!

Kann man denn nicht einfach leben? Als Fischer meinetwegen, draußen auf einer der Inseln im Meer? Oder als zurückgezogener, sorgenbefreiter, selbstgenügsamer Leuchtturmwärter? Oder als Jäger oder Förster im Wald? Weitab der Massen und ihrer Organisationsformen und ihren Geld- und Warenströmen. Ja, mich interessiert schon auch das Thema Geld. Aber es ödet mich zuweilen auch an! Einfach ein Selbstversorger sein, in einem weiten, grasbedeckten Land, wo man Pferde reitet, und im Sonnenuntergang sein winziges Feuer macht..?«

»Wie du bist, das find ich soo toll! Du hast Illusionen, aber sie sind sehr romantisch! Und äußerst sentimental. Und so voll der Tiefe. So redet man doch in der Literaturwissenschaft über sogenannte ›melancholisch dunkle Verse‹? Abgründige, tiefsinnige Gedichte gibt es da! Freilich alles depressiver Quatsch. Kann charakterschwache junge Leute, besonders die aus dem Prekariat, willensschwach und wirr machen. Und damit zur Last für die Solidarnetzwerke. Was du Sehnsucht nach Chaos nennst, empfinde ich als die in uns allen schlummernde Begierde nach Asozialität. Eine Gier, die wir selber stets zu zügeln lernen müssen. Sonst würden wir am Ende noch kriminell!«

»Xenia, ja! Asozialität, genau. Asozial sein dürfen, ohne

antisozial zu werden! Eine nur auf den Markt hin orientierte Gesellschaft veräußerlicht uns doch vollkommen. Wir leben glücklicherweise zwar nicht in den Fesseln eines Realsozialismus! Aber dieses ständige sich verkaufen und sich prostituieren müssen kann auch ein Gefängnis sein. Das zehrt an unseren Kräften. Die Natur hat uns, sorry, für den Ausdruck: Als Penner, als Jäger, Sammler, Langschläfer konzipiert. Waren wir satt, haben wir erzählt, geträumt! Und dann geschlafen. Gepennt eben. Tief und ausgiebig! Und sind mit Vorfreude auf einen neuen, spannenden Tag wieder aufgewacht.«

»Hehehe, ja, ich erinnere mich. Lange her. Im Neanderthal, Schatzbob. Und du hast dich kein bißchen verändert seit damals. Darum liebe ich dich. Immer noch! Auch wenn du dich lieber in das Fell eines erlegten Tiers hüllen, oder ganz nackt herumspazieren würdest. Dafür trägst du jetzt tagein und tagaus deine schlabbernde Jogginghose, den Kapuzenpulli und darunter ein langweiliges und meist durchgeschwitztes T-Shirt. Aber inzwischen kann ich mit dir reden.«

»Klar, Xeny! Nur, das ist kein Witz! Wenige schaffen das, etwas zu tun, was ihnen ein Dasein in geregeltem Müßiggang ermöglicht. Einer Kunst nachzugehen, die so sehr begehrt wird, daß sie davon leben können. Oder einen Beruf zu haben, der ihnen die Möglichkeit gibt, sich in der für alle Städter versperrten freien Natur aufzuhalten. Allein. Oder mit nur wenigen Begleitern.«

»Aber Schatzbob, bedenke, wir haben Freiheit, große Freiheit und historisch nie zuvor dagewesene Möglichkeiten des Einzelnen, sozial aufzusteigen, sich Teilkompetenz zu erwerben, in den freien Markt einzusteigen, zu produzieren, oder in die politische Karriere einzusteigen, um dort seinen Weg zu machen, bis hin zur Sub-Elite. Wer bis zur Hohen Elite aufsteigen darf, behält sich freilich der Rat vor. Aber jeder darf die Protokolle einsehen! Die Debatten und Sitzungen des Rates sind öffentlich. Wer den Grad eines Fach-Kompetents erworben hat, kann alle Entscheidungen der Eliten nachvollziehen, es gibt darin keinen Widerspruch – alles, was die Regierung tut, ist liebevoll, strebt nach Objektivität und dieses Streben ist immerzu bemüht, folgerichtig immer perfekter zu werden. Es kann natürlich nicht auf persönliche Spezialinteressen und Träume eines jeden Spinners eingegangen werden, du selber kennst die Zustände in den Staaten der *Zornigen Allianz*. Wie haben sie begonnen? Sie haben Chancengleichheit für alle und alles gefordert, punkto jeder noch so kranken und subjektiven Meinung! So hat es bei ihnen begonnen, jetzt herrscht der nackte Terror! Drogen, Menschenzucht, Umweltverschmutzung, Sklaverei, Obdachlosigkeit, Seuchen, Handel mit überteuertem Trinkwasser, Schutzgelderpressung über Patente auf Pflanze, Tier und Mensch ... überall ..«

»Ich war dort, Xenia. Mittendrin. Dort herrscht immerzu eine leise Angst und die Menschen erschienen mir wirklich alle verwirrt. Entweder waren sie eingeschüchtert, oder verschlagen. Und wirres Zeug redete jeder, egal, ob jemand etwas zu sagen hatte oder gehorchen mußte. Aber die meiste Zeit saß ich ja im Käfig. In so einer Art Markthalle. Dort saßen auch viele andere in Käfigen. Man durfte uns besichtigen. Durch die Drogen wurden wir alle, alle die Gefangenen in einen apathischen Zustand versetzt ... dabei fühlten wir uns auch noch, wider unseren besten Willen, in äußerster Verachtung gegenüber dieser äußerst bizarren und unwürdigen Situation, sauwohl in unserer Apathie. Stell dir das mal vor! Sie demütigen und beschmutzen dich! Und verabreichen dir Drogen, daß du dich körperlich dabei sauwohl fühlst. Was für eine Verhöhnung! Den Leuten wurde erzählt, wir seien alle so bescheuert, so dämlich grinsend, weil wir zuhause lebenslang gehirngewaschen werden würden..«

»Ja, sie stellen die Gefangenen gerne in Zoos aus. In allen Terrorregimes verwahrlost die menschliche Natur. Denke an den Sozialismus, oder den Kommunismus! Philosophien, die von korrupten und grausamen Cliquen verruchter mächtiger Menschen als Alibi für ein Einfrieren jeglicher Evolution instrumentalisiert wurden. Menschen mußten da sterben für nichts, der Rest lebte ohne Fortschritt und verarmte komplett. Millionen talentierter Menschen zu kompletter Handlungsunfähigkeit verdammt und verflucht. Was dort die Illusion war: Alles gehöre allen! Kein Wettbewerb. Keine wirklich differenzierte Forschung, die nicht allein militärischen oder reputativen Zwecken diente. Da war auch so eine Art demokratischer Gedanke, nur exakt jeden metaphysischen Bezug verleugnend, auf eine quasi rein materielle Teilung erwirtschafteter Güter fixiert. Die natürlich nicht stattfand. Und Demokratie? Dort wurde illusorisch und geisteswissenschaftlich gefordert, daß jeder entscheidungskompetent sei, ein Unding, entsprungen aus einer Metaphysik, die das alte Gottesgnadentum monarchistischer Feudalsysteme auf jeden Menschen auszudehnen suchte. Jeder Einzelne Mensch sollte nun etwas sehr

Besonderes sein! Stell dir vor, jeder Faulenzer, Pechvogel, Prekär-Prolet und Aggressivling, jeder Herumspinner könnte bei wichtigen Dingen der Republik mitbestimmen? Weil auch dieser Mensch etwas besonders Wertvolles verkörpere. Jeder könnte Völkermorde relativieren, den Holocaust negieren? Und einen romantisch verklärten fanatischen Nationalismus im Untergrund oder öffentlich wiederbeleben wollen? Ein Unding, genauso wie im Kommunismus jedem alles hätte gehören sollen und am Schluß war es eine faule Ausrede für eine Militärtyrannei! Ich war nie für so komische und romantische Sachen. Kommunismus, Demokratie? Was leisteten diese Systeme letztendlich? Sprachregulierungen zum Beispiel brachten sie hervor! Inmitten dieser sogenannten Demokratie!? Diktatorische Reglementierungen!? Eben! Um alle Randgruppen in Wort und Schrift zu befriedigen, bis man bald nicht mehr sprechen und kein gutes Buch mehr schreiben konnte, und vor lauter scheinbarer Gleichberechtigung nicht nur die Sprache verlor, sondern jedes Maß an Menschlichkeit im Namen eben dieser im Grunde rein metaphysisch verstandenen Gleichmacherei.«

»Aber Xenia, als die Demokratie ihre Selbstkontrolle einbüßte, hatte man es mit einer Krankheit der selbigen zu tun. Mit einem Zustand hilfloser mentaler Überaktivität und einer Handlungslähmung bezüglich der Realität!«

»Du sagst es! Mitten in der allgemeinen Sprachlosigkeit war die öffentliche Ordnung trotz dem Gewaltmonopol der Sicherheitskräfte schließlich vollkommen gelähmt. Dann kamen überall die Falschmeldungen, bis keiner mehr wissen wollte, was Fakten sind, und ob es Fakten jemals überhaupt gegeben habe. Die Erde sei sowieso eine Scheibe, hieß es. Wer nicht selbst einmal in Paderborn gewesen war, habe kein Recht darauf, Berichten aus Paderborn nur den geringsten Glauben zu schenken, und falls doch, sei er ein Vollidiot! Niemand könne wissen, wo und ob Paderborn existiere, der nicht selbst dort war. Derjenige, der dort war, könne aber nicht erwarten, daß ihm geglaubt werde, basta! Zudem könnte er sich sogar geirrt haben und stattdessen in Bielefeld gewesen sein! Dann kam die Frage nach dem Schulabschluß des mutmaßlichen Paderbornfahrers, ob er überhaupt zurechnungsfähig sei...

Menschen rannten nackt in der Öffentlichkeit umher und schlugen auf Bekleidete ein, weil sie sich von ihnen diskriminiert fühlten. An einem Tag beschenkten Wohlhabende morgens Arme, um noch am Abend in Clownskostümen in deren Armuts-Quartiere einzudringen ... und dort Brände legten, weil sie inzwischen jemandem anderes zugehört hatten, und ihre ›Meinung‹ geändert hatten, ihre ach so ›freie Meinung‹. Durch Algorithmen und Social Bots geduldig über Jahre getriggerte Paranoia. Dann die durch Klimawandel ausbrechenden Seuchen! Hämorrhagische Fieber, durch alle möglichen blutsaugenden Insektenarten übertragen, verliefen plötzlich immer häufiger tödlich. Die Tuberkulose breitete sich aus. Von Internetgurus wurde diese enorme Belastung der sowieso längst maroden Gesundheitssysteme einer sogenannten »Freimaurer- und Finanzjudentums-Verschwörung« untergeschoben, die »Bevölkerungsreduktion über das Ausbringen biologischer Kampfstoffe aus Vorrichtungen an Verkehrsflugzeugen« betreiben würde. Das führte zu hysterischen und pogromartigen Übergriffen gegen Bedienstete der Fluggesellschaften, gegen Einrichtungen jüdischer Gemeinden, gegen Reisebüros und gegen überhaupt all diejenigen, die deeskalierend zur Vernunft aufrufen wollten. Unter dem Einfluß geisteskranker Politiker zündeten Farmer und Bauern wahllos Wälder an, daß sich durch die Brände am hellichten Tage der Himmel verfinsterte. Alle wollte mit einem Male tun und lassen, was ihnen gerade ein den Sinn kam, und das konnte jeden Tag etwas anderes sein. Die Gemeinwesen zerfielen, und die Menschen drehten komplett durch. Jeder wollte frei sein. Jeder Mensch fühlte sich von allen anderen Menschen, von jeglicher Ordnung, jedem Gesetz diskriminiert!«

»Xenia, aber zuvor hat alles über Jahrzehnte hin funktioniert! Es ist sowieso ein Rätsel, wie die Gemeinwesen funktionieren, wie sich Menschen in riesigen Gesellschaften immer doch wieder über einen Markt vernetzt haben. Der Handel ist schon immer der Schlüssel zum Frieden gewesen. Handel setzt Überfluß voraus. Zerstörung sowie Plünderung von Umweltressourcen, Rodung der letzten Regenwälder, Vernichtung verbliebener Refugien ursprünglicher Wildnis, Raub und Krieg setzen ein, wenn ein Mangel besteht. So war die klassische Faustregel. Aber diesmal war es ganz anders. Eine große Anzahl von Menschen innerhalb der Wohlstandszonen drehten durch. Aus unablässig geschürter irrationaler Angst und wurden immer wütender!«

»Alle schrien sie nach Waffen.«

»Du verallgemeinerst. Nicht einmal ein Fünftel der Menschen waren aktiv beteiligt, als die Krawalle eskalierten und sich der Haßmob, durch das gekaperte Internet aufgehetzt, in die Straßen der Ballungsräume erbrach!«

»Die Inhaber der Gewaltmonopole waren durchsetzt von Intrigen, die Staatsstreiche planten, Todeslisten führten, heimliche Waffendepots anlegten. Aber, Schatzbob, der grausige Witz daran war: Organisierend solidarisieren konnte sich kein Mensch mehr mit anderen Menschen, denn jede Solidarität mit anderen wurde als Schwäche und als Unterordnung empfunden. Sich mit irgend etwas nur zu solidarisieren, selbst mit einem Minimum wirrer aber gemeinschaftsstiftender Ideen, all das wurde für Sklaverei gehalten! Alle schrien: ›Wir wollen endlich ganz frei sein!‹ Und diese Freiheit war plötzlich stündlich eine andere Freiheit. Das war die große Inflation der Werte. Darin kulminierte und versank schließlich diese .. ›Demokratie!‹ Verstehst du, Bob?!«

»Nein. Sowas kann man nicht verstehen.«

»Kein Mensch in diesen Erdgebieten hat noch irgendeine Orientierung. Der Realitätsverlust ist fast komplett. Drogen und Medikamente setzen Psychopathen, die sich dort ›Wissenschaftler‹ nennen, ins Trinkwasser, um sadistische Studien zu treiben, überall Stadien für Ultimativ-Kampfspiele. Dort sterben Menschen. Während ein besoffener Mob dazu feiert und Wetten abschließt. Wir aber haben die Oper und den Fußball und so weiter, und höchstens faire Boxkampf-Meisterschaften für unsere Aggressivlinge, dort werden, wie früher schon, Handschuhe um die Fäuste unserer

Boxkämpfer gebunden, auf weichen federnden Böden, mit einem festen Zeitmaß, über wieviele Runden der Kampf geht.. Aber wir in den Republiken sind hart geworden. Wer Fakten und wer rationale Entscheidungen anzweifelt, wird stufenweise sanktioniert. Das weißt du ja! Bedenke, wie die Idealisten damals das Gesundheitswesen wieder aufgebaut haben. Wir haben das Aidsvirus wieder fest im Griff, dessen Existenz die Populisten ja abgestritten hatten, wir haben eine perfekte Durchimpfungsrate der Bevölkerung. Die Verbreitung einst zahlloser, kompliziert verlaufender Fälle hämorrhagischen Fiebers, als Folge des Klimawandels, haben wir längst unter Kontrolle gekriegt. Alle Sektoren der Republiken verfügen über ein funktionierendes, stabil intaktes Gesundheitssystem mit guten Ärzten! Und eine vorbildliche Altenpflege.«

»Wir haben die Sprache dem evolutionären Sprachwandel zurückgegeben und anheimgestellt. Niemand übergendert und ideologisiert mehr ohne Erlaubnis des Rates, der den natürlichen Sprachwandel in Alltagssprache und wissenschaftlicher Literatur überwacht. Die Kunstschaffenden aller Kategorien jedoch sind frei. Und zwar vollkommen. Sogar exzessivste Brutalismen, wirrste ideologische Gedankenspiele, sexuelle Perversionen sind vollständig von Sanktionen befreit, tragen jedoch augenblicklich das Freikunst-Siegel. Wir spüren sie alle auf. Auch das weißt du. Frauen und Männer aller sexuellen Orientierung sind frei, selbstbestimmt vernünftige, biographische Entwicklungsschritte zu machen. Wir sind alle menschliche Wesen. Feminismus, Frauenfeindlichkeit und Männerdominanz,

Chauvinismus, Codex Machismo, Rassismus, Eugenik, Sexismus, Antisemitismus, Homophobie und so weiter sind glücklicherweise keine Themen mehr, der Terminus der Gleichberechtigung der Geschlechter ist längst obsolet, dennoch werden biologische Unterschiede von Mann und Frau oder Klassendifferenzen im Bildungswesen bei den Leistungsanforderungen berücksichtigt und gegebenenfalls kompensiert, Forschungserkenntnisse darüber aktualisiert und aktualisiert ... Kein Mensch fragt noch danach, ob du rothaarig und gesprenkelt von Sommersprossen bist, oder ganz dunkle Haut, oder Mandelaugen hast. Oder ob du eine schwarzhäutige Schönheit – dazu hellblaue Augen mit weißblonden Krauslocken – bist! Aber gut, solche Kreuzungen sind unwahrscheinlich. Blonde oder rote Haarfarbe und blaue Augen sind rezessive Erbanlagen! Und ob du vorher mal ein Mann oder eine Frau warst, ist auch prinzipiell jedem endlich egal, das war ein weiter Weg bis dahin...«

»Kneipen sind abgeschafft, als indirekte Folge des Alkoholverbots. Aber wertvolle Spirituosen, Wein, Bier gelangen aus Fernost zu uns. Gedeckt durch das System! In Cafés, Restaurants und Speisetempeln jedoch herrscht meist Schweigen. Sprechkontakt-Simulation ist in diesem öffentlichen Raum unerwünscht. Grundsitten. Und alle starren tippend auf ihren Laptop oder aufs Taschenhelferlein. Eine Welt aber, in der grenzenlose Brutalität auf allen Ebenen des menschlichen Daseins herrscht, ist freilich noch um ein Vielfaches entsetzlicher... Mich ärgert das kleinkariertdisziplinarische Fordern der Behörden. Gegenüber den Schwachen, den Beschränkten. Etliche meiner Kumpel haben ständig Ärger! Und die Komplikationen durch die lästige Konvention *Privater Isolativität* machen es uns allen wirklich nicht leicht!«

»Manche brauchen einfach eine starke Hand! Die sie führt! Und, Schatzbob, schau, wir haben den Schutz der Intimen Räumlichkeit, jede Wohnwabe, jedes Wohnprovisorium ist frei von Beischauern und Beihörern! Garantiert. Es sei denn, wir würden die Vernetzungsmedien beischalten, um mit anderen Kontakt zu simulieren. Aber auch da analysieren nur anonyme Rechner Aufzeichnungen, die für echte Menschen sofort wieder gelöscht werden. Freilich wird jeder am Arbeitsplatz mikrophonisiert und optisiert, eben weil wir in all unserer Arbeit im Dienst am Mitmenschen und im Dienst der Republik stehen. Niemand kann daran etwas auszusetzen haben, weil es alles logisch ist. Es ist alles exakt vernünftig, unwidersprechbar.«

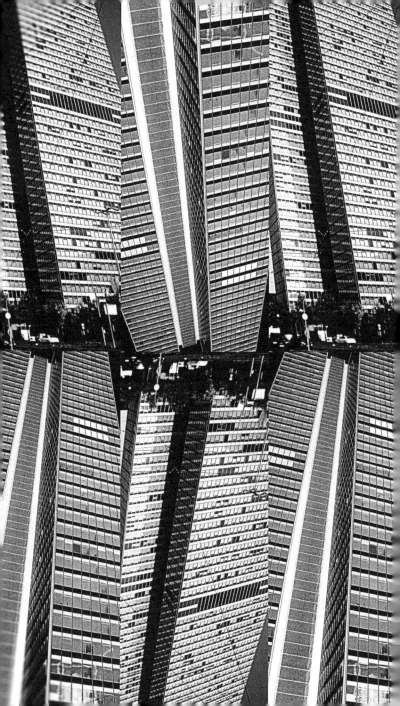

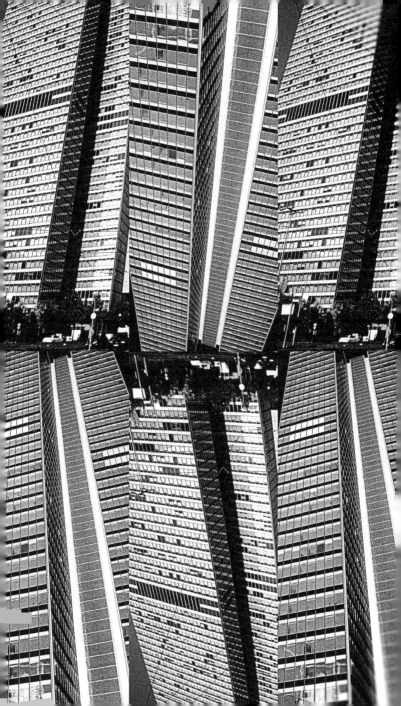

»Ja, Xeny, ich kenn das Argument mit der Todesstrafe, die sicher als erstes eingeführt werden würde, wenn es demokratische Abstimmungen gäbe. Und ich weiß auch um das alte Wählen, was die Historiker das Parteiensammelwahlrecht nennen. Als Parteien konkurrierten und für Partikularinteressen einer von ihnen bevorzugten Klassenklientel eintraten. Sie sammelten Wählerstimmen ein, um sich über Mehrheiten und prozentuale Anteile zu legitimieren. Wo alle Welt und jeder Simpel jeden, am Ende waren es sieben, acht Parteien, wählen durfte. Schließlich regierten fast handlungsunfähige ›Große Koalitionen‹, um überhaupt weiterhin den Landfrieden zu gewähren, während Umsturzparteien in zornige, faktenbefreite Oppositionen gingen, und nur noch aufhetzten. Oder gar die verhängnisvollen und unumkehrbaren Volksentscheide... Das Prinzip Demokratie wirklich zu leben, war noch in den Kinderschuhen, Xenia! Nicht um die Abstimmung aller Idioten ging es, sondern darum, aus Idioten kompetente Menschen zu machen, die dann fähig werden, zusammen gewisse Dinge zu entscheiden. Ich habe gelesen, dies hätte unter anderem eine vollständige Erneuerung des BildungsSystems verlangt.«

»Erneuerung? Ist das denn nicht geschehen? In den Internaten werden wir alle zu Menschen ausgebildet, die geisteswissenschaftliche Freikunst von exakter Naturwissenschaft zu unterscheiden wissen! Das Unproduktive im menschlichen Verhalten wird ein wenig sanktioniert, aber durch neue Einsichten wird das nicht über grausame Restriktion erzielt. Schmerz jedoch bleibt keinem von uns erspart...! Wer hingegen brutal auftritt, wird sanktioniert.

Wer durchdreht, oder andere dazu verführen will, durchzudrehen, wird sanktioniert, oder sogar festgesetzt.«

»Aber liegt in unserer ganzen übervernünftigen Lebensweise nicht doch ein Eingriff in die Evolution? Die man noch zu den Zeiten der Großeltern zuweilen *Die Schöpfung* nannte? Über allen spontanen zwischenmenschlichen Begegnungen im öffentlichen Raum liegt ein Pesthauch von Illegalität! Unsere Biographien, wie ich schon sagte, bieten kaum noch Überraschungen. Quasi vorgefertigte Lebensläufe drehen sich um Dienstleistung, befristetes, kaserniertes Wohnen in Zeitarbeits-Wohnprovisorien, um Urlaubsreisen oder um Schulungen. Mancher bucht ein Hotel für einen Urlaub fünf Jahre im voraus. Fünf Jahre! Termindateien im Abgleich mit Wartelisten für Bewerbungen, Jobs, Freizeitangebote! Alle Menschen leben vollkommen verplant und ›korrekt‹. Oder unter Sanktionen. Nicht daß ich Ruhe nicht zu schätzen wüßte, nur ist es mir in unserer Welt da draußen, in der Öffentlichkeit viel zu .. jeder ist enorm selbstbeherrscht. Schau, Xeny: Erst über Generationen hinweg, so glaubte man in den postmodernen Demokratien, würde der Alltag, allmählich, für alle immer spannender, menschenfreundlicher... Die Einzelnen, unter einem Minimum an Aufsicht, am ganzen Leben bewußt und freiwillig teilnehmend, würden immer mehr und mehr über Menschlichkeit und spontane Lebensfreude hinzulernen, doch die Erfahrungen der Generationen sollten in einem lebendigeren Fluß bleiben, den ich hier nicht immer erlebe. Freude, Entspannung und Risiko, spontane Begegnungen und wachsende stabile Bindungen. Das Erfahrene würde weitertragen von Generation zu Generation!«

»Jaja, zu Höhen und Dimensionen bisher ungeahnter Transzendenz und Menschlichkeit! Haha! Äußerst sentimental! Schatzbob, wir können nicht alle menschlich charakterlichen Defizite und die Defizite an guten Fügungen und an Glück mit einem alle beglückenden Bildungsangebot allein kompensieren! Jeder Mutter, jedem Vater liegt es natürlicherweise am Herzen, daß ihre Kinder dereinst, wenn sie erst groß sind, irgendwie zu den Auserwählten einer Gesellschaft gehören. Dabei geht es ihnen freilich nur um Sicherung scheinbarer Privilegien. Um zukünftigen Erwachsenen instinktiv vor allem den Schmerz zu ersparen, der zum Leben gehört. Wenn denn die Eltern keine psychischen Defekte haben, so, daß ihnen ihre Nachkommen egal sind! Sich oder seinen Nachkommen jedoch Schmerz, echten Schmerz!, und die Bürden großer Verantwortung ersparen zu wollen, ist eben Sentiment, ist irrational. Es gibt kein Recht auf solchen Luxus: Schmerzfrei leben zu können. Kein Recht, sich ein permanentes Zuhause an einem lebenslang frustfreien Wohnort etablieren zu können. Es gibt kein Recht darauf, sich nicht immer neu weiterbilden zu müssen. Kein Recht darauf, nicht auch mal unangenehme und niveaulose Arbeitskollegen auszuhalten. Immer geschätzt, geliebt und nicht gefordert zu sein, läßt uns degenerieren. Wir verblöden zu lächerlichen und bedauernswerten Kreaturen. Und dazu kommt, daß die Dummen böse werden, verkürzt gesagt!«

»Schmerz aber, Xenia, den findest du in den Gebieten der *Zornigen Allianz* garantiert an vielen Orten in einem Ausmaß, wie ihn die Zivilisten innerhalb unseres *Republikanischen Bündnisses für Erdbeglückung* niemals kennenlernen werden, nicht einmal die *PPs*, die sogenannten *Prekär-Proleten*! Die manchmal immerhin noch spontan miteinander sprechen... Die Kriegsherrinnen und Oligarchen der *Zornigen Allianz* führen ständig die polemisierende Formel ins Feld, der Krieg allein beflügele die träge Menschennatur stets aufs Neue zu bisher nie geahnter innovativer Tätigkeit!«

»Eben, und das, worauf du mich hier gerade aufmerksam machst, geschätzter Bob, ist sehr interessant! Eigentlich müßten doch dann die Menschen, die in den Gebieten der *Zornigen Allianz* leben, durch diesen dort herrschenden, immensen Selektionsdruck profitieren? Insofern sie denn nicht sofort Opfer der immerzu fatalen Umstände werden!?«

»Xenia, es ist klar: So zynisch ist die Ordnung, der wir hier folgen, natürlich nicht!«

»So zynisch? Wir sind nicht zynisch. Wir entsagen einfach einem Übermaß an Hoffnung, und daraus resultierenden Illusionen! Das Opium übersteigerter Hoffnungen, das brauchen allein Menschen, die in einer gesetzlosen, verlogenen und wirren Welt von einem Tag zum nächsten fiebern, nur um sich zuweilen..«

Dann sagten wir beide unabsichtlich quasi im Chor: »..in trügerischer Sicherheit zu wiegen!« Da lachten wir beide laut auf, und umarmten uns....

Wir sahen uns lange mit einem ungewollt melancholischen Blick tief in die Augen. Es gibt diese überraschenden und beunruhigenden Momente, wo sich zwei Menschen in Momenten scheinbar größter Nähe seltsam fremd werden. Was wußten wir denn wirklich voneinander? Trotz all der

Worte, die die Gespräche zwischen uns auftürmten? Die Stille hinter allen Worten jedoch gehörte immer noch uns. Ganz. Nur, für wie lange?

»Meinst du, es kommt heraus, was wir tun, Xenia?«

»Wir beide verstoßen lediglich gegen Konventionen, noch nicht wirklich gegen die Gesetze, so sehe ich das, Bob...«

»Wer schützt uns?«

»Ich bin derjenige. Der uns schützt, Bob Nemo. Ich bin eine ihrer besten Leute. Wenn ich es nicht übertreibe, ist alles möglich. Fast wirklich alles. Du weißt das. Ich bin diejenige, die uns all das hier ermöglicht. Also werden wir geschützt.«

»Was aber wird aus uns werden? Xenia, ich liebe dich!«

»Dieser ganze Schwachsinn mit diesem Ausbildungszölibat, Bob. Dieser *Privaten Isolativität,* den Besuch beim Sexnotar zum Beispiel. Ich halte all das für äußerst rückständig! Und ich halte die Menschen allgemein für träge und feige, daß sie das mit sich machen lassen! Weißt du nicht, daß es ihnen hierbei auch um Geburtenkontrolle geht? Nicht etwa allein darum, *Prekär-Proleten,* die in einer Fortbildung stehen, sowie Auszubildenden und InternatsSchülern einen verstärkten Fokus auf die Entfaltung ihrer Anlagen und Fähigkeiten zu ermöglichen? Intakte Liebesverbindungen motivieren unser Belohnungssystem um ein Vielfaches. Der Zölibat und diese überzogene Isolativität jedoch, auch wenn sie mehr Empfehlung denn Richtlinien sind, Konvention, und nicht Gesetz, schaffen ein soziales Klima, was Geburtenkontrolle wesentlich erleichtert! Und ein spezielles Konsumverhalten fördert.«

»Bäääh! Echt? Wie krass, Xeny, wie krass!!« Xenia sah zu Boden, und seufzte.

»Sogar das semiautonome Fahrzeug ganz puritanisch ›Ve-hi-cu-la-tor‹, statt einfach ›Flitzer‹ zu nennen, entstammt dem Gedanken, das Recht auf geschwinde Mobilität nicht mehr so sehr mit einer erotischen Konnotation versehen zu wollen. Trotzdem lassen sie für Privilegierte recht schnittige Karosserien zu, die sich ein Armer halt einfach nicht leisten kann...«

»Sprache der ihr eigenen Evolution zurückgeben. Und dann haben die Konzerne ihr Produkt freiwillig nur ›Vehiculator‹ nennen dürfen. Um sexuelle Konnotationen für Mobilität gar nicht erst aufkommen zu lassen, ... und bald sagte jeder heiter ›Ejaculator‹ dazu. So kann's gehen!«

Xenia lächelte heiter: »Der freud'sche Tip für diesen Namen kam halt von einem Mann, und die Echos dazu in der Öffentlichkeit ließen nicht lang auf sich warten. ›Spritzer‹ und ›Vehi‹ sagen jetzt alle zum neuen Elektroauto. Die *Deep-Socialmind-Engineering*-Experten. Pah. Sie liegen glücklicherweise auch oft mal daneben.«

»Auf einmal, sind es ›sie‹ und nicht mehr deine ›wir‹, Xeny! Beachtlich!«

»Auch unsere ›Wirs‹ sind nicht immer einer Ansicht. Wundert dich das denn, Bob?«

»Nein, aber es könnte uns immerhin gefährlich werden.. Geburtenkontrolle, und diese sie unterstützende Stimmungsmache, an denen womöglich auch Algorithmen und das *Deep-Social-Mind*-Engineering, das *Social Targeting* beteiligt sind? Um im persönlichen und medialen Umgang miteinander Konventionen entstehen zu lassen, die uns alle auf Distanz voreinander halten? Durch geschickte und kaum merkliche Manipulation...? Xenia! Was ist das für eine kranke Gesellschaft?«

»Geburtenrückgang bewirkt Ressourcenschonung. Und wird begleitet durch technischen Fortschritt zur Minimierung im Ressourcenverbrauch. Bob, die Schonung unserer Ressourcen ist erwiesenermaßen notwendig. Und die Konvention der *Privaten Isolativität* garantiert eine größere Stabilität der öffentlichen Ordnung. Sie kommt dem Gewaltmonopol zugute. Es sollten aber all diese Konventionen tatsächlich offener kommuniziert werden, finde ich! Einsamkeit macht die Menschen faul und dumm! Alle virtuellen Welten sind das Abbild einer uns anerzogenem Harmoniesucht, und den daraus resultierenden Heldenphantasien im Bedürfnis nach Anerkennung. Das ist die Tagseite. Sie sind auch Abbild unserer längst kollektivierten Sehnsüchte nach Chaos, Anarchie Risiko. Ihre Nachtseite.«

»Die Menschen wollen es gar nicht mehr anders, fürchte ich. Eine Simulation birgt zudem kein tatsächliches Risiko. Der Terminkalender des vorgefertigten Lebenslaufes jedoch, wo manches wegen gewisser Wartelisten auf Jahre hinaus festgelegt wird, verschafft allen die Gewißheit, daß es irgendwie weitergehen wird.«

»Und vom Sex im haptischen Raumanzug wird keine Frau ungewollt schwanger!« sagte Xenia mit gespielt hochgewichtiger Miene.

»Xenia, in den Gebieten der Allianz produzieren die Menschen in der Tat ungehemmt Nachwuchs. Sie dezimieren sich aber auch durch ihre internen Konflikte, ihre

Verbrechen, Nöte und Versorgungsengpässe ebenso ungehemmt. Ein einziges Chaos. Man muß tatsächlich Zyniker sein, um hier achselzuckend den Tatbestand natürlicher Selektion anzuführen, und gut ist! Es ist verantwortungslos. Und schafft unproduktives, sinnloses Leid. Der Schmerz in den Gebieten der Allianz geht weit über das existentiell erträgliche und vernünftige menschliche Maß hinaus. Es ist doch schon seltsam, und wenn man spät in der Nacht darüber nachsinnt, dann kommt einem das wirklich wie eine große Weltverschwörung böswilliger Kapuzenmenschen vor, die mit uns Menschlein ein großes Experiment veranstalten. Hier bei uns gibt es nur einen freien Markt, aber die Menschen werden zu höchstanständigen Individuen erzogen und genießen das Sicherheitsprivileg *Privater Isolativität,* ein Bruchteil dessen, was man unter individueller Freiheit versteht, dürfen aber über den Singenden Draht Sozialer Netzwerke wohlüberwacht die Hosen herunterlassen! Dort bei denen aber fällt man in animalische Muster zurück und verherrlicht den Krieg aller gegen alle, wo jeder jeden anlügt, beklaut, oder sich voller Angst der Diktatur der Kriegsherrinnen, reichen Fürsten und Oligarchen unterwirft, was oft nicht mal Vorteile bringt. Und zwischen diesen beiden Extremsituationen gibt es wohl gar nichts, gar gar nichts..«

Xenia seufzte wieder tief auf.

»Ja, jeder gegen jeden. Hör mal, Bob, ich will trotzdem, obwohl die Welt so schlecht ist, irgendwann.. vielleicht, ähm. vielleicht einmal ein Kind von dir!«

Sie wurde knallrot..

»Was?«

Ganz plötzlich weinte sie stumm. Verwirrt und aufgeregt ging ich zu ihr, umarmte sie. Versuchte behutsam zu sein, sie zu beruhigen.

»Hör auf, mich trösten zu wollen, Bob. Ich will das nicht. Wir beide wirken dabei so dämlich und lächerlich! Und bitte: Sag jetzt nichts dazu.«

Wir schwiegen also wieder, während ich sie ratlos in den Armen hielt.

»Mach lieber nochmal Kaffee auf deiner kruden alten Kaffeekochmaschine da!« stieß Xenia mich von sich weg. »Solche feierlichen Momente sakraler Umarmung erinnern mich an so uralte Heiligenbilder, Bob Nemo! Was soll das bringen, wenn du mich hier warmhältst, als stünde uns ein Schneesturm bevor!« lachte sie, immer noch rot im Gesicht, aber mit echtem Lachen dabei.

»Bob, was ich im Augenblick schlimm finde...«

»Ja?« Ich füllte Kaffee in die Filtertüte, goß Wasser in die Maschine..

»Wir sind beide ganz alleine. Wir haben keine Freunde!«

»Willst du mitkommen, Billard spielen, Tischfußball, Skat? In einen der privaten Clubs?«

»Bob, diese Menschen gehören prinzipiell deiner Vergangenheit an!«

»Fängst du schon wieder damit an?«

»Mach deinen großen Schulabschluß fertig, und werde Kompetent! Dann hat alles, was du tust und sagst, gesellschaftliche Geltung. Du wirst subelitär. Da gehen Türen auf!«

Ich schaltete die Maschine an, sie röchelte wieder, und das erhitzte Wasser lief durch den Filter in die Kanne, während ich zuschaute, wie die ersten Tropfen in die Glaskanne

liefen. »Und dann würde ich meinen Freunden Moral-
predigten halten müssen, um ihnen zu zeigen, daß sie nicht
mehr zu mir gehören? Im Ernst?«

»Ja, blöd! Machen viele so…, dann mach das doch einfach
nicht!« seufzte sie, und sah zu Boden..

»Xenia, meinst du nicht, ich könnte ein anders Thema
kriegen. Also eine Variante, die meinen Interessen entge-
genkäme. *Politikwissenschaften und die Soziologie im Wandel
der Zeiten unter besonderer Berücksichtigung der neuen Handhabung der Sozialsysteme* heißt es. Könnte man es erweitern
auf *Demokratische Experimente in vordemokratischer Zeit*?«

»Dann darfst du es wieder nicht abgeben. So Sachen
könntest du aber schreiben, wenn du erst Subelitärer Kompetent geworden bist! Mach was aus dir!«

»Xenia! Du liebst mich, oder?«

»Warum fragst du? Sagte ich nicht eben, daß ich ein Kind
von Dir will?«

»Wenn ich aber studiere und lerne, werde ich bestimmt
dick, träge, faul und wahnsinnig klug. Ein megagescheiter
Depp. Du wirst mich ganz gern haben. Lieben aber, das
weiß ich, wirst du mich so nie mehr. Ich weiß das. Wir
würden beide unglücklich. Ein ganz normales deprimiertes
Paar. Egal, ob wir Kinder hätten oder nicht! Aber wie lange
wirst du einen Menschen spannend finden, der mit dir an
gesellschaftlicher Geltung nicht gleichziehen kann?«

»Oh, Bob. Ich fürchte ich mich vor dir, wenn du so redest.
Rede nicht so mit mir! Willst du denn mit mir durchbren-
nen? In die Gebiete der *Zornigen Allianz*?«

Ein schauderhaftes Bild tauchte vor meiner Seele auf:
Wir beide, ganz verzweifelt und einsam. Genauso einsam

wie ein obdachloses Wanderarbeiterpärchen in einer üblen Gegend, einer Favela der Megastädte, oder an einem Lagerfeuer Alkohol trinkend, oder inmitten einer Wohnwagenburg unter einem grausam regierenden Roadboss..

Hier und heute gab der Status quo unserer augenblicklichen sozialen Rollen, die das System uns zuwies, Sicherheit, Stabilität und ein augenscheinliches Gefühl, sich in der Welt zurechtzufinden, Konventionen umgehen zu können, Regeln zu meistern! Hier und jetzt waren wir »wer«! Sie die *ASE-ZFSR* Assistentin, ich der ehrenvoll heimgekehrte Agent in Wiedereingliederung. Was würde morgen sein? Etwas noch viel Besseres! Keine Frage! Aber was? Und wie?

Sie steckte sich auf der am Fußboden liegenden Matratze lang, lachte aufgelöst und verträumt, und sah mich dabei vollkommen hilflos an. Das war nicht mehr die strenge, aller Hoffnung entsagende Xenia...

Ich fürchtete mich auch. Jetzt, wo sie auf einmal so weich wurde. So etwas kannte ich nicht: Entspannt mit einem geliebten Menschen von einer gemeinsamen Zukunft zu träumen!?

Ich wurde diese zwanghafte Imagination nicht los, die uns beide, mich und Xenia, am Rande einer Favela oder am Feuer einer Wagenburg sitzend, in alte Decken gehüllt zeigte. Wie waren wir hilflos! Und arm. Gerade, wenn wir dereinst einmal zu dritt sein mochten, sie ein Kind von mir, an ihren Brüsten trinkend, in ihren Armen halten würde... Die Imagination entglitt mir vollends und die Bilder verselbständigten sich ... ich sah Xenia vergewaltigt, von einem

Rudel zehn- bis vierzehnjähriger Buben, von denen mich ein halbes Dutzend zu Boden gerissen hatte, mir in die Augen spuckte und kratzte, mich in die Fingergelenke und in den Hals biß. Sah Xenia und das Kind, beide schreiend am Boden liegend ... später, nachdem wir das vielleicht überlebt und bei einer Wandergruppe Zuflucht genommen hatten, am Lagerfeuer kam deren Roadboss, und herrschte mich an:

»Los, deine Frau! Du halte solange das Kind. Rühr dich nicht, sonst erschieße ich euch beide und geb' das Kind einem Sklavenhändler zur Aufzucht«, .. er schleppte Xenia, die »Bob, Bob, oh Bob, hilf mir doch!« schrie, an den Haaren fort .. und ich hörte sie von fern weinen und wimmern... und mußte das über mich ergehen lassen. Welche Frau könnte danach ihren Mann noch wirklich unbefangen lieben?

Während sich dies in Bildern vor meiner Seele abspielte, kuschelte sich Xenia an mich und faßte meine Hände und Arme, um sie um sich herumzulegen:

»Bob? Weißt du, es gab ja immer Zeiten, wo Menschen mit ganz anderen Lebensformen experimentierten! Wo sie diese ganz verrückten Sachen machten!«

»Ja, eben!«

»Die Menschen damals zogen sich nackt aus, badeten alle zusammen in einsamen Gewässern, und tanzten nachts gemeinsam ums Feuer. Sie suchten ein, wie sie es nannten, ›ursprünglicheres‹ Leben ... Bob, was ist? Du zitterst ja? Und du schwitzt ja am ganzen Körper? Bob, sag schon?«

»Nichts!«

»Nichts? Woran denkst du gerade?«

»Es ist .. Xenia, ich .. habe nie zuvor von einer Frau gehört, sie wolle ein Kind von mir!«

»Und du freust dich nicht?«

»Doch...«, sagte ich mechanisch.

»Doch? Mmmh... und warum ist dir das unheimlich? Los, sag schon!?« Sie räkelte sich behaglich in meinen Armen..

»Xenia, bitte! Ich möchte jetzt am liebsten gar nichts sagen, und gar nichts denken! Alles ist wunderbar. Ich bin erschüttert über dein tiefes Vertrauen in mich...«

Wir schwiegen lang und lagen einfach so da, auf dem schrecklich rosafarbenen Teppichboden meines unaufgeräumten und bücherübersäten Wohnprovisoriums. Allmählich verblaßten die zwanghaften Horrorbilder wieder. Mein Körper hörte auf zu zittern.

»Ach, Bob, die Sehnsucht der Menschen in diesen längst vergangenen Zeiten wird sehr lebendig in mir! Immer dann, wenn ich diesem seltsamen Bedürfnis nachgebe, mir vorzustellen, wie es sein könnte, Mutter zu werden...«

»Diese Menschen schufen Künstlerkolonien, oder experimentierten mit Gartenkultur, legten Parks an. Bob, stell dir nur mal vor: Da wurde geschrieben, gemalt, musiziert. Architekten arbeiteten an verträumten oder vollends pragmatischen Entwürfen. Bildhauer erschufen kühne Plastiken. Träumer betranken sich und stießen an: Auf das Leben und die Schönheit der Welt! Man versuchte sich in der Freien Liebe, Bob, so nannte man das damals. Man wollte den Reflexen des Besitzanspruchs in sexuellen oder erotischen Beziehungen nicht mehr Folge leisten. Frei gewählte Freundschaften sollten Menschen verbinden. Adelige Clans und deren Heiratspolitik, auch das Aneinanderklammern von Mann und Frau in der alleingelassenen proletarischen Notgemeinschaft empfand man endlich offen und frei darüber redend als menschenunwürdig. Jahrhundertealte, selbstverständliche Institutionen, Ehe, Familie wurden primär als Machtstrukturen und Unterdrückungsinstrumente entlarvt, zumal sie meistens nicht aus dem Freien Willen der Individuen entstehen durften. Damals ahnte man schon, daß eine Verwirklichung der Möglichkeiten, die eine andere Sicht auf Partnerschaften mit sich bringt, ein Lernprozeß sein würde, den eine einzige Generation nicht würde bewältigen können. Die Eifersucht und das Besitzdenken saßen tief in der menschlichen Seele, und die herrschenden Verhältnisse unterstützten diese Triebe, und überzüchteten sie sogar.«

»Xenia, das Schlagen der Frauen, das Züchtigen der Gattin wird bis heute in Gebieten der *Zornigen Allianz* als Zeichen von sexueller Potenz und inniger Liebesfähigkeit des Gatten in Werken philosophischer und okkultistischer Literatur gefeiert. Es sei Ausdrucksform von Naturverbundenheit, verbunden mit kultureller Reife. Kriegsherrinnen peitschen ihre Sexsklavinnen lustvoll aus. Eine sehr ambivalente Sache, denn die so Gedemütigten verinnerlichen diese Vorgänge so tief, daß ihre psychischen Reflexe schließlich danach verlangen und sie zu zweifeln beginnen, wenn ihnen keine Gewalt widerfährt. Auch in den Republiken haben wir immer noch diese Probleme von Gewalt verbunden mit Eifersucht, gerade bei Männern, die noch einem Codex Machismo nachweinen, den wir hofften, längst überwunden zu haben. Diese Triebmuster sitzen tief in den psychischen Schaltkreisen unserer Species, was du daran siehst, daß die Praxis des Sadomasochismus bei Extremsexliebhabern als Amusement dient, obwohl diese Menschen im Alltag niemandem ein Leid zufügen.«

»Damals jedoch, Bob, als Menschen zum ersten Mal auf bewußte Art und Weise von freier Liebe träumten, duellierten sich Männer aufgrund von Nichtigkeiten, es gehörte noch zum kulturellen Überlieferungskontext des Adels und emanzipierten Bürgertums. In orientalischen Stammescodices erforderte der Ungehorsam einer Tochter von der Familie den Ehrenmord. Daß also nun Männer und Frauen offen über ihre sexuellen Orientierungen nachzudenken wagten, nicht ohne innere Konflikte und erhebliche Selbstzweifel, war etwas vollkommen Neues, in der ganzen Menschheitsgeschichte nie so klar und scharf konturiert gedacht worden. Trotz enormer biographischer Rückschläge. Bedenke, die Gesellschaften übten größten Gegendruck aus, und die meisten Menschen frönten lieber grausamen Rassenlehren, einem uralten Antisemitismus, und selbstverständlich dem Militarismus. Forschten mit gehässiger Neugier und moralischem Gruseln, wo die sogenannte Krankheit der natürlich gegebenen Homosexualität liege. «

»Xenia, ich glaube, wenn sich Menschen auf unkonventionelle Weise kennenlernen und lieben, wird das eine Weile geduldet. Prinzipiell aber werden sie irgendwann immer gehaßt! Auch heutzutage noch. Menschen, die, obwohl sie erwachsen sind, wieder eine Unschuld in sich vorfinden. Während sie überwältigt von ihrer Liebe zueinander nichts Schlimmes mehr in solchem Empfinden sehen können! Sie erheben für sich selbst in diesen Augenblicken der Ergriffenheit den Anspruch, wie Kinder die Welt mit neuen Augen zu sehen.«

»Natürlich sind frisch Verliebte arrogant, Bob. Schrecklich isolativ, und sehr überheblich. In der Liebe erfahrene Menschen jedoch wissen darum. Mehr und mehr. In der Liebe erfahrene sind getragen von großer Motivation, und können diese Macht auch sinnvoll nutzen. Das haben Künstler zu allen Zeiten getan. Trotzdem ist diese Gewalt der Natur stärker als die Klügsten. Ohne Leid, Verletzung, ohne Rückschläge geht es nicht. Leider..« seufzte Xenia.

»Ich glaube aber, lieber Bob, der Ursprung jeglicher Sehnsucht nach politischem Wandel, einer Besserung der Verhältnisse kam selten von Geschlagenen, Frierenden und Hungernden. Die hatten weder Kraft noch Zeit, zu lieben. Und keine Freiheit, wieder wie Kinder zu werden. Es galt, zu gehorchen, loyal zu dienen, um überhaupt in kurzen Intervallen einer Rast zu regenerieren. In jeder Revolution jedoch lag die Gewalt einer wütenden Empörung unglücklich oder glücklich Verliebter. Wenn ich an die ›Zornige Allianz‹ denke, liegt in der rohen Spielart sexueller Selbstüberhebung sogar eine der Ursachen schrecklichster Grausamkeit. Doch wissen die in der Liebe erfahrenen mehr und mehr über die Gefahr dieser Macht. Und spielen nicht mehr blind mit dem Feuer, was in ihnen dann zu brennen beginnt. Intellektualität allein jedoch, eine sichernd begrenzende Sorge der Vernunft, weckt das Verlangen nicht, Menschenherzen zu begeistern und zu erheben. Verliebte sind mitnichten sexuell Triumphierende, die ihre potentiellen Gefährten demütigen, schlagen, erniedrigen, und sich schließlich die ganze Welt unterwerfen und demütigen möchten. Nein. Verliebte wollen frei philosophieren, frei denken und ohne Grenzen spielen! Der Strom des erotisch gesteigerten Interesses am Gefährten mündet in das Meer des Verlangens, allen Wesen empathisch zu begegnen. Gemeinschaften von sich freier und freier liebenden Menschen hatten es vielleicht leichter, die in Büchern eingetrockneten Begriffe wie Menschenrecht, Menschenwürde, Mitempfinden mit Inhalt zu füllen. Manche lenkten das Feuer der Überfülle ihrer Herzen in caritative Tätigkeiten, andere schufen damit Musik, Malerei, Literatur, oder alle taten alles gleichzeitig. Auch im Schmerz enttäuschter und gescheiterter Liebe erblühten große Werke, denn das Feuer brennt ja lange weiter, wenn es nur einmal entfacht wurde!«

»Die Künstlerkolonien waren den Gesellschaftsstrukturen dieser Zeiten ein Dorn im Auge! Ja, sie waren tatsächlich immer in Liebesverhältnisse verstrickt und diese waren nicht selten unbeherrschbar verworren, schmerzlich, voll gegenseitigem Mißverständnis! Trotz alledem blieben die komplizierten Freundschaften Quelle gegenseitiger Inspiration und blitzartiger Erkenntnisse. Zustände und Probleme, die in unseren heutigen Patchwork-Familien banaler Alltag geworden sind, besaßen damals den Nimbus kultureller Pioniertaten. Die Träume, liebe Xenia, die da geträumt wurden, sie sind jedoch auch für unsere Zeit immer ein Hinweis auf zu bestehende kleine und große Abenteuer!«

»Ach, Bob. Die Anwesen solcher frei philosophierender und experimentierender Lebensgemeinschaften lagen fast immer an Gewässern, wo alle in den Sommern gemeinsam ihre Boote in den Sonnenschein hinausruderten, und dort heiter ins Wasser hüpften. Große und mächtige Sponsoren, selbst von allerlei sehnsüchtigen Idealen begeistert, ermöglichten das. Alle träumten. Gemeinsam. Von einem Weltfrieden, von einer großen, menschlichen Gemeinschaft, wo eines Tages alle Konflikte frei von jeglicher Gewalt lösbar und verhandelbar seien, und zwar mit einem Lächeln auf den Lippen eines jeden der Beteiligten. Ein großes Miteinander Lächeln sehe ich da immerzu vor mir, wenn ich mir das vorstelle!«

»Du meinst, wir in unseren Tagen sehen das alles schnell mal in einem verklärten Licht?«

»Bob, Träume vom allgemeinen Weltfrieden, von mehr Wohlstand für Schwache, für Spätentwickler, für untätig philosophierende Fortbildungs-Faulenzer, der Traum von Freundschaft zwischen allen natürlichen Klassen ohne soziale Unruhen! Ja, sogar der Glaube, daß das ganze weite Weltall ein intelligentes und bewußtes Wesen sei. Die Erde und die Biosphäre irgendso eine Art lebendiger Organismus. All das wird wohl von den instinktiven Schaltkreisen des Nestbauenwollens gefördert! Es wächst das Verlangen nach einer Heilen Welt«, schmunzelte sie.

»Ganz sicher!« lächelte auch ich, erleichtert darüber, daß ich auf solche Weise die vorigen Horror-Imaginationen von den Vergewaltigungsszenarien für mich selbst ein wenig einordnen konnte.. Vielleicht entsprangen diese tatsächlich einem archaischen Instinkt, der mich mit den Gefahren konfrontierte, die einer Familie drohen können, und nicht nur aus der Erinnerung an meine Gefangennahme...

»Stirbt dann die Menschheit vor lauter Langeweile aus, wenn der Weltfrieden ausbricht?« fragte sie flüsternd.

»Nein, man wird Wege suchen, das Leben kulturell sinnvoll zu gestalten!«

»Ach? Und, Bob? Merkst du denn auch bei dir selbst, ob sich da was in dir tut? Ich mein, bei dem Gedanken daran, Vater zu werden? Verantwortung übernehmen zu müssen? Nicht für unsere Familie allein, auch für dich selbst?«

»Oja, darum hab ich doch gezittert. Denn mir wurden alle Herausforderungen bewußt, die die Natur offenbar einem werdenden Vater auferlegt!«

»Ach, du hast bloß gezittert vor Angst, mich zu verlieren? Und du schaust immer noch etwas beklommen aus der Wäsche..« flüsterte sie.

»Äh?«

»Daß ich mir, mit oder ohne einem Kind, einen andern suchen könnte? Stimmt's!? Das ist noch lange kein Verantwortungsbewußtseins-Schaltkreis. Das, Schatzbob, ist die blanke potentielle Eifersucht und Verlustangst eines Kerls! Hahaha!« lachte sie schallend und griff ein Kissen, was in der Nähe lag und schlug es mir heiter um die Ohren..

»Du hast es erfaßt, Xeny. Ich bin ein verantwortungsloser, eifersüchtiger Trottel!« lachte ich. »Aber im Ernst du, ich mußte unwillkürlich an unsere Zukunft denken. Ob wir denn wirklich eine gemeinsame Zukunft haben könnten? Daaa hab ich wirklich gezittert.«

»Aaaber, Xeny!«, ich packte sie, wir balgten stürmisch herum und versuchten uns beide dabei heftig auszukitzeln, sie schrie dazu wild wie ein wieherndes Pony. Wir rangen heftig und schließlich »besiegte« ich sie! Saß auf ihr, meinen begonnenen Abersatz vollendend:

»Aber ich werde, da bin ich mir sicher, unseren Kindern ein pflichtbewußter und verantwortungsvoller Vater. Wir werden dann eine echte und richtige Familie sein! Und dazu werden wir uns auch einige Hauskatzen anschaffen. Sie werden uns jeden Morgen schnurrend wecken!« strahlte ich sie an. Sie strahlte ergeben und hilflos wirkend zurück.

»Oh, Bob! Ja, gerne! Zu gerne! Aber nicht die Katzen, du unverbesserlicher Träumer, werden uns wecken. Die Kinder werden uns in der ersten Zeit um den ganzen Schlaf bringen!« Ich wurde mutiger und ergänzte:

»Ich werde nochmal die Schulbank drücken, um ein Kompetentstudium zu wagen, damit unsere Familie so gut wie nur möglich leben kann, und trotzdem meinen Kumpels weiter verbunden bleiben, und überhaupt allen Menschen ein guter Freund sein. Na, was sagst du, süße Xeny!?«

Ich war mir in diesem Augenblick wirklich absolut sicher, daß ich all das bestimmt schaffen würde.

Dann aber! Damit hatte ich nicht gerechnet. Ich flog durch die Luft und prallte unsanft und hart mit dem ganzen Rücken flach und heftig auf dem Teppichboden auf.

Blitzschnell hatte Xenia eine Reihe hochprofessioneller Kampfsporttricks angewandt, und statt auf ihr weiterhin triumphieren zu können, fand ich mich in Sekundenbruchteilen unter ihr, sie klemmte meine Arme fest zwischen ihre Oberschenkel. Ihr langes rotes Haar umwallte meinen ganzen Oberkörper. Darin eingehüllt sah mich mit großen kalten blauen Augen seelenruhig an. Fast mitempfindend. Und dennoch eiskalt.

»Glaubst du, du kannst mich einfach so verarschen? Schatzbob! Keine Sorge, ich tu dir nichts. Aber für wie blöd hältst du mich? Ich weiß genau, was ungefähr in dir vorging, als du gezittert hast! Wo warst du denn zuvor? In den Gebieten der *Zornigen Allianz*! Ich weiß genau, was dort stündlich schwangeren Frauen geschehen kann, was sie mit Liebespaaren, mit hoffnungsvollen Familien anzustellen in der Lage sind. Jeden Augenblick. Und ich weiß ganz genau, daß Du das auch weißt. Das vergißt niemand!«

Ich lag sprachlos unter ihr. Und war augenblicklich komplett wieder zurück auf dem Fußboden. In jeder Hinsicht.

»Bob!« flüsterte Xenia, und ich lag unter ihr, wie in einem Schraubstock eingespannt, das Zappeln meiner zwar bewegungsfreien Beine nütze mir nichts. Sie fanden nirgends einen Halt. Um mich vom Boden abstoßen zu können, reichte in dieser Position meine Kraft nicht aus.

»Bob! Die gemeinschaftlichen und blauäugigen Experimente der Weltverbesserer, sie fanden alle entweder in einer windelweichen Gesellschaftsform statt, als Kinder gegen einen Wohlfahrtsstaat rebellierten, den sie in ihren lächerlichen Heldenphantasien eine ›Diktatur‹ nannten. Aber vor allem fanden sie auf glaubwürdigere Weise in geschichtlichen Situationen statt, als die Experimentatoren sich vom Damoklesschwert einer erneut sich anbahnenden Gewaltherrschaft bedroht fühlen mußten, oder in Zeiten nach furchtbaren Kriegen, als Menschen endgültig schlimme Ereignisse vergessen wollten und bereitwilliger träumerisch hoffnungsvollen Gedanken anhingen!«

Sie ließ mich frei. Und sah mich schelmisch an.

»Naaa? Hättest du nicht gedacht, Schatzbob, daß ich tatsächlich meinen Körper perfekt zu beherrschen weiß? Bei der ›Allianz‹ wüßte ich mich auch noch als Schwangere zu wehren, und könnte auch dich Waschlappen, schützen, hehehe!«

Klar waren wir bei der Armee in Selbstverteidigung geschult worden. Aber daß Xenia diese Dinge nicht nur professionell zu beherrschen schien, sondern auch körperlich voll durchtrainiert war, hatte ich nicht wirklich erwartet.

Sie meckerte jetzt beim Lachen und ich schämte mich fast zu Tode vor ihr.

»Und jetzt sagst du mir, Bob Nemo, ganz offen und ehrlich: Wie oft hast du dort bei der Allianz solche Vergewaltigungen und Tragödien mitangesehen? Und hast nichts, nichts getan? Sag es mir!« Ich antwortete ihr wahrheitsgemäß:

»Einige Male sah ich, wie sich solche Situationen anbahnten, Xenia! Andere aber schritten ein. Denn ich kam nicht dazu. Ich hatte trotzdem, ja, immer große Angst. Denn ich hätte es mit körperlich überlegeneren Leuten, und meistens mit vielen von solchen zu tun gehabt. Ich hatte Angst um meine Zähne, um meine Fingernägel, um meine Augen, verstehst du das? Und Angst um so manches andere. Kurz: Ich fürchtete dort stets die Folter... Aber, Xenia, das gibt es auch dort nicht jeden Tag. Auch dort gibt es sowas wie Alltag!«

»Wurde denn von denen, die einschritten, den mißhandelten Menschen auch konkret und definitiv geholfen?«

»Xenia, das waren oft schon von vornherein so verfahrene und unterdrückerische Verhältnisse, daß man lieber abgehauen wäre, um sich nicht immerzu mitschuldig zu machen...«

»Also doch auch im Alltag? Keine Ausflüchte! Du hast oft nichts gemacht, oder!? Sag jetzt nicht ›so kann man das nicht sagen‹! Nicht wahr? So würdest du jetzt gern antworten?«

»Ich habe in akuten Situationen zu deeskalieren versucht, mit Worten. Ehrlich. Ich lebte dort. Trotz Scheinidentität war ich nicht anders als ich es hier bin! Wenn ich wirklich involviert war, handelte ich mit allem, was ich drauf habe. Was dann alles im Verborgenen und nachher geschah, weißt du, dazu hätte ich mindestens zu viert oder zu zehnt sein müssen. Auch solche vorteilhaften Situationen gab es mal. Daß ich eine ganze Menschengruppe ermuntern konnte, sich eine Weile von unmenschlichen Verhaltensmustern zu distanzieren. Für eine Weile. Danach wurden wieder andere Anführer gewählt. Und alle folgten wieder dem herkömmlichen Muster der Hackordnung und der Demütigung Schwächerer ... Und als ich selbst dann wirklich aktiv einschreiten wollte, verzweifelt all meinen Mut zusammennahm, nämlich während des Überfalls durch die Sklavenjägerbande, wurde ich zusammengeschlagen, ohne helfen zu können! Und gefangengenommen! Es war eine vielköpfige Kinderbande. Wenige Mädchen dabei, schon älter und reif. Im Prinzip jedoch fast alles Jungs, die ältesten waren um die 16. Der Anführer 14 Jahre alt. Alle waren bis an die Zähne bewaffnet!«

»Warum hast du das nicht so in deinem Bericht haarklein und detailliert erwähnt?«

»Weil ich mich schämte. Ich unterlag. Und auch noch Kinder. Daß mein vergeblicher Versuch, Mißhandlungen zu verhindern, während dieses Überfalls geschah, das stimmt wirklich! Gewisse hochpeinliche Details jedoch unterschlug ich im Bericht. Danach wurde ich mehrmals, auch sexuell, mißhandelt. Von Buben und jungen Frauen. Ich war ja gefesselt! Später auf dem Transport in Ketten gelegt. Einige ritten Ponys, die meisten gingen zu Fuß... «

»Ja, am grausamsten und schlimmsten sind die Kinderbanden dort..«

»Ich will nicht mehr darüber sprechen, Xenia...!«

»Du sagst doch gerne, daß Erwachsene wie Kinder werden würden. Aber, gut. Ich weiß ja, was du damit meinst. Verwahrloste und traumatisierte Geschöpfe, ohne Vorbilder, ohne Halt sind ja auch irgendwie keine Kinder mehr.«

»Gedanken an irgendeine bessere Zukunft ist den allermeisten fremd. Der Tod anderer Menschen ist vielen von ihnen so gleichgültig wie ihr eigener. Keine Perspektiven. Drogen, plündern, stehlen, Menschen terrorisieren, Siedlungen aufbringen, um sich dort bedienen und füttern zu lassen. Wenn sie dann weiterziehen... naja... manchmal lassen sie die Überfallenen auch am Leben.«

»Hat es dir Spaß gemacht? Ich mein ... zumindest bei den jungen Frauen .. und wie ging das dann, wenn man als Mann vergewaltigt wird?«

»Spaß? Wie kommst du darauf? In dieser Umgebung, na sicher. Sie spritzten mir vorher was. Es war schmerzhaft! « »Mmmmh. Verstehe...!«

»So fanden sie schließlich meinen kleinen Sender. Da war es dann ganz aus mit meinem Auftrag! Sie stritten lang, was zu tun sei. Schließlich schlug einer der Älteren vor, mich zum gefürchteten ›Onkel Jegor‹ zu bringen, der zahle für einen Spion vielleicht Gold. Nach tagelangen Märschen dort angekommen, wurden sämtliche Kindersoldaten verhaftet. Man entlauste uns, schnitt uns die Haare, und die Kinder wurden in ein Internat eines Oligarchenfürsten verbracht, der sich zur Aufgabe gemacht hatte, Kindersoldaten einzufangen, um sie zu anständigen Patrioten erziehen zu lassen. Ich hingegen wurde danach erstmal in ein Söldnerlager zum Verhör verbracht. Der Anführer, der fette Kriegsherr Jegor Jegorovitsch, grinste nur. Ich mußte mit ihm und seinen Leuten eine Woche lang Wodga trinken. Mußte. Und immerzu betrunken in eine überaus heiße Sauna. Danach baden in einem See. Am Ende küßte er mich, sagte, ich sei harmlos, aber Strafe müsse sein. Ich sei zum Zuchtprojekt-Test begnadigt, er habe mich sowieso beim Pokern an die Horde wilder, nackter Weiber verloren, die auch gerade an diesem See war. Auch die soffen und saunten da mit. Der fette Kriegsherr überließ mich den wilden Weibern, die mich in Ketten legten, statt mich zuhause auf seiner Sommer-Datscha mit seinen Tigern kämpfen zu lassen. Was ihn bei meinem Naturell eh langweilen würde, sagte er. So ging das, Xenia, das glaubt mir doch kein Mensch. Naja, dann verkauften die Weiber mich trotzdem weiter. Ich glaub' aber, besser und glimpflicher hätte es nicht ausgehen können!«

Sie seufzte tief auf. Wir schwiegen. Dann faßte sie spontan meine Hände.

»Ich wollte dich keineswegs demütigen, Schatzbob. Vertraust du mir noch? Ich mein' es ernst, wenn ich mit dem

Gedanken spiele, einmal ein Kind, oder zwei, mit dir zu haben. Vertraust du mir?«

»Nein. Ich glaube, du spielst mit mir. Es könnte schließlich zu meinen Wiedereingliederungsmaßnahmen gehören, daß du mit mir spielen sollst!«

»Klar. Und ein traumatisierter Mensch gehört meines Erachtens nicht in eine Zelle! Aber Bob, wir beide stehen im Dienst der Republiken. Wir sollten privat und dienstlich keine Geheimnisse voreinander haben! Sei nicht traurig jetzt. Bitte. Wir sind und bleiben echte Freunde ... und ich liebe dich.«

»Uns verbindet eher wenig. Glaube ich im Augenblick. Du sprachst so überzeugend von den experimentellen Lebensweisen vergangener Zeiten! Versunkene Zeiten, ohne jede Relevanz mehr für die Gegenwart ..ach, Xeny..«

»Bob, uns verbindet viel mehr als du denkst. Fürchte dich nicht, bloß weil ich verstehe, wie du tickst. Schau, bei der Allianz mag die Solidarität innerhalb der Gruppen, die die Trecks bilden, oder die versuchen, im Irgendwo seßhaft und landwirtschaftlich autark zu werden, mag schon deswegen höher sein, weil eine reale Bedrohung von außen stets in kurzer Zeit alle Träume vernichten kann. Ihren fest verwurzelten Baum oder nur einen kraftvollen Ast, der sie bindet und ihnen Dauer verleiht und alljährliche Wiederkehr verspricht, den finden solche Blätter oder Blüten nicht. Und viele feine Wurzeln verdorren. Um mich mal bildhaft auszudrücken! Wir in den Republiken leben jedoch in Stabilität und Kontinuität, die manchen Siedlertreck von Wanderarbeitern zu provisorischen Aufnahmelagern an unseren Grenzen führt, freilich unter Bombardements der

Drohnen und Flugzeuge der Allianz. Viele überleben die versuchten Grenzübertritte nicht, auch wenn unsere Leute ihnen im Niemandsland bereits zu Hilfe eilen, und dort selbst unter Beschuß geraten. Das weißt du doch alles!«

»Mmmmh..! Ja... ja doch!«

»Das einzige Problem, woran unsere Gesellschaftsordnung schwächelt, ist die Trägheit der Menschen, sich etwas mehr aufeinander einzulassen. Gerade die vielen unerfüllten Nerds in ihren Waben. Unzählige sind das.«

»Das ist *deine* Meinung, Xenia. Sag ich mal...! Und unsere Schnittmenge.«

»Bob? Wie waren die Menschen, die du liebtest, als du in den Gebieten der *Zornigen Allianz* unterwegs warst? Bitte, erzähl mir davon. Ich glaube eh nicht, daß du mit denen gemeinsam etwas Schlimmes getan hast!«

»Es gab da einen älteren Mann, Einar hieß er, der mir schmunzelnd erzählte, er habe einen Urgroßvater gehabt, der auf dem einstmals legendären Woodstockfestival geboren wurde.«

»Nein! Oder? Willst du mich jetzt wieder verarschen?«

»Doch, ich glaubte es ihm, Xenia! Und glaube es ihm bis heute.«

»Ja, das war früher für eine ganze Generation ein Wunderfestival. Wieder dieser träumerische Käse. Weißt du, was damals in Vietnam geschah, Bob?«

»Fang doch nicht schon wieder mit sowas an, Menschenkind!«

»Doch! Eine insgesamt unermeßlich reiche Nation führte einen der brutalsten Stellvertreterkriege der Weltgeschichte auf dem Rücken einer armen Bevölkerung in einem von politischen und blutigen Sozialexperimenten gebeutelten Entwicklungsland. Zwar wurden viele dieser Wohlstandskinder aufgrund der Wehrpflicht in den Krieg geschickt, um dort entweder zu sterben oder vollkommen verrückt zu werden. Aber was den Vietnamesen im *Zweiten Indochinakrieg* von allen Kriegsparteien angetan wurde, steht dazu in keinem Vergleich. In diesem historischen Kontext geschah das Wunder von Woodstock. Da beim Festival waren sicher kaum Vietnamesen dabei, oder?«

»Tja, Xenia, da kann ich es mit dem Erzählen auch gleich ganz lassen. Denn viele dieser zuvor von uns besprochenen experimentellen Utopien sind in den Gebieten der *Zornigen Allianz* wie gesagt, noch da und dort, lebendig.«

»Das Wunder von Woodstock? Inmitten eines allgemeinen politischen Irrsinns, der den nötigen Gegendruck ausübt, können einige Menschen, die sich umarmen und Betroffenheitslieder singen, statt durchzuknallen, dann regelrecht wie Heilige erscheinen... Notfalls auch vierhunderttausend bekiffte Party-Freaks auf einem riesigen Acker, hehehe!« meckerte Xenia...

»Xeny! Für die damalige Zeit, so die historischen Quellen, muß das ein sehr besonderes Ereignis gewesen sein, welches folgende kulturelle Entwicklungen über Jahrzehnte hinaus in eine enorm hoffnungserfüllte Grundstimmung versetzte. Das ist doch was! Manchmal redest du über uns Menschen, als seien wir auch alle nur eine Affenhorde, die sich für etwas Besseres hält!«

»Hahaha! Wenn du es nüchtern betrachtest, ist jeder Mensch so ein Äffchen, ja! In Woodstock machten die putzigen Äffchen alle große Augen, und halluzinierten sich was zusammen ... ohne elektrischen Strom wäre die Musik dazu sogleich verstummt! Wer aber liefert in unserer Welt den Strom? Steckdosen? Nein. Nüchterne Ingenieure, Praktiker. Leute, die Tag und Nacht unter Verantwortung stehen. Wer baute die Klos für das Festival? Wer flog Ärzteteams ein?«

»Darum ging es ja auch beim Wunder von Woodstock. Man traute den vierhunderttausend Menschen nicht zu, daß sie drei Tage lang feiern und eben dazu auch noch Verantwortung füreinander übernehmen würden. Inmitten einer Menschenansammlung, für die der nationale Notstand hatte ausgerufen werden müssen! Aber plötzlich waren Menschen, die all die ›langhaarigen und verstruwwelten‹ Festivalbesucher verabscheuten, begeistert. Und organisierten soviel logistische Unterstützung, wie sie nur konnten. Doch sie schickten keinen einzigen prügelnden Polizisten dorthin, um die Menschenmassen auseinanderzutreiben. Weil niemand durchdrehte, niemand Amok lief, und keine bösartigen Parolen verkündet worden waren!«

»Ja, Schatzbob, aber es gab eben doch: Ein Konzept. Die Veranstalter sagten, daß der Eintritt frei sei, betonten aber unermüdlich, daß das nicht bedeute, daß jeder machen könne, was er wolle. Daß man jeden Mitmenschen neben sich achten möge. Dazu drehte sich all die Musik um eine große Sehnsucht nach Versöhnung, Gerechtigkeit, Freie Liebe, Frieden! Dazu der Druck, den der zu führende grausame Krieg im Hintergrund ausübte. Viele junge Männer hatten ihre Einberufung zum Wehrdienst bereits erhalten, und ihre Freundinnen und Eltern fürchteten um deren Leben. Einige hatten bereits Gefallene in ihren Familien zu beklagen. Ohne politische Agenda und reelle Fakten, und seien diese noch so scheinbar sekundär, geht nichts. Und ohne ein Minimum an wohlwollender Logistik auch nicht. Und nochmal: Den Menschen in Vietnam hat all das gar nicht gebracht. Eine Nation feierte exklusiv ihre friedensbegeisterte Jugend, okay? Während hunderttausende Menschen in Vietnam unsägliche Leiden erlitten.«

»Ohne autoritäre Konzepte, ohne Einschüchterung und Druck gab es Kooperation, Menschlichkeit, Zuneigung inmitten einer kriegführenden und sich auch innenpolitisch äußerst destruktiv gebärdenden Nation. Die Uhr des Alltags stand drei Tage still, alle kümmerten sich und sorgten sich umeinander ohne Hintergedanken, ohne Rassismus, mit viel freier Liebe ohne Eifersucht und ohne böse Absichten. Soviele. Vierhunderttausend. Das ist doch bemerkenswert, finde ich. Daraus entstand so etwas wie eine politische Vision. Der ältere Mann, auf den ich auf meiner Mission traf, er nannte sich Einar, und stand einer Lebensgemeinschaft vor, bei denen ich in den Gebieten der *Zornigen Allianz* eine Weile rastete. Er entwickelte aus dieser Vision ein Konzept friedlichen Zusammenlebens, obschon seine Vorfahren daran gescheitert waren.«

»Bob, Woodstock war eine musikalische Bühnendarbietung, während der aufgrund einer fehlerhaften Kalkulation hunderttausende gutgenährte Wohlstandskinder etwas länger als ein Wochenende im Schlamm und dann in der Sonne saßen,..«

»Eben, genau das sagte Einar, der ältere Mann auch. Es ging ihm allein um die Tatsache, daß fatale Umstände nicht zwangsläufig in eine Orgie unkontrollierter Panik ausufern müßten. Daß Menschen in einer Katastrophensituation nicht prügeln, vergewaltigen, sich anschreien und ziellos einander fürchtend herumirren müßten, sondern anders könnten. Innerhalb eines Augenblickes hätte zudem das Establishment sein Feindbild kurzfristig vergessen, weil auch diejenigen Menschenmassen, die aufgrund einer damaligen Vision und Illusion dorthin gespült worden seien, ihre Ängste und Feindbilder vergessen hätten. Für einen Moment sei vielen Menschen klar geworden, auch unzähligen anderen, die nicht beim Festival dabei waren, daß sie empathiebegabte Lebewesen seien!«

»Angetrunken, bekifft, LSD-getränkt, aber plötzlich empathiebegabt! Haha!«

»Ja und? Nicht dazu geboren, ihr Dasein in Paranoia, Panik und Todesfurcht zu verschwenden. Für einen äußerst kurzen Moment erschienen Staaten, Nationen, komplizierte Kataloge von Gesetzesbüchern, Kriege, gestrenge soziale Rollenspiele, Rassentrennung, gedankenloses Beharren auf religiösen Texten und Ausübungen von Glaubensritualen, Kleidervorschriften und viele andere Konventionen absurd, zuweilen bösartig und vor allem dumm. So dumm, daß viele Menschen sich während eines rasch wieder vor- übergehenden Zeitintervalls schämten, daß sie nicht nur ihr halbes, sondern ihr ganzes Leben in solch geistlosen Exerzitien zugebracht hatten. Und dies war allgemein gül- tig, und betraf nicht nur die Dummheit des damaligen kriegführenden sich so wichtig nehmenden Establish- ments, sondern auch die Dummheit und Eitelkeit der Hippiekultur, den bewußtseinslosen Stolz aller Prediger für eine sogenannte bessere Welt. Einar jedoch meinte, daß man erst dann von einem Wunder hätte sprechen können, wenn vierhunderttausend Menschen wochenlang in einem solchen Status quo geduldig und menschlich bleibend aus- zuharren vermocht hätten!«

»JA, ›HÄTTE‹! Laß mich mit diesem verstruwwelten Festival in Ruhe, Bob. Erzähl mir lieber von diesem Einar!«

»Nun, er war Gemeinschaftskind, aufgewachsen in einem Ashram, der noch seine Wurzeln in eben dieser Zeit hatte!«

»Hihhihi! Hahaha! Ein Ashram? Mit Händchenfalten und Gemeinschaftsmeditieren früh am Morgen? Einer Gemeinschaftsküche und dem großen Komposthaufen im Gemeinschaftsgarten? Wo man, außer im Garten in Gewändern über einen Parkettboden schwebt? Und da hatten alle entweder wallendes, offenes Haar oder eine Glatze? Die Dummen mußten arbeiten, die Raffinierteren fanden sich selbst in Sex, Selbstbesinnung, meditativer Kunst?«

»Einar brannte schon früh als Junge von zuhause durch. Eben deshalb. Er zog wild durch die Weltgeschichte, lebte von der Hand in den Mund und schloß sich verschiedenen Söldnerheeren der Kriegsherren an. Es ist dort schließlich nicht permanent Krieg. So wurde ihm bei diesen Armeen schon früh das Schmiedehandwerk beigebracht, er wurde Maschinenschlosser, Büchsenmacher und Waffenschmied; er erlernte das Schreinern und er erwarb sich Kenntnisse im Abhören und Entschlüsseln des feindlichen Funkverkehrs, im Entschärfen von Landminen und im Sanitätswesen. Als Einar aber sah, daß die Kriegsherren nicht ansatzweise ihren Versprechungen nachkamen, eine feste Ordnung zu gewährleisten, stattdessen in den Sklavenhandel einstiegen und sogar die Felder der von ihnen angeblich beschützten Bauern plünderten, um sich zu bereichern, ging er in die Wälder und Berge, schloß sich den Rebellen an. Es ging darum, Siedlungen, Dörfer und durchziehende Wanderarbeiter vor Sklavenjägern zu schützen. Nachdem einige Kriegsherren besiegt worden und die Verhältnisse stabiler geworden waren, zog Einar noch über lange Zeit mit einer Schaukampftruppe als Streitaxt- und Schwertkämpfer durch die Welt, um sich sein Brot zu verdienen. Schließlich wurde er seßhaft, und gründete ein Dorf. Gemeinsam mit den Menschen, die sich seinem Schutz unterstellt hatten. Natürlich sollte dieses Dorf kein Ashram sein. Denn ein solches Leben war ihm aus der Kindheit her verhaßt. Eines Tages habe er erfahren, daß der Ashram, in welchem er geboren wurde und aufwuchs, ohnehin durch Kriegswirren in Flammen aufgegangen war, die Bewohner vertrieben oder versklavt. Diese sogenannte Gemeinschaft habe es nicht besser verdient, sagte Einar kühl und bitter. Die mental Stärkeren hätten die dümmeren Schwächeren hinterhältig ausgebeutet, und ihnen zudem auferlegt, nichts mehr Böses und nichts mehr Negatives zu sagen, und sich das Dasein schönzureden und gutzudenken. Die ursprünglichen Ideale aus einer längst versunkenen Zeit der Woodstock-Generation bezüglich eines harmonischen Zusammenlebens von unterschiedlichsten Menschen seien, insofern sie je einen Anspruch auf Wahrhaftigkeit besaßen, vollkommen zu illusorischer Kraftlosigkeit und zur trostlosen Uniformität entstellt worden!«

»Was tat dieser Einar nun? Wie konnte er einfach ein Dorf gründen? Gut, es war friedlicher geworden, sagst du. Mußte er sich nicht unter irgendeine neuen Gebietsherrscher unterordnen?«

»Er mußte sich arrangieren. Er mußte den schweren Entschluß treffen, seine vergleichsweise geringen Kräfte nicht zu überspannen. Darum beschloß er, sich nicht in die große Politik einzumischen. Er wollte vergessen werden. Darum gründete er das Dorf weitab der Handelsstraßen und fern von größeren Besiedelungen. Einar mußte sich dennoch Respekt verschaffen, weshalb er manchmal den Einladungen regionaler Fürsten und Oligarchen folgte, und dort mit Autorität auftrat. Und sich selbst einen Fürsten nannte. Er kannte sich aus auf diesem Parkett, und sie nahmen ihm seine absichtlich großspurigen Auftritte ab. All das tat er, um das kleine Anwesen und das Dorf mitten darin zu schützen. Immerhin beherrschte er den totalitär-autoritaristischen Tonfall der Kriegsherren. So gewann er auch die Gunst finsterer Gewaltmenschen. Die sein kleines

Territorium in Ruhe gedeihen ließen. Zudem erlangte die Gemeinschaft durch diese Art von Diplomatie Anschluß an die Handelsrouten, denn trotz großer Eigenständigkeit wollte und konnte man nicht alles Nötige durch rein ideell zwar angestrebte Selbstversorgung produzieren, da in der Gemeinschaft auch behinderte Menschen und Kriegsversehrte Aufnahme gefunden hatten.«

»Anders geht das wohl auch nicht. Aber all das taucht in deinen Berichten, lieber Bob, nicht auf!«

»Wenn ich dir das von Mensch zu Mensch im persönlichen Vertrauensverhältnis erzähle, ist es viel leichter. Weil wir als zwei sich gegenseitig Liebende miteinander darüber sprechen. Soll ich sowas an eine Behörde schreiben? Ich käme aus der Haft nicht mehr heraus. Weil viele der Sachbearbeiter sowas gar nicht hören wollen. Und falls doch...«

»Würde es viele Verhöre und Fragebogen und psychologische Tests nach sich ziehen, ja, ich weiß!« gähnte Xenia und streckte sich. »Wie aber gestaltete sich Einars Dorf? Wenn es kein Ashram war?«

»Ich kam zufällig durch diese Gegend. Bat um etwas Wasser, Nahrung, um Arbeit und Nachtlager. Sehr höflich brachten sie mich zu ihm. Einige Männer und Frauen gingen tatsächlich barfuß mit wallendem Haar in phantastischsten Gewändern umher, andere aber trugen Militärstiefel und Camouflage-Kleidung. Diejenigen, die auf den Feldern und im Wald arbeiteten, Holzfällerhemden und Latzhosen. Spielende Kinder verkündeten schreiend, daß eben ›ein Wandersmann‹ eingetroffen sei. Hunde bellten laut und heftig, und sprangen mir knurrend entgegen. Es gab auch Menschen in speziellen Rollstühlen, die ein sechsrädriges Fahrwerk besaßen, nach Art der *Marsrover*, um im teils unwegsamen Gelände voranzukommen. Wir kamen vorbei an geordneten Reihen aus Wohnwägen, Bauwägen, Kleinbussen, Mähdreschern, Dampftraktoren und Lastwagen. Einige Hochantennen ragten hier und dort in den Himmel. Dazwischen immer wieder Spielplätze für Kinder, Pumpanlagen mit Wassertanks, überdachte Brennholzstapel mit Holz aus den umliegenden dichten Wäldern, viele kleine Hochöfen mit Kokshalden und Schmieden, Bienenstöcke, Gewächshäuser, großflächige Gelände für Sport und militärische Übungen und immer wieder die geräumigen, umzäunten Areale der Tiergehege. Auf nahegelegenen Anhöhen sah man vom Dorf aus viele Sonnenkollektoren, Transformatorstationen und einige Parabolspiegelantennen. Von dort kam eine Wasserpipeline herab, sich verzweigend in Zuführungsröhren für die Tanks der landwirtschaftlichen Bewässerungssysteme, Nutz- und Abwasserleitungen. Letztere mündeten in biologische Kleinkläranlagen, bevor die Abwässer einem nahegelegenen Fluß zugeführt wurden. Gleichwohl wurde auch Regenwasser aufgefangen und genutzt. Die Wasserleitungen setzten sich weitgehend aus unzähligen ineinandergesteckten, in einer Ziegelbrennerei angefertigten Tonelementen zusammen.

Eine hochkomplexe Infrastruktur, mit den Jahren gewachsen, immer neu verbessert und aufmerksam gewartet. Eines ununterbrochen tätigen, inzwischen auf weit über tausend Menschen zählenden Gemeinwesens. Entstanden aus einer improvisierten Siedlung aus wenigen Bauwägen, Militärtransportfahrzeugen und Zelten.

Die innere Siedlung selbst bestand aus Blockhütten mit viel Zwischenraum, damit man nicht allzu dicht aufeinanderhockte. Dazwischen immer wieder Wassertanks. Und Vorratsgebäude auf hohen, stelzenartigen Holzgerüsten. Einerseits zum Schutz vor Schädlingen, andererseits zu besserer Luftzirkulation für Trocknungsprozesse.

Einar saß am Schreibtisch in einer kleinen Holzhütte mit Bücherregalen und Feldbett. Er sah mich kurz von oben bis unten an, kniff ein Auge zu, und fragte mich, ob ich nicht besser wieder nachhause ginge in die *Republiken des Bündnisses für Erdbeglückung*? Wenn ich für die spitzeln wolle, hätte er einige Tips, damit meine Tarnung nicht auffliegen würde. Er selber möge das *Republikanische Bündnis für Erdbeglückung* genausowenig wie die ganzen Fürsten, Roadbosse und Präsies der *Liga*, die sich nach außen unter dem bei uns geläufigen Begriff *Zornige Allianz* präsentieren würden. Ich könne seinen Blick nicht täuschen, sagte er, egal, ob ich mich nun zu erkennen geben wolle, oder auf meiner Tarnung bestehe. Dann lachte er schallend. Ich sagte, ich wisse nicht, was er meine und all das ... woraufhin er unter einem breiten und gefräßigen Grinsen entgegnete:

›Gut, du bestehst auf deine Tarnung. Sie schicken immer solche Typen hierher wie du einer bist. Mit dem Ziel *Hauslehrer werden* bei den Präsies, Bossen und Oligarchen! Damit wir klar sehen: Ich unterstütze weder das *Republikanische Bündnis für Erdbeglückung* noch die *Liga*. Mein Wunsch ist es, daß du überlebst, denn ich seh dir an, daß du ein feiner Kerl werden könntest. Die Chancen, deinen Auftrag erfolgreich auszuführen sind gering. Wenn sie dich kriegen, wirst du erstmal in den A... gef..., dann finden sie deinen Chip oder den winzigen Sender mit der Nano-Kamera, den du im Schritt trägst, als nächstes ziehen sie dir ohne Narkose sämtliche Zähne, Finger- und Fußnägel und reißen dir die Haare aus. Oder schneiden dir den Bauch auf und setzen dir eine Ratte rein. Manchmal blenden sie gefangene Spione, schneiden ihnen die Hoden ab. Mach dir also keine Illusionen. Anders als über einen Sklavenmarkt kommst du bei denen eh nicht rein...‹

Dann sah er mich mit großen, weit geöffneten Augen, hochgezogenen Brauen und offenem Mund an, und tat so, als sei er sehr gespannt auf meine Reaktion. Daraufhin gab er mir den Rat, einige Wochen in seinem Dorf zu bleiben, was ich auch tat.«

»Verstehe, Bob. Verdammt. Als wenn es auch so einfach wäre, bei denen da 'reinzuspazieren. Trotz unserer Ausbildung. Oh verdammt, was hast du für ein Glück gehabt!«

»Naja, Einar war außergewöhnlich. Viele andere waren dort doch hinsichtlich meiner Tarnung entweder gleichgültig oder waren einfach ohne Erfahrung und Ausbildung. Auch Militärs.«

»Wie führte er das Dorf?«

»Er entwickelte Konzepte, nach sämtlichen Katastrophen die Zivilisation in ihren wesentlichen Grundlagen immer neu erschaffen zu können. Falls einige Menschen übrig bleiben würden. Trinkwasser, Feuer, Orientierung, Ernährung sichern, improvisierte Behausungen errichten. In Konfliktsituationen: Selbstverteidigung. Im wesentlichen mentale Selbstverteidigung. Zweite Stufe: Fluchttaktiken. Sich verstecken. Dritte Stufe: Waffenlose Selbstverteidigung. Nur im schlimmsten Notfall, Stufe vier: Waffen einsetzen. Denn es ging nicht um militärische Operationen, sondern um das Sichern von Frauen, Kindern, älteren Menschen, Menschen mit Behinderung, Tieren. Er liebte ja seine Pferde und seine Hunde über alles. Wenn sie nicht geschlachtet wurden, erhielten die Lieblingstiere der Gemeinschaft ein Gnadenbrot. Immerhin lag das Dorf inmitten einer potentiell feindlichen Umgebung, und all die sozialen Ambitionen, die sich die Gemeinschaft verordnet hatte, es lebten da auch einige durch Krieg und Sklaverei Traumatisierte, verlangten von den Gesunden ein großes Plus an Mehrarbeit!

Dennoch bestand Einar darauf, er lebe lieber inmitten solcher Gefahren als in unserer *Privaten Isolativität* einer domestizierten, vollkasko-versicherten Wohnwabenkultur. Er war davon überzeugt, das *Republikanische Bündnis für Erdbeglückung* lebe in einer großen Illusion:

›Wenn einer euch mal den Stecker zieht, kollabiert eure Welt. Wer wird in eurer überzüchteten arbeitsteiligen Spezialisten-Gesellschaft dann die Nerven bewahren? Einige. Da bin ich mir sicher! Die meisten aber nicht!‹

›Ich bin keineswegs hier der Boss! Es ist nur eben mal so, daß ich es mir nicht nehmen lasse, immer präsent und wach zu sein. Mit der Zeit aber habe ich gelernt, die Menschen tun und machen zu lassen. Mich viel weniger einzumischen und nicht zu nerven. Klar, ich hab auch meine Fehler! Ein Fehler war anfangs, mich immerzu verantwortlich zu fühlen. Aufgrund meiner Kenntnisse einem Neuling gleich den Hammer aus der Hand zu nehmen, um ihm zu zeigen, wie man einen Nagel wirklich einschlägt. Schon aufgrund des teuren Materials. Einige schlugen sich dann einen blauen Finger, obwohl ich nur wohlwollend vorbeischauen wollte. Oder verschütteten in der Küche vor Schreck eine Schüssel kostbaren Trinkwassers..‹

Das wesentlichste Element in seinem Dorf sei Kommunikation:

›Mit allen Sinnen miteinander reden, mit allen Sinnen aufeinander hören! Mit allen Möglichkeiten, die uns gegeben sind, miteinander handeln.‹

›Das bedeutet: Sei ein selbständiger Mensch! Anders, als eure wohlbehüteten Wohnwabenmaden mit ihrer Kontaktsimulation! Achte auf deine Befindlichkeit! Und nutze deinen Mund, es anderen mitzuteilen, wenn du wirklich glaubst, daß dir etwas fehlen könnte, daß man dich schlecht behandelt! Nutze deinen Verstand und beobachte andere, ob sie ihren Mund nicht aufkriegen, weil sie sich schämen, zu bekennen, etwas nicht verstanden zu haben, oder ob sie mit dir und deiner Arbeit für sie unzufrieden sind! Lerne gerade zu stehen für deine Schwächen und setze dich gegen die Trägheit derer durch, die deine Stärken ignorieren wollen! Lerne daher zu streiten, ohne zu eskalieren. Gib kein ungedecktes Versprechen. Und fördere diejenigen, die in Schwierigkeiten sind, zeitig mit ihrer Arbeit fertigzuwerden. Wenn du eine gute Idee hast, teile sie unbedingt mit. Wenn es dann Blödsinn gewesen sein sollte, ist das keine Schande.‹

›Wir gehen hinaus auf Waldlichtungen oder in die Wiesen. Auch wegen der Heilkräuter und Wildgemüse. Manches kann und darf auch mal je nach Jahreszeit über einen gewissen Zeitraum liegenbleiben. Sowas muß man verhandeln, und zwar ehe es Krisen gibt. Allerdings gilt hier: Wenn wir nichts anbauen, gibt es nichts zu essen. Schafe, Kühe und Schweine sind Beutetiere. Wenn wir Tiere züchten, nehmen wir den Platz der Tiger, Wölfe und Löwen ein!‹

Weil Einar merkte, daß ich mich für die Abläufe dieser Lebensgemeinschaft interessiere, zeigte und erläuterte er mir manches.«

»Das klingt sehr schön, Bob Nemo. Und das funktionierte? Eine heile Welt?«

»Einar regierte nicht. Er war nur eine charismatische Autoritätsperson. Seine Gegenwart beruhigte die Menschen, schüchterte sie aber nicht ein!«

»Mh, mh!«

»Als ich Abschied nahm, fand ich Einar unter einem Nußbaum, umgeben von seinen geliebten fünf Hunden, die er ausgiebig zu herzen und zu streicheln pflegte:

›WAS WIRD HIER SEIN, wenn du nicht mehr da bist, Einar?‹ fragte ich ihn. Er antwortete mir:

›Von den Menschen, die hier eintraten, sind alle geblieben. Auch für Spione gibt es hier nichts zu finden.‹

Er zwinkerte kurz.

›Wer etwas anderes sucht als tätigen Frieden, verschwindet alsbald von hier. Ohne Ärzte, ohne Vollstreckungsdienstleistungen des Gewaltmonopols, ohne Coach haben hier Menschen ein einfaches, aber sicheres Überleben erlernt! Ich werde nie einen Barden umerziehen zum Landwirt oder Gärtner. Wir brauchen dringend Maler, Musiker, Poeten, allein schon zur Heilung der Kriegstraumatisierten hier. Oder einen Sanitäter zum Mechaniker. Einen Mechaniker zum Kräutersammler. Dennoch werde ich stets Räume schaffen, innerhalb derer alle anderen von diesen Spezialisten in die allerersten Grundlagen ihrer Tätigkeit eingewiesen werden. Was wer am besten kann, darüber entscheiden schließlich nie Einzelne. Was zur Verbesserung der Gesamtsituation beiträgt, ist in einem überschaubaren Gemeinwesen nach einer Weile deutlich fühlbar. Darum ist

Kommunikation unerläßlich. Keiner kann sich erlauben, vor sich hinzuwursteln.‹

Auf meine Frage, ob auch schon schlimme Sachen passiert wären, oder ob es hier nur eine heile Welt gäbe, antwortete Einar:

›Wenn in einer eurer Produktionsstätten, sozialen Einrichtungen oder in einem eurer Krankenhäuser schlimme Sachen passiert sind, dann nehmt ihr den regulären Betrieb doch auch nahtlos wieder auf? Deine Frage nach ›heiler Welt‹ ist gelinde gesagt einfach unverschämt! Denn ein funktionierender Betrieb ist doch nicht deshalb gleich eine ›blauäugige heile Welt‹, nur weil Standards eingehalten werden, oder? Und der Laden rund läuft? Hahaha! Siehst du? Es ist deine verinnerlichte Angewohnheit, nur die industrielle Welt eurer perfektionierten Institutionen als funktionstüchtig anzuerkennen! Wenn eure Quadrocopter meistens nicht abstürzen, bedeutet deren Funktionstüchtigkeit doch nicht eine ›blauäugige heile Welt‹, verdammt nochmal! Natürlich stürzt mal einer ab, und dann ist es technisches oder menschliches Versagen. Es ist immer menschliches Scheitern, auch das technische Versagen, denn irgendwelche Menschen sind für technische Mängel letztendlich verantwortlich. Und doch nutzt ihr weiterhin Einrichtungen, Werkzeuge, und vertraut euren Betrieben. Nicht nur hier in den Gebieten der Liga stürzen Brücken ein. Auch bei euch. Dennoch nutzt ihr weiterhin ›blauäugig‹ Brücken. Der Vorwurf einer heilen Welt ist einfach zum Kotzen.‹

Er breitete die Arme aus mit nach oben gekehrten abwägenden Handflächen:

›Nein, wir haben hier keinen Sheriff! Und kein Gefängnis! Aber wir haben da draußen die Liga! Hier gab es Leute, die Gebäude angezündet haben. Oder Asoziale, die sich ein halbes Jahr untätig durchfüttern ließen, und nur Spaß haben wollten. Hier gab es Leute, die andere mißhandelt haben, oder unsere Tiere quälten. Wir geben denen sogar noch Marschgepäck mit, einen Verbandskasten, Kompaß, Karten und Proviant für zwei Wochen. Sie müssen gehn. So einfach ist das. Wir helfen da schon auch etwas nach, damit sie gehen, wenn das gesunde Maß überschritten ist. Wir sind im übrigen nicht die einzige friedliche Gemeinschaft. Wenn sie durchkommen, sollen sie es woanders probieren, falls sie geläutert sind. Andernfalls müssen sie zugrundegehen. Ehe wir an ihnen mit zugrundegehen. Es ist nicht immer lustig und leicht hier. Doch es funktioniert. Wie jede andere gesunde Institution auch keine heile Welt ist, nur deswegen, weil sie funktioniert!‹

›Wem in die Wiege gelegt ist, zu führen, kann es mißbrauchen, aber nicht unterdrücken. Ich habe meine Begabung, Macht auszuüben, nie unterdrückt, aber auch nie sonderlich ausgebaut. Vielleicht wird man nach mir den Anführer des Dorfes alle fünf Jahre neu wählen. Das werden die Künftigen Menschen hier zu entscheiden haben. Ich tat, was mir möglich war, und bin stolz darauf. Ein klein wenig. Ich beabsichtige, noch sehr lange zu leben, und ich rate jedem, sich immerzu neue Ziele zu setzen, denn Aufgaben geben Kraft, und zehren nicht nur an den Kräften, mit denen wir freilich bewußt haushalten müssen!‹

›Deinen Behörden wirst du wenig über dieses Dorf zu berichten haben. Weißt du, eure Welt ist verkehrt. Auch hier die ganzen dekadenten Bosse der Liga, sie taugen nichts. Die Roadbosse der Wanderarbeitertrecks arbeiten heimlich mit den Sklavenjägern zusammen.‹

›Sind soviel gut ausgebildete Leute nicht ein begehrtes Ziel für Sklavenjäger?‹ fragte ich Einar.

›Wir hören den Funkverkehr ab. Und sie wissen, daß wir für den äußersten Notfall bewaffnet sind. Und für die Fürsten der Liga sind wir kein lohnendes Ziel, weil unsere Gemeinschaft klein ist, abseits der Welt, und hier bisher kein Gold, Uran oder sonstwas gefunden wurde! Wir verhütten allerdings etwas Eisenerz aus den Bergen. Schau: Dort oben siehst du auch die schwelenden Holzkohlemeiler.

Es gibt soviel Schlechtigkeit in der Welt. Ich sehe es als Herausforderung, das zu ändern. Eure künstliche temporäre Arbeitslosigkeit, von der alle immer wieder bedroht sind, und die Isolation des Individuums sind der Preis dafür, daß es den Menschen bei euch im wahrsten Sinne des Wortes zu gut geht! Ihr ignoriert die lebendige Welt, die uns umgibt, viel zu sehr. Wir joggen nicht durch irgendwelche leergeräumten Parks. Wir sprechen mit den Pflanzen und den Tieren. Aber wir hören nicht etwa Stimmen, wie seelisch Kranke! Denke nur mal darüber nach, was dir beim Holzsammeln die Brennesseln alles gesagt haben. Oder die Pferde, als du sie ausgebürstet hast? Wer barfuß läuft, erlebt den Boden der Wildnis draußen. Diese Welt wird ansprechbar, wenn du konzentriert und still wirst in dir und genötigt bist, mit ihr um des Überlebens willen zu kooperieren! Das ist reale Erfahrung. Darin ist keine Sentimentalität. Eure Zivilisation hat sich zu sehr zurückgezogen vor dieser Welt. Viele von euch sind allergisch gegen sie. Euer Immunsystem spielt verrückt. Du möchtest aufbrechen? Du, paß gut auf dich auf. Aber warte mal...‹ Ich wollte gehen. Er rief mich nochmal zu sich, um mir ›nur noch schnell‹ ein sehr altes Fotoalbum zu zeigen. Wir erzählten dabei nochmals und es wurde spät. Daher schlief ich dann nochmals eine Nacht dort. Am nächsten Morgen fragte er mich, ob ich nicht ›nur mal kurz‹ seine Herbarien ansehen wolle. Anderntags war es ›ganz kurz noch‹ ein Dampfturbinen-Stromaggregat, was er mir haarklein erklärte. So ging das über vier Tage... Irgendwann aber riß ich mich los und ging dann doch! Und war natürlich traurig. Ein beschwerlicher Weg lag jetzt vor mir.

Einar rief mir zum endgültigen Abschied noch hinterher:

›Merke dir, das Wichtigste im ganzen Leben ist die aufrichtige Kommunikation von Mensch zu Mensch. Und die praktische Weitergabe von Geschicklichkeiten funktioniert seit jeher nur auf diesem Wege. Kein Buch der Welt kann sie ersetzen. Und erst recht nicht die interaktive Kontaktsimulation von Isolativität zu Isolativität, wo sich Menschen mehr voreinander verstecken, als miteinander ihre Vereinsamung aufzulösen!‹«

»Bob. Das ist freilich ein Leben, wie es bei uns nur noch Truppenmitglieder, Gartenbauingenieure, Land- und Forstwirte und Naturschutz-Ranger mit ihren Familien kennenlernen dürfen.« Sie seufzte tief, streichelte mich und sprach weiter: »Oder sehr, sehr reiche privilegierte Leute, wie meine Eltern, über die ich nicht sprechen will...« Sie legte mir sanft und nachdrücklich ihren linken Zeigefinger auf die Lippen und seufzte: »Ich weiß, es ist schrecklich, wie sehr die durchschnittlichen Bewohner der Republiken alle von der Natur abgeschnitten sind.«

»Aber war Einars Dorf denn nicht auch ein Gefängnis, Bob? Du hast ja erzählt, was dort denjenigen blühte, die wiederholt destruktiv das Gemeinwesen ausnutzten, hintergingen, oder sich brutal-gewalttätig aufführten. Jeder brachte sich ein, denn draußen war eine feindliche Welt. Doch es war eben doch eine Art Ashram. Eine geschlossene Gesellschaft nämlich mit über tausend Menschen, die sich höchstwahrscheinlich ihrer selbst oft mal überdrüssig wurden. Da bin ich mir sicher. Quasi zu einer Art Inzucht gezwungen. Täglich grüßen einen die gleichen Leute. Bis zum Tode, wenn sie denn nicht doch einmal von einer Armee überrollt und aufgebracht werden, was wir ihnen nicht wünschen.«

Sie seufzte nochmals tief.

»Doch du hast recht, Bob. Uns fehlt die natürliche Umgebung. Wilde und tosende Gebirgsbäche, der Duft von Nadelwäldern, Flechten und Moosen. Ungebändigte Wasserläufe und natürliche Seen. Weite Wiesen und Prärien mit hohen, schirmenden Bäumen. Und das fehlt uns schon seit Jahrtausenden, seit wir arbeitsteilig in Staaten und

Städten leben. Und oft verlieren wir heute auch das vertrauensvolle Gespräch von Mensch zu Mensch. Wir lassen uns nicht mehr ein, weil wir durch die Werbung Antipathie entwickeln, wenn jemand komisch, nicht normativ optimal aussieht. Wir nennen diese Menschen *Nerds*. Wir ekeln uns voreinander und vor uns selbst. Es macht uns Mühe, wenn wir ohne Geräte aus dem Haus gehen, Fremde freischwärmerisch nach der Uhrzeit fragen. Schon da schämen wir uns. Fühlen uns antisozial.

Wir lächeln nur noch für kalkulierte Gegenleistungen. Aber vielleicht ist uns dies erst in unserer hochreflektierten Zivilisation alles bewußt geworden? Menschen häßlich finden und sich ekeln, andere voller Scham um etwas bitten, lächeln, um den Job zu kriegen oder um ein Geschäft abzuschließen? Bob, erinnerst du dich denn nicht an damals, im Neanderthal? Da war es doch genauso, oder? Heute, nach vierzigtausend Jahren, haben wir unsere Standards, denen wir mühevoll nachkommen. Sind nett zu Menschen, die uns abstoßen, weil sie uns eklig erscheinen. Wir lernen sie näher kennen, und auf einmal akzeptieren wir sie nicht nur. Sie werden unsere vertrauten Freunde. Unser Herz jubelt schon auf, wenn wir sie von weitem erblicken. Dann lächeln sie uns freudig zu. Man kennt sich auf einmal. Ich wette, darüber haben wir vor vierzigtausend Jahren, als wir uns mit den Neanderthalern vermischt haben, genausooft nachgedacht. Einige von uns zumindest...«

»Xeny, ich erinnere mich. Damals trugst du immer das knappe, sexy schulterfreie Cocktailkleid aus Leopardenfell!

Damals, als wir aus Afrika ins Neanderthal kamen, war es eine räumliche Distanz, die wir zu überwinden hatten.

Wir flohen zuerst vor all denen, die einer anderen Wandergemeinschaft angehörten, wenn wir sie zufällig im Unterholz bemerkten oder von weitem in einer Savanne erblickten. Einige Monate später besuchten wir uns gegenseitig, tauschten Geschenke und Essen. Dann hatten wir Sex.. Auf einmal waren wir miteinander verwandt.

Heute trennt uns mentale Distanz. Obwohl wir uns auf öffentlichen Plätzen, auf Fußgängerpfaden oder in den Parks und den analogen Einkaufswelten begegnen. Wir sind mit unseren Gedanken in uns selbst behaglich eingesperrt, unterstützt durch die erweiterten Selbstgespräche, die wir da draußen mit unseren mobilen Kontaktsimulationsgeräten führen.«

ZUM ABSCHIED WINKTE ICH XENIA aus dem Dachfenster nach, als sie in ihren Vehiculator sprang und davonrauschte.

Ich versuchte mich in meine Dateien und Bücher zu vertiefen, mich vielleicht wieder in produktive Tieftrance zu versetzen, aber es ging nicht.

Innerhalb der Blasen Privater Isolativität gab es zahlreiche Varianten menschlichen Zusammenlebens. Die Freigabe eines Kindes zur Adoption war eine Option, durch die man unter Umständen, wenn die neuen Erzieher gnädig waren, als Erzeuger um Vaterschafts-Beihilfe und die Schwangere um eine die Adoption begleitende Mutterschaftsbeihilfe herumkam, wenn sie nicht zeitig abtreiben wollte. Es gab monogam-schwule Ehepaare, polygame oder einseitig monogame Harems-Wohngemeinschaften, bunte Hetero/Queer-Communities, halbmonogame Wohngemeinschaften »offener Beziehung«, alle mal mit, mal ohne Menschen unterschiedlicher Behinderung, und zahllose ›langweilige‹ klassische Familienverbände, letztere nach wie vor am meisten vertreten – all das war natürlich erlaubt, jedoch rechtlich durch mannigfaltige Gesetzgebungen genauestens geregelt –, die immer wieder Kinder adoptierten. Sowohl leiblicher Vater als auch leibliche Mutter unterlagen einer Beihilfe-Pflicht, die nur durch einen notariellen Vertrag mit den Adoptierenden aufgelöst werden konnte.

Ich hatte mir eine längere Freundschaft und Liebesverbindung versprochen. Auf jeden Fall. Doch grauste es mir bereits vor einem dereinst unabdingbaren Ende. Sowas verdrängt man allgemein. Was sonst? Wer war denn ›ich‹? Wer aber war sie! Sie würde zur Elite unserer Gesellschaft gehören. Egal wie sie selber jetzt gerade für mich empfand: Die Elite würde eines Tages ihren Anspruch auf sie geltend machen. In diesem Spiel hatte ich ein sehr schlechtes Blatt.

Wie schrecklich fatal. Wird unsere Beziehung für sie womöglich den sozialen Abstieg bedeuten? Den sie aus Liebe zu mir zu akzeptieren bereit war ..?
Werde ich die Kraft haben, die Intelligenz aufbringen, ihr in die Konventionen höherer Sozialränge zu folgen? Und nicht nur das! Sie dort auch zu beschützen wissen? Während ich sie zu trösten suchte, hatte ich fest den Entschluß gefaßt, es zu wagen.

Als Xenia wieder ein freies Wochenende bei mir verbrachte, überlegte ich nicht lange, und fragte ganz direkt:

»Xenia, bitte sag es mir!«

»Was?«

»Bist du etwa tatsächlich schon schwanger? Denn, ich habe mir alles genau überlegt! Ich bin bereit, in unserer Beziehung nicht bloß ›was Ernsteres‹ zu sehen, sondern ich bin auch bereit, dich zu heiraten! Ganz ehrlich!«

»Schwanger? Nein, Bob. Ich glaub nicht. Und ja! Ich will mit dir ernsthaft zusammensein. Dazu will ich persönlich wirklich alles, alles über dich wissen. Und wir beide sollten loyal gegenüber der Republik sein. Ich bin nicht die Frau im Büro von damals, die deine Arbeit ablehnen mußte, nur wegen des Datums und eines lächerlichen Erste Hilfe Kurses. Innerhalb der Subeliten sind die Hierarchien um einiges flacher. Man muß sich gegenseitig vertrauen. Dazu gehört auch Respekt vor persönlichen Angelegenheiten oder Geheimnissen, so weit, wie dies irgend möglich ist!«

»Geheimnisse? Hättest du denn auch dann die Zeit für ein Kind? Oder gar zwei?«

»Bob Nemo! Die Zeit dazu wird kommen. Der alte Doktortitel ist mit dem Titel des Kompetents gar nicht mehr zu vergleichen. Ich arbeite jetzt seit sechs Jahren als Assistentin in den Sub-Orgs der *MetaServantAwarness*, es ist sehr hart, und ich bin froh, wenn ich alle noch folgenden Tests, mündliche und schriftliche Prüfungen bestanden haben werde. Niemand kann, schon lange nicht mehr, erst recht nicht in unseren Tagen irgend etwas alleine entscheiden, nicht einmal ein Kompetent, es gibt zuviel maschinell angewendetes Wissen zu koordinieren, was uns Einzelmenschen nicht mehr einsehbar ist, das menschliche

Gehirn leistet das nicht. Zugegeben, nicht alle Entscheidungen des Rates sind pur logisch und reinlogistisch durchzuregieren. Wir lassen nicht die Maschine entscheiden. Entscheiden tun immer noch Menschen. Auserlesene Menschen von hoher objektiver Liebesbewußtheit. Das hat mit einer klassischen sozialen oder fachlichen Kompetenz gar nichts mehr zu tun.«

»Xenia! Wenn wir in einem Gemeinwesen leben, in dem alles gewußt wird, und wir nur noch diesen Vorgaben zu gehorchen haben und vorgezeichneten Angeboten zu folgen brauchen, was können wir dann noch hoffen?«

»Nichts brauchst du dir noch zu erhoffen! Denn du darfst tun und lassen, was immer du willst, wenn es niemandem schadet und nicht die öffentliche Friedensordnung verletzt! Und gib es auf, so altertümlich nach dem Sinn der Liebe und des Lebens zu suchen. Es gibt keinen! Und so individuell sind wir Menschen nicht, als daß wir nicht ersetzbar wären...«

»Nein, kein Mensch ist ersetzbar. Wir sind alle unwiederbringliche Wesen!«

»Durch die Auswertung von Daten, die uns beim ASE-ZFSR in den Zentralrechnern vorliegen, weiß ich, daß mindestens 80 000 Paare im selben Augenblick im kleinen Sektor Vier des *Republikanischen Bündnisses für Erdbeglückung* auf die gleiche Weise wie wir sozial-sexuell interagieren, und dazu kommt: Etwa vierhundert dürften gerade ein zumindest ähnliches Gespräch führen. Mich amüsiert das. Also vergiß, daß wir beide so unendlich besonders wären, haha! Und Vater werden, das haben schon vor dir unzählige andere Männer geschafft!«

»Gerade jetzt im Moment, meinst du? Tun Tausende irgendwie das gleiche?«

»Genau! Immer...«

»Aber woher wißt ihr das, wenn wir die Garantie der individuellen Räumlichkeit ohne Beihörung und Beischauung..«

»Du weißt doch, wie viele Leute sich freiwillig optisieren lassen und sogar belauschen lassen, allein schon, um mit dem Mikrophon-Zwerg Waren und ihre Einkäufe per Autonom-Vehiculator bestellen zu können.. und ihr Alltagsgespräch den Statistiken zur Verfügung stellen, auch wegen dem bißchen Geld, was dafür gezahlt wird. Viel ist es nicht, aber mancher nimmt das eben mit. Zuhören tun nur die Rechner, und werten aber alles Gerede und alle Bestellungen ganz abstrakt zu logistischen und politischen Zwecken aus..«

»Ist ja schon ewig so... Die Clusteranalysen mittels der Algorithmen, die auf Prognosen spekulieren, wie wir unsere Entscheidungen treffen werden! Die Systeme, mit denen wir durchverwaltet werden, die Schwärme überwacht werden, an denen wir durch unser Verhalten jeweils teilnehmen..«

»Ohne die es immerzu Engpässe in unserer gesamtgesellschaftlichen Versorgungs- und Beglückungslogistik gäbe, na eben!«

»Die Schnurrschraubhuber, die unbemannten Oktokopterdrohnen, fliegen ja schon lang nicht mehr für die Paketdienste...«

»Schatzbob, ich bitte dich, der Himmel wäre verdunkelt, wenn jeder individuell mit dem Schnurrschraubhuberich sein Zeug bekäme! Haha!«

»Das ist wirklich ernüchternd. Gebe ich zu.«

»Was?«

»Daß so viele im Augenblick das gleiche tun und besprechen. Das ist ernüchternd!«

»Im Rechenzentrum ... in der Zoomingfunction ... im Feinraster unter der Kategorie ›Stil, Niveau und Intensität‹ bleiben nur noch etwa zwölf Pärchen übrig, ich hab nachgesehen!« sagte Xenia, und errötete in leidenschaftlichem Dunkelrot. Das hatte sie immer, wenn sie wild wurde..

»Sorry, trotzdem bescheuert, das..«

»Nein, lustig!«

»Klar, es sollte uns egal sein, wir können es nicht ändern!«

»Nein, das können wir nicht!« lachte sie, und schüttelte traurig den Kopf.

»Liegt es nicht auch daran, daß, umgekehrt besehen, innerhalb der Normativität unseres mittels Algorithmen komplett durchorganisierten Lebensentwurfs die Spontaneität zwar potentiell vorhanden wäre, doch die gegebenen Strukturen für die 80 000 gar keinen anderen Handlungsspielraum mehr eröffnen...? Wie wäre es zum Beispiel vor tausend Jahren gewesen?«

»Gleich. Es würden nur jetzt gerade viele der Menschen auf einem Acker jäten und Steine aus der Krume sammeln, im Kuhstall ausmisten! Hämmern in einer Werkstatt. Schafe hüten...«

»Hmmh ... ja, eben, und beim Schafe hüten sich lange Geschichten ausdenken .. es gab in abgelegenen Gebieten der Allianz..«

»Genau, bis dann die Sklavenjäger die unterernährten Schäferfamilien fangen und versklaven, ihre Hütten abbrennen.«

»Ja, Xenia, ich weiß. Weil bekannt war, wie beim Vehiculatorfahren ja auch, daß die meisten Menschen verblöden würden, wenn sie komplett geführt werden würden. Das menschliche Gehirn würde sich rapide zurückentwickeln, und zwar deutlich schrumpfen!«

»Darum lernen wir. Verkehrsregeln zum Beispiel, obwohl wir sie nicht bräuchten. Auch Musik, Tanz, Schauspiel und Malerei. Ein Erwachsener hat ungefähr hundert Milliarden Nervenzellen.. bedenke das. Und das Gewaltmonopol der Republiken kennt alle deine Schwächen, greift aber nicht ein! Erfaßt dabei nie vollständig alle deine unabhängigen Entscheidungen. Es bleibt uns allen immer nur auf der Spur. Die Software für Verkehrsoptimierung interagiert mit dir. Es gibt selten einen echten Verkehrsstau, und unter Ballungszentren gibt es die weitläufigen Untertunnelungs-Systeme...«

»In den langen Tunneln macht es wenig Unterschied, haha, ob du selber fährst, oder die Beine hochlegst und automatisch fahren läßt. Naja, Xenia, das System simuliert und suggeriert absolute Gedankenfreiheit und absolute Möglichkeiten, damit das menschliche Hirn nicht schrumpft, Mutation und Innovationen immer möglich bleiben! Und du trickst sie bisher durch deine Übungen öfter aus..«

»Die Leine ist lang und unsichtbar, aber kann augenblicklich ganz kurz werden! Nur wenige wissen von meiner Technik, sie durch Ändern meiner Hirnströme auszutricksen..«

»Auch die subtile Bedrohung durch diese unsichtbare Leine ertüchtigt unser Gehirn, irgendwie paradox, nicht?«

»Etwas Besseres gibt es nicht, süßer Schatzbob!«

»Zur Zeit..«

»Die Gedankenüberwachungsgeräte kannst du alle überlisten. Ich beherrsche die Übungen immer besser. Willst du nicht auch mal wieder versuchen?«

»Für Meditationsübungen bin ich immer noch viel zu nervös, Xenia, das weißt du! Ich stell mich gerade darauf ein, vielleicht wirklich bald Vater zu werden.«

»Du Langweiler! Blödmann! Das schaffst du doch. Gerade mit solchen Übungen!«

»Hör mal! Durch dich habe ich diese Welt erst angefangen tiefer wahrzunehmen. Immerhin habe ich das Gefühl, daß es eine gute Sache war, für die Republiken gekämpft zu haben. Wenn ich mit dir rede, dann weiß ich oft gar nicht, was das genau ist, was mich immer so skeptisch macht. Ja, wir dürfen doch alles, so sagst du. Aber ich glaube, daß man das, was mir da fehlt, argumentieren kann, ich will dir eines Tages mit wenigen Worten immer klar antworten können! So, daß du mir nichts mehr dagegen sagen kannst! Ja. Heute fang ich jeden Satz mit der Erschaffung der Welt an, weil ich von nichts wirklich eine konkrete und klare Ahnung habe, und ganz weit ausholen muß, um mich selber erstmal zu verstehen in dem, was ich sagen will!«

»Ha, glaubst du wirklich, Bob Nemo, daß man alles, alles, alles bloß in Worten sagen kann? Das wichtigste im Leben in Worten? Es geht nicht. Aber gut! Kannst du haben! Gib acht: Poesie wird ausgelöst und empfangen über hormonale Ausschüttungen, ausgelöst durch Signale aus kortikalen Hirnschichten, die im Zwischenhirnbereich verschaltet werden, klar? Musik, sie irritiert dein ganzes Neuronales Netzwerk, manchmal bis hin zum Aufrichten deiner Vellushaare durch die Haarmuskeln in der Lederhaut deiner Dermis, über die Innervierung durch sympathikotone Nervenfasern. Denke an die Kriegstreiberei der Allianz, aber auch an unsere Musik der Freiheit, unsere zornigen Lieder, unsere romantischen Lieder, unsere Geschlechts- und Balzmusik und an die Trauerchoräle, die Oper... Oder gute Gewürze am Essen, oder unsere Freude aneinander, alles ist ohne Worte! Die Texte dazu sind praktisch unbedeutend!«

»Aber Demokratie, Herzensbildung, Empfindung von Recht und Unrecht! Xenia, dazu muß man darüber reden können dürfen. Mein Herz möchte eine Zunge, mein Gehirn hat schon eine.«

»Das Härz! Hehehehiii! Bob Nemo!? Weißt du nicht, daß das, was du Herz nennst, in deinem Gehirn seinen Ursprung hat? Siehst du mich? Das tust du nicht! Was siehst du?? Elektrochemische Impulse im Gehirn erzeugen jegliches Bewußtsein über das, was du ›Sehen‹ nennst!«

»Nein, meine Augen sehen dich!«

»Dein Auge, Schatzbob, eine perfekte Linsenkonstruktion, durch Millionen Jahre Leben aufgrund von Mutation und unter Selektionsdruck immer vollkommener geworden. Mehrmals sogar. Mollusken, Tintenfische, Kraken, mit denen wir naturgeschichtlich mitnichten einen gemeinsamen Stammbaum teilen, haben es auf einer anderen evolutionären Teststrecke auch entwickelt, ist halt ein Optimum. Mein Bild, durch Lichtwellen transportiert, erscheint auf deiner Netzhaut!«

»Dann sehe ich meine Netzha..«

»Nein, die Rezeptoren der Netzhaut, die übrigens das durch deine Linse eingefangene Bild verkehrt herum, im Kopfstand quasi, empfangen, stimulieren verschiedene Zellen, bis deren Reaktionspotential erreicht ist und durch saltatorische Erregungsleitung, vermittels der zahlreichen jeweils eine Nervenfaser umgebenden und dieselbe schrittweise isolierenden Gliazellen, werden Impulse blitzschnell über Reaktionen von Ionenkonzentrationen in den Neuronen, sich abwechselnd mit Neurotransmitterübertragungen an den Synapsen, an das hintere Gehirn gesendet! Das weißt du doch alles noch aus dem Internat! Erinnere dich einfach mal.«

»Da hab ich damals nie aufgepaßt, Xenia! Ich habe dieses komplizierte und verwirrende Zeug über Protonen, Kationen, Anionen, Zellkern und Zellmembranen, Intrazellulärraum-Flüssigkeit versus extrazelluläre Flüssigkeiten, nie behalten können – den Ionenaustausch an den Zellmembranen der Neuronen. Auch verstehe ich nicht, was eine saltatorische Erregungsleitung ist, die neurochemischen Impulse werden hierdurch beschleunigt, okay. Solche komplizierten biologischen Vorgänge beschäftigen mich erst wieder jetzt, seit ich zum Lesen komme!«

»Entsprechend waren deine Internatszensuren damals, Schatzbob. Also. Die elektrochemischen Impulse – durch die photorezeptorischen Zellen der Retina, Zapfen und Stäbchen erzeugt – werden an Bereiche innerhalb der Sehrinde in den hinteren Lappen des Gehirns gesendet. Verstreute Impulse, kontinuierlich in jedem winzigen Sekundenbruchteil, die durch weitere komplizierte Prozesse erneut in deiner Sehrinde, dem visuellen Cortex des Occipitallappens – einem vergleichsweise riesigen Hirnareal – zu Informationen zusammengesetzt und vom Thalamus ausgewertet werden. Die übermittelten Bildinformationspakete, noch auf dem Kopf stehend, müssen umgedreht werden, so, daß oben auch wirklich oben und unten wirklich unten ist. Dann wird die Information und in der Zentrale des Hippocampus wieder verpackt und im visuellen Gedächtnis abgelegt.«

»Dann sehe ich dich also gar nicht!«

»Wer bist *du*? Wer sieht hier was oder wen?«

»Was, wie ..??«

»Ein Produkt eines Gehirns und deiner neuronalen Netzwerke, das bist du, Schatzbob! Und ich auch! Mehr wissen wir wirklich nicht, über *dich* und *mich*! Alles ist auf Überleben oder auf Fortpflanzung hin ausgelegt. Und läßt sich auf diese beiden Grundprinzipien zusammenfassend reduzieren.«

»Das ist wenig, und wir sind jetzt aber ganz weit von *uns* entfernt, zu weit, um ein vernünftiges Gespräch zu führen. Xenia, weißt du, du spinnst!«

»Und du, Bob Nemo, bist ein unwissender, illusionsbeladener Rohling!«

»Xenia, ich bin so vieles, zum Beispiel.

Aber eines fühle ich, eines weiß ich: *Ich bin.*

Und *Du bist.* Wir beide sind! Daran gibt es keinen Zweifel, und unsere Augen, unsere Füße und Hormone und neuronalen Impulse, all der Schnickschnack, wir benutzen sie nur, wir… Auch alle Teleskope, Mikroskope, chemischen Experimente, die Waagen, mit denen auf die Atomaren Masseeinheiten geschlußfolgert wird, die Teilchenbeschleuniger, sie befinden sich *innerhalb* des Gaukelspiels eines Ausschnittes der Wirklichkeit, die uns eben unsere Sinne in das Gehirn transportieren.

Auch wenn wir nur einen Ausschnitt direkt wahrnehmen, schlußfolgern wir bereits indirekt, daß die Wirklichkeit zwar größer ist, als der Ausschnitt, den wir wahrnehmen, doch auf das nicht direkt Wahrnehmbare wenden wir die gleichen Schlußfolgerungsmuster an, die unsere Wahrnehmung diktieren. Mehr steht uns nicht zur Verfügung.

Schau: Alle physikalischen oder biochemischen Experimente und Beobachtungen, alle Schlußfolgerungen, Thesen, Theorien des Instrumentes, welches wir Gehirn nennen, welches von sämtlichen Sinneszellen beliefert wird, und alle Gegenstände, die die verstärkenden Wahrnehmungsprothesen unserer Apparate oder unsere Sinnesorgane direkt wahrnehmen, inklusive des Gehirns selbst, der Sinneszellen und Apparate selbst, sind hochillusionäre, schwingende Atomkerne, umtanzt von rätselhaften Teilchen und Ladungen. Der Erkennende, ja sogar die Erkenntnisprozesse im Gehirn bestehen aus der gleichen Substanz wie das Erkannte auch. Ich benenne hier den Stuhl, den Tisch, weiß, wie diese Möbelfunktionen zustande kamen und erkenne sie. Weiß der Stuhl etwas von sich? Wenn ja, nützt es ihm nicht viel, er kann nur ›stuhlen‹, sonst nichts, bis er zum Müll wandert. Aber ich weiß von mir. Und es gibt keinen Beweis, der mir je beweisen kann, daß ich von mir weiß, oder nicht weiß. Und trotzdem bleibt es mein Wissen, daß ich von mir weiß. Ich muß nicht erst denken, ich muß nicht reflektieren darüber, denn das sind bereits Resultate der bewußten und unbewußten Interaktion all meiner Organsysteme und Sinneszellen mit der Zentrale meines Gehirns. Und darin finde ich mich, und träume den Traum, ich sei Bob Nemo? Wer oder was aber träumt mich? Ein Bewußtsein, was vielleicht gar kein Körper ist, sondern eine körperliche Existenz träumt? Die attraktiver ist, als diejenige des Stuhls, in jedem Fall. Oder die eines Steins. Denn es könnte doch sein, daß das gesamte Universum einen großen Traum träumt, und jede scheinbar leblose Substanz bereits unmittelbar einverwoben ist in ein allumfassendes Überbewußtsein, was sich für uns als unser tiefstes Unbewußtes darstellt. Oder so ähnlich, ähm.. «

»Du hast keinen Körper, du *bist* ein Körper! Was immer auch ein ›Körper‹ sein mag!«

»Eines ist sicher: Ich bin.«

»Ist nicht sicher!«

»Ich weiß es doch!«

»Weil die Kontrollfunktionen, deine Vigilanzfähigkeiten verbunden mit einem Alphazustand erhöhter Aufmerksamkeit, zugeschaltet sind, die sich zwecks Übersicht zentral verbinden wie die Bedienungsmaskierung jedes medial kommunikativen technischen Systems..!«

»Und wer schaut da drauf? Der kleine Mann in meinem Ohr?«

»Du bist so kindisch, du bist süß!«

»Ich bin böse!«

»Schatzbob, werde kompetenter, bevor du soviel politischen Quatsch aus der Vergangenheit liest, du hast keine Ahnung von der Welt jenseits deiner alltäglichen Wahrnehmungen!«

»Gut, aber ich. Weil ich bin!«

»Wenn du schlääfst?«

»Dann bin ich in meinem Traum. Aber ich bin!«

»Tiefschlaf? Wo bist du dann? Abgeschaltet, aber die Atmung, Verdauung, all das parasympathikotone Geschehen läuft, ohne Bob Nemo. Der ist heruntergefahren, ist nicht. Weil es ›ihn‹ gar nicht wirklich gibt. Es gibt viele Bobs, es sind Varianten von vielen möglichen Reaktionsmustern und Verhaltensweisen, die dein Gehirn sich vorlegt, noch bevor sie im Fokus deines Bewußtseins auftauchen. Du glaubst, du seiest in jedem Moment der gleiche Bob, aber dennoch sind wir alle von Moment zu Moment immer eine von vielen möglichen und widersprüchlichen Strategien unseres Nervenapparates...«

»Dann bin ich ich ohne daß ich gerade von mir sonstwas weiß. In Ordnung. Ich weiß nicht immer ganz alles von mir.«

»Wenn ich dich höre, Bob, denke ich immer, überhaupt alles sei ein Traum.«

»Eben, und wer träumt? Xenia!«

Ich, Tschuang-Tschou, träumte einst, ich sei ein Schmetterling, ein hin und her flatternder Schmetterling, ohne Sorge und Wunsch, meines Menschenwesens unbewußt. Plötzlich erwachte ich; und da lag ich: wieder »ich selbst«.

Nun weiß ich nicht: war ich da ein Mensch, der träumt, er sei ein Schmetterling, oder bin ich jetzt ein Schmetterling, der träumt er sei ein Mensch? Zwischen Mensch und Schmetterling ist eine Schranke. Der Übergang ist Wandlung genannt.

Aus dem *wahren Buch vom südlichen Blütenland*
Zhuangzi

»Das mechanische und elektromagnetische Wellenspektrum, was unsere Haut und Sinne trifft, zwischen Infraschall und Ultraviolett, in Impulse umgewandelt, über die Nervenbahnen unser Gehirn erreicht, legt kürzeste oder längere Wege zurück. Die Sterne, die Milchstraße, die Nebelwolken ferner Galaxien! Das ist Licht, was seit Jahrtausenden und seit Millionen von Jahren unterwegs war. Es gibt gewiß eine Gegenwart, ein Hier und Jetzt. Wir befinden uns dort, mit allem, was ist, doch alles, was wir wahrnehmen, unbewußt auswerten, bewußt verstehen, ist Vergangenes. Dazu sind unsere Erinnerungen größtenteils verzerrt. Soviel Illusion, soviel Vergangenes. Wir leben in einem Traum permanenter Erinnerung, und senden unsere Wünsche, unsere Anliegen und Angebote in eine vage Zukunft. Dieses Wünschen, Begehren, Angebote machen ist zudem fast ausschließlich auf konkret Vergangenes bezogen, gar von Konditionierung schier unabänderlich geprägt! Das reine Hier und Jetzt, das ›Alles was ist‹ des reinen, allgegenwärtigen und nur gegenwärtigen Seins, wir kennen es nicht.

Schon darum weiß ich ja prinzipiell nicht – wenn all das, was sich uns als Lebenswirklichkeit darstellt, wahr sein sollte – ob es mich, wenigstens in diesem Augenblick jetzt, gibt, ob es dich dann auch gibt?«

»Oder ob du, Xenia, in einem Labor der *Zornigen Allianz* unter Drogen dir etwas zusammenträumst?«

»Ist das wirklich wahr, oh Bob, daß Menschen so etwas tun können!? Mit anderen wehrlosen Menschen so zu spielen?«

»Es ist eine Frage der Herzensbildung, des menschlichen Empfindens, so etwas mit Menschen nicht zu machen.

Zum Beispiel: Keine Experimente an Menschen zu unternehmen, die nicht freiwillig eingewilligt haben.. Und eine Demokratisierung des Gemeinwesens kann etwas erschaffen, was all das gebündelte Wissen der Republiken im Augenblick nicht wissenschaftlich anerkennt. Obwohl sie es als einen Wert verteidigen, und schützen, aber ohne die Freiheit den Menschen zuzugestehn, wirkliche Fehler zu machen. Allen Menschen.«

»Aber einer Gehirnwäsche wurdest du bei der Allianz nachweislich nicht unterzogen, seltsam.. Bob Nemo, du redest unlogisch, und das mußt du dir eines Tages bei mir zumindest, wenn es mal richtig ernst wird, abgewöhnen.«

»In einer Demokratie könnte sich das Bewußtsein zu wesentlichen, vertiefenden Einsichten reiner Empfindung erweitern. Eines Tages könnten sich Menschen angstlos und frei liebend gegenübertreten, ohne technischen Schnickschnack wortlos in ihren innersten Gedanken lesen, wir könnten mit Tieren und der Welt der Pflanzen anders kommunizieren, wir könnten verstehen, wie unser Bewußtsein Konflikte zwischen Menschen löst, ohne die Kraftverschwendung sinnloser Streitigkeiten durch permanente sprachliche Mißverständnisse und Traumata, wir würden eines Tages in einer beseligenden Ekstase ohne Arzeneien, Doping und Drogen unsere Körper perfekt beherrschen, und nicht dauersitzende Zivilisationsgeschädigte sein, die in ihren Depressionen dahinschmoren, und sich zwischendurch aufraffen, Sport zu treiben, um nicht komplett zu seelischen Wracks zu verblöden! Wir könnten unsere Gene erforschen, die abgelegten Erinnerungen der Vorfahren lesen und in inneren Bildern schauen. Mühelos würde jeder erlernen, seine biographische Rückschau auf Vorgeburtliches zu erweitern. Im Gewahrwerden seiner vergangenen Existenz als Embryo im mütterlichen Fruchtwasser. Die Maschinen arbeiten für uns da, wo früher Schwerarbeit angesagt war, oder das blöde Herumsitzen in Büros mit Krawatten, Blusen und genervten, immerzu nervenden Chefinnen und Chefs. Das Dasein von der Geburt bis zum Tode hin wäre eine selbstverständliche Feier, nur nennen wir sie dann nicht mehr so, weil das der Alltag ist. Die Menschheit würde eine planetare Familie, die nicht mehr ausgeliefert ist an die Reaktionsmuster brutaler und animalischer Instinkte. Kriege und Kriminalität würden von alleine einfach wegfallen, weil erwachsen werdende Kinder eben nicht mehr auf die Herdplatte tatschen, nur weil sie so herrlich rot leuchtet! Ja, die Menschheit würde erwachsen werden, das ist es..«

»Du redest ja in Zungen, Bob. Hahaha, wie ein Wahnsinniger!«

»Nee du! Das wäre, wie gesagt, ein Werk vieler, unzähliger Generationen dann, eines Tages…, ähm, so, wie heute in der Technik und Wissenschaft alle Werkzeuge, Apparate, Formeln und Herleitungen nicht von einigen wenigen Generationen entwickelt wurden. Seit wann gab es in der Neuzeit Demokratien? Bis zu deren Beseitigung? Noch nicht lange. Und diese funktionierten unter anderen Voraussetzungen als die Demokratien in den Stadtstaaten der Antike oder des Mittelalters. Das Wissen um die Individualität des Einzelnen Menschen wurde zu früh aufgegeben in den Republiken, das ist es, ja Xenia, das ist es! Was ist denn geblieben vom Individuum? Unser ›gutes Recht‹

auf unantastbare *Private Isolativität*! Auf Unversehrtheit ureigener, persönlicher, intimer Angelegenheiten, vom öffentlichen Leben soweit als möglich unbehelligt.

Ihr wißt alles über das Gehirn, die Stammzellen, Aminosäuren, Verdauungsenzyme, Ribosomen, bis in den molekularen Ionentransport an den und durch die Zellmembranen, welche die neuralen Impulse des Menschen bewirken usw. – Ihr wißt alles über die psychischen Reflexe in der Partnerwahl, über die Reflexe, die in die Schaltkreise Sozialer Anpassungsrituale, Unterwerfung, Balz, Rebellion und Dominanz führen. Wißt über die kriegerischen Rituale, die anhand religiöser und ideologischer Alibis in Mord und Totschlag enden. – Und sagt: ›Basta! Das aber ist der Mensch!‹ Es ist, als würde man einem Fahrer eines außer Kontrolle geratenen Vehiculators weismachen wollen, er selber sei der Vehiculator, und daher müsse er nur wieder auf Spur gebracht werden! Ihr sagt: ›Wir besorgen das, was ihr nicht könnt, durch unsere euch kontrollierende Dienstleistung namens *Gewaltmonopol*!‹ .. mmh, ja das müßte es sein.«

»Wenn du so redest, Bob Nemo, kriege ich Angst. Wenn es - mich - gäbe, jedoch nicht als biochemischen Prozeß, sondern dann wohl als ein wandernder Aufmerksamkeitsfokus in einem somit magischen Universum, welches zufällig in einem von vielen Wachzuständen meines Bewußten Seins darin physikalischen Naturgesetzen gehorcht, dann wäre alles nur mein Traum, sonst gäbe es doch nichts, was beweisbar wäre. Auch die anderen Wesen, die mir in dieser Welt hier begegnen, auch du, Bob, wären Geschöpfe meines Traums, und nur deshalb scheinbar eigenständig agierende

Entitäten, weil ich meinen eigenen Traum nicht zu beherrschen und zu dirigieren gelernt habe. Wieso kann - ich - im Traum, bzw. in meinen anderen Träumen fliegen, aber nicht hier in diesem Traum, den - wir - in einer Übereinkunft unserer gemeinsamen Lebensgestaltung Realität nennen? Denn offenbar ist der Traum, den - wir - gemeinhin Realität nennen, nicht beherrschbar. Er zeigt also unerbittlich eine Machtlosigkeit unseres Bewußten Seins auf. Gegenüber zwingenden Gesetzen, die wir folglich ›Naturgesetze‹ nennen. Und unsere Machtlosigkeit, miteinander übereinzukommen und vollständig zu kommunizieren. Daraus folgt, daß entweder mein Bewußtes Sein sein Geträumtes nicht zu kontrollieren vermag, oder daß ich auf der Traumebene, die man hier Realität nennt, mit zahllosen anderen Bewußtseinen harmonieren, kämpfen oder gleichgültig umgehen muß. In der Realität haben unzählige Geschöpfe ihren Eigenwillen. Daraus folgere ich, daß ich nicht der einzige Träumer in diesem geträumten Universum bin. Diejenigen Traumgeschöpfe, die uns am ähnlichsten sind, nennen wir ›Menschen‹.. jedoch: ...«

»Was für eine Hirnerei, Xenia, ist das denn? Warum kannst du die Welt, wie sie ist, nicht einfach so, wie sie ist, in Ruhe lassen, und einfach dein Leben genießen?«

»Blödmann! Weil ich dann verhungern und verdursten würde. Du sagst es selbst: Hirnerei. Mein Hirn will die Kontrolle! Deines übrigens auch. Nur physikalische Materie ist als Grundsubstanz dieser Realität im weitesten Sinne beweisbar. Geist und Seele sind doch Illusion. Antike, Mittelalter. Psychoanalytische Modelle für eine spielerische Traumdeutung bestenfalls. Aber wären Bewußtheit und Geist keine Illusionen, durch die sich unser Organismus steuert, könnte doch die Existenz der ganzen Welt hier nicht sicher, sondern vollkommen unsicher sein!

Überlege nur, wie seltsam sich dieses Universum, dem wir als Organismen unterworfen sind, unseren naturwissenschaftlichen Erkenntnisbemühungen darstellt. Wir erkennen unter dem Elektronenmikroskop noch einzelne Moleküle. Wir wissen um kovalente Bindungen, um Ionengitter, um freifließende Elektronen in Metallgitterstrukturen. Atome bestehen aus einem Kern, der entweder aus einem einzigen Proton, wie beim Wasserstoff, oder aus Protonen und Neutronen gebildet wird. Die wesentliche Masse eines Atoms befindet sich im Kern. Das Proton besteht aus einem Up-Quark und zwei Down-Quarks. Zwischen einzelnen Atomkernen liegt praktisch eine totale Leere, durch die die Elektronen schwirren, die jedoch für die atomaren Bindungen, die sich uns in den molekularen Strukturen abbilden, unerläßlich sind. Würde man die Atomkerne eines Wolkenkratzers mitsamt den Elektronen dicht auf dicht aneinanderpressen, hätte er die Größe eines Stecknadelkopfes. Immerhin. Wenn wir erst in die komplexen Bereiche der Forschung über Atomkerne vordringen, merken wir, daß unsere sinnesspezifische Wahrnehmung einer ›Materie‹ eine optimale Anpassung unserer Organismen an unsere Überlebensbedingungen ist. Wir können unser Wahrnehmen mit Wissenschaft und Forschung ein bißchen durchschauen. Eigentlich gibt es ›die Materie‹ nicht, sie ist nur ein Produkt unserer Überlebensmechanismen in einem rätselhaften, fast leeren Universum. Ich weiß gar nicht ob ›rätselhaft‹ und ›leer‹ die richtigen Worte sind.

Weil Worte auch aus unserem Wahrnehmen resultieren...«

»Xenia, diese Welt ist sicher, aber ich und du sind es auch, fürchte dich doch nicht. Wovor hast du Angst?«

»Du hast keine Angst, weil du so naiv bist, Schatzbob, so verdammt naiv... Erstens könnte ich dann eines morgens als Agatha Ducksen in einem Paralleluniversum in Entenhausen aufwachen. Aber zweitens, und das ist schlimm, ist eine undifferenzierte Meinung darüber, daß diese Welt, die wir Realität nennen, nicht von Relevanz für unser Existieren in ihr sei, erfahrungsgemäß gerade für jüngere Menschen gefährlich. Sie können suizidale Neigungen entwickeln, oder zu besessenen religiösen Fanatikern werden, die einen möglichst frühzeitigen Tod als erstrebenswerte Lösung aller Probleme dieser Welt auch für ihre Mitmenschen in Erwägung ziehen. Und wollen möglichst viele mitnehmen. Daß diese Welt ein vollkommen sinnloser und unbedeutender Traum sei, findet sich auch in der Mentalität und Lebensphilosophie organisierter Krimineller und Berufskiller. Sie möchten eine intensive und heftige Existenz auf Kosten aller anderen erleben, auch wenn sie nur von kurzer Dauer sein sollte!«

»Weil die Wahnsinnigen sich dann gerechtfertigter fühlen könnten in ihrer Maßlosigkeit und in ihren kriminellen Handlungen? Weil eh - nur - alles Illusion ist, wessen das Bewußtsein gewahr wird, wenn auch auf der Traumebene der Realität eine gemeinverbindliche, jedoch sinnlose Illusion? In der unser Wille mit unzähligen anderen Versuchen, Kontrolle zu erhalten, konfrontiert wird. Gut, laß es Illusion sein. Laß es Realität sein. Laß es Materie sein. Aber laß das Wörtchen ›nur‹ einfach mal weg! Immerhin folgen wir in den Republiken verbindlichen Maßstäben, die es ohne die zuvorige Demokratie niemals so geben würde! Die auf physikalischen und biochemischen Forschungen basierende Technologie oder reine Logik kann niemals erklären, weshalb wir die Todesstrafe weiterhin ablehnen. Weshalb wir am Begriff der Menschenwürde festhalten und die Überwachung einschränken. Ob es Illusion ist, ob es Materie ist, hat schließlich auf unsere Ethik und auf das Streben nach moralisch vertretbaren Handlungen nicht den geringsten Einfluß. Das sind zwei Paar Schuhe...«

»Ich will dir nicht zu nahe treten, Bob, aber ich glaube zu wissen, daß du dich für einen schlechten Menschen hältst. Das tun alle Menschen, die von sich glauben, in ihnen gäbe es, tief, tief verborgen, diesen gewissen guten Kern. Das ist die klassische Konditionierung durch die altbackene kleinbürgerliche Erziehung. Das ist nahezu unauslöschbar in deinem neuronalen Netzwerk verankert. Wenn dieser Glaube an ein Gutes, was in allen Menschenseelchen schlummert, erschüttert wird, reagieren Menschen wie du mit tiefer Traumatisierung und äußerster Erschütterung. So funktioniert das klassische Leitbild des Seelenbegriffs. Du bist schlecht, die Welt ist schlecht. Aber irgendein Gott hat uns den guten Kern mitgegeben, den wir alle freischaufeln müssen. Dieser läge begraben unter einem Berg von Schuld und Schlechtigkeit.«

»Muß das jetzt kleinbürgerlich und spießig sein? Wenn sich die Republiken um die Realisierung einer Objektiven Menschenliebe bemühen, ist das doch nichts anderes. Als der Versuch, einem Guten Oberwasser zu verschaffen, welches sonst in einem Meer von Schlechtigkeit ertrinken würde. So verstehe ich das Ziel der Republiken. Sie wollen kontrollierend sicherstellen, daß es allen Menschen möglichst gut geht. Und das ist mit Arbeitsaufwand verbunden, nicht von selbst gegeben. Gut. Und im Gegensatz zur *Zornigen Allianz* sind wir hier in den Republiken am Ende aller Weisheit angelangt. Alle Hoffnungen und Träume, die über unseren pragmatischen Alltag hinausgehen, sind unvollkommene Freikunst, Meinungen, ungeschliffene Rohlinge, die der Bearbeitung durch Fortbildungsmaßnahmen bedürfen, wie der Baum den jährlichen Schnitt braucht.«

»Schön, Bob. Du glaubst an das Gute. Du siehst das Himmelreich einer höheren, ekstatisch lebenden Menschheit vor dir, die der Hölle entwachsen ist. Mir gefällt das schon, was dir da vorschwebt. Objektive Menschenliebe ist jedoch um Neutralität bemüht. Eine Maschine, ein Rechner ist neutral. Ich sehe im Seelenbegriff eine nicht mehr zeitgemäße Kulturtechnik, um die Menschen durch falsche Schuldgefühle zur Selbstkontrolle anzuhalten. Und erblicke ebenso im Bild eines Himmelreiches auf Erden den etwas veralteten Versuch, die menschliche Motivation begrifflich zu fassen, immer ein – oft auch subjektiv eingefärbtes – Optimum vor Augen zu haben, während man in dieser Welt sein Leben zu gestalten versucht. Und wenn ich deine Gedanken versuche, konsequent zuende zu denken, nämlich daß wir Bewußtsein wären, welches auf dieser Ebene der Existenz, die wir Realität nennen, einen Traum träumt, und darin an das Gewahrsein seines jeweiligen Vehiculators gefesselt ist, den dieses wohl hilflose Bewußtsein noch nicht kontrollieren kann, weil dem Bewußtsein oder aber dem Vehiculator selbst, wer kann das schon sagen, dazu der nötige Reifezustand fehlt, dann wäre eine Seele freilich ein Kompaß, welcher die Differenz zum noch nicht möglichen Optimum an Selbstkontrolle anzeigen würde. Doch wenn eine Menschenseele in sich einen guten Kern erspüren kann, trägt sie dann nicht als Pol dazu auch einen bösen Kern in sich? Der ebenfalls noch nicht voll entwickelt ist? Wenn wir fähig sind, uns ein Himmelreich zu imaginieren, können wir uns auch mühelos ein Höllenreich vorstellen. Wobei jedoch sinnliche Eindrücke, Gedanken, Überlegungen, Vorstellungen, Bilder und Imaginationen, auch unsere Träume, Produkte unserer Gehirne und Nervensysteme sein müßten. Wenn wir aber nicht allein die Körperma-schinen aus Proteinen und Fetten wären, sondern ein Teil eines Bewußtseins, welches diesen Körper von der Geburt bis zum Tode an diesen gefesselt begleitet, wären sinnliche Eindrücke, Gedanken, Überlegungen, Vorstellungen, Bilder und Imaginationen, auch unsere Träume ein Echo, mit dem die Körpermaschine diesem Bewußtsein Rückmeldung gibt. Oder?«

»Aber Xenia! Kommst gerade du mir jetzt mit die-ser Geschichte, daß die Prinzipien von Gut und Böse Geschmackssache seien? Willst du mir damit sagen, daß Gut und Böse relativ ist? Denn, wenn wir exakt definieren wollen, was wirklich gut und was wirklich böse ist, sind wir in einem Jahr nicht fertig. Wir Menschen wissen es einfach. Ohne Beispiele böser Taten aufzuzählen, ohne juristische Abwägungen und Abstufungen zu bemühen. Selbst Psychopathen wissen es genau, auch wenn es ihnen vollkommen egal ist. «

»So einfach mache ich es mir nicht, Bob. Auf der Ebene des Traumes, den wir die Realität nennen, wo ein Bewußtsein an eine Körpermaschine gefesselt ist, die durch Mutation und Selektionsdruck in Milliarden von Jahren aus Einzellern und Einzellerkolonien zu diesem Grad relativer Vollkommenheit gelangt ist, gibt es Geburt und Tod. Auf was wird sich denn dann ein Bewußtsein nach dem Tode fokussieren? Auf was war es fokussiert vor der Geburt? Und auf was war es fokussiert, als dieser Planet erst geformt wurde? Oder wird das Bewußtsein nach dem Tode entfesselt? Und ›explodiert‹ in ein kosmisches Allwissen?

Lieber Bob, die Evolution ist, gemessen an unseren menschlichen, moralischen Maßstäben, auf jeden Fall ›böse‹, denn es gibt nur fressen oder gefressen werden. Sie wird erst da ›gut‹ im Sinne unserer menschlichen Vorstellung, wo sich höhere Organismen um ihre Eier, später dann um ihre Babys sorgen. Das perfekte Himmelreich für ein Lebewesen ist sein seliges Schweben im Fruchtwasser eines gesunden Mutterleibes. Dieses embryonale Erleben ist vielleicht im Mutterleib eines Säugetieres noch schöner als ein Heranreifen in einem vergrabenen Ei einer Schildkröte oder eines Echsentieres? Wer aber könnte das Reifen unterschiedlicher Embryonen erlebend miteinander vergleichen? Wir können nicht hineinschlüpfen in andere Lebewesen. Oder doch?

Das Leben jedoch kann nur entstehen, wo ein Planet im richtigen Abstand zu einer ihn sanft bebrütenden Sonne steht. Dann kann darauf eine Biosphäre ausgebrütet werden. Wenn ich es mit deinen Gedanken denke, Bob, dann müßte ich mich fragen: Will da etwas aufwachen? Wenn sich Einzeller zusammenschließen und am Ende denkende Lebewesen hervorbringen, dann ist das sicher auf den uns unbekannten Planeten mit Leben auch so. Aber ist Aufwachenwollen nicht ein Synonym für ›Kontrolle erlangen‹? Und was ist das Bestreben unserer Zivilisation? Das Errichten der behaglichen Wärme des Mutterleibes und des Nestes. Die Höhle mit einer Feuerstelle. Was ist das Ideal einer Liebesverbindung? Das für einander Sorgen. So, wie wir das von den Eltern als Kinder erlernt haben. Das ist doch alles sehr seltsam, Bob?«

»Es gibt aber auch den Triumph, die zuweilen grausam beengende Katastrophe einer Geburt zu überstehen! Wenn die einstmals ozeanische Weite wohl temperierten Fruchtwassers zur erstickenden, toxischen Hölle geworden ist, ein bedrohlicher Abgrund sich auftat, uns zu verschlingen, finden wir nach einem Weltuntergang neue Befreiung! Der erste Schrei öffnet die Lungenflügel. Darauf folgt nach Ewigkeiten behüteten Schlummerns die Ekstase der Entdeckung und Erkundung rätselhafter Außenwelten, Xenia. Du selbst bist gerne in die Felsen geklettert! Ins menschenfeindliche, tiefe Meer getaucht. Hast die Grenzen deiner Leistungsfähigkeit im definitiv Ungeborgenen gesucht! Lebensfreude liegt nicht allein im sich Einmummeln in schläfrig träumerischer Geborgenheit!«

»Ja, Bob, hahaha, ja!« nickte Xenia lachend, aber mit nachdenklicher Miene. »Ja, auch das, aber stets mit der Gewißheit, daß da ein Camp, ein Basislager eines fernen Tages auf uns wartet, ein Feldbett, der weiche Thermoschlafsack, oder ein paar gute, feine Kameraden. Jahre in einer erbarmungslosen Wildnis machen psychotisch und wirr im Kopf, wenn es keine Hoffnung mehr gibt, fürchte ich. Wir kehren immer wieder in regenerative Phasen zurück. In einen Schlaf.«

»Ja, Xenia, wir brauchen beides. Ein ideales Leben besteht aus Regeneration in einer Art mütterlichen Geborgenheit in einer warmen Höhle, und aus Streifzügen, um die Peripherie unserer Leistungsfähigkeit und Belastbarkeit auszuloten. Und um auf die Jagd zu gehen, um der Beute und um neuer Eindrücke willen... Das war die Sehnsucht der Hippies in der Zeit des Woodstockfestivals. Daß alle Menschen wieder wie spielende Kinder werden mögen. Eine planetare Menschheitsfamilie weiser, kluger, liebender und forschend entdeckender Sternenkinder!«

»Was, wenn das ganze Universum ein Allbewußtsein wäre, lieber Sternen-Bob? Welches mal schläft, mal erwacht, dann wieder einschläft?«

»Was wäre denn dann?« fragte ich sie neugierig.

»Unterm Mikroskop habe ich schon einmal winzigste Wesen beobachtet. Wie sie sich betrillern und befühlen. Es war so, als ob sie miteinander zärtlich seien. Ach was! Sie waren es. Auch da ist ein Bewußtsein. Es ist neugierig. Es ist mutig, es erkundet und sucht. Es kommuniziert. Es ist ängstlich und es fürchtet sich.

Bob, wenn die verdichteten Wasserstoffwolken im Weltall ihre kritische Masse erreichen und unter ihrer eigenen Schwerkraft kollabieren und ein Stern sich entzündet, eine Sonne geboren wird, dann schläft vielleicht ein Teil des Allbewußtseins ein, und wacht im Weltraum auf, und findet sich als Stern wieder. Vielleicht schläft in allen Entitäten des Universums das Allbewußtsein, und erwacht in einer größeren oder winzigsten begrenzten Form in einem weiten Weltraum. Mal als Galaxie, mal als einzige Sonne, mal als Geiseltierchen, das in trüben Gewässern nach der Sonne schwimmt, oder als Blutkörperchen in der Blutbahn eines Menschen, der denkt er selber sei - jemand - ! Dabei ist sein zeitweiliges - jemand sein - nur eine Variante des Aufwachens, Daseins und Wiedereinschlafens des Großen Geistes, des Allbewußtseins, was mal wacht und schläft in einem uns unbegreifbaren, abermilliardenfachen Einschlafen und Erwachen. Gut und Böse gelten nur in unserem winzigen Garten unserer menschlichen Species und denjenigen planetaren Lebenswelten, die von dieser unmittelbar berührt werden.«

»Menschenskind, Xenia. Jetzt erklärst du mir auch noch meine eigenen Gedanken so, daß ich sie besser verstehe. Nee, ehrlich, du!«

»Ja, da siehst du mal! Hehehe...« lachte sie ihr meckerndes Lachen, was sie immer hatte, wenn sie ausgeglichen und zufrieden war.

»Also, du meinst, während das allwissende Allbewußtsein sich für sich selbst quasi verdunkelt und seine Erinnerung an sein Allwissen verliert, erwacht es als Sonne oder als Tier, und träumt als Pflanze und schläft als Gestein oder als Brocken, der durch den Weltraum treibt? So ähnlich?«

»Bob, ich glaub da nicht dran. Daß Viecher ein Bewußtsein haben, ist klar, nich? Bei Pflanzen ist es strittig. Aber so, wie ich es gerade ausgemalt hab', wäre es am plausibelsten, wenn da was dran wäre. An dem Zeug mit dem ›Daß es Gott, ein höheres Wesen gibt‹ und so Sachen, okay?«

»Okay, klar! Also ist nach dem Eintritt des Lebens-Endes, belegbar durch Totenflecke, Leichenstarre und Einsetzen der Zersetzung des Organismus endgültig fertig? Wenn man nicht an den Tod denken möchte, ist das auch das Wahrscheinlichste, und irgendwie sogar beruhigend. Oder wenn man gar keine Kraft mehr hat, und jetzt sterben muß. Da sind Spekulationen bedeutungslos. Aber von Kraft und Hoffnung beflügelt, erwächst uns der Wunsch, daß das Sterben ein Erwachen mitten in einer anderen Welt voller Leben sein möchte, wo alles, wonach, mmh, ja, die Seele hier in der Realität vergeblich suchte, endlich ohne eigenes Zutun uns vollständig erlebbar werde!«

»Wenn du dort die grenzenlose Inspirationsquelle vermutest, die uns die Berufung zu einer höheren Spezies vermittelt, zu der wir uns durch unsere Evolution und den Willen, den Planeten zu kontrollieren, aufgerichtet haben, als sich selbst reflektierende Lebewesen, gebe ich zu bedenken, Bob, je stärker wir werden, desto fähiger werden wir. Das heißt, daß je moralisch und kulturtechnisch besser wir potentiell werden, umso potentiell verkommener und schlechter werden wir gleichzeitig. Wer viel Gutes zu tun in der Lage ist, ist auch fähig, viel Schlechtes zu verwirklichen. Je höher sich der Mensch im Diesseits entwickelt, desto größer wird die Spanne zwischen den Extremen seiner guten und gleichzeitig seiner bösen Möglichkeiten. Und in einem von mir einmal angenommenen Jenseits sind der Himmel und die Hölle eins. All die Philosophen und Propheten, die einst innerhalb der Maßstäbe der Menschenwelt moralisch bewerteten, sind für das Diesseits gestorben und jetzt tot. Sie sind jetzt längst eins geworden mit einer gewaltigen Ekstase von einer Wucht von Milliarden Sonnen, die gleichzeitig ein tiefer, unaussprechlicher

Friede sein wird. Weißt du, Bob, auch wenn ich diese Dinge über eine Existenz vor unserer Zeugung und nach unserem Tode nicht glaube, beschäftigen sie mich schon. Gut und Böse sind die Extreme, mit denen wir innerhalb unserer Species unsere Handlungen reflektieren. Jeder Mensch hat auf seine Weise gelernt, sich zu kontrollieren. In der Natur und im Weltall gibt es kein Gut, kein Böse. Auch nicht im Angesicht des Todes. Wenn wir erst eins werden mit der Macht, die Welten zermalmt und Welten erschafft und erneuert, atmen wir Sterne und Galaxien aus und ein. Zerstören und Erschaffen, Erschaffen und Zerstören!«

Sie sah mich an mit ihren großen blauen Augen in ihrem sommersprossigen Gesicht, kalt, grausam, barbarisch, und sehr liebevoll..

III

SO VERLIEFEN DIE GESPRÄCHE zwischen Xenia und mir in den besten Stunden, wenn wir nicht stritten, und wir lernten soviel voneinander, obwohl ich natürlich immer noch nicht genug weiß vom Leben, um in Worten und dazu wissenschaftlich kompetent so schlagfertig zu sein, mich mit irgendeinem Kompetent der Sub-Elite oder gar des Rates messen zu können.

Vielleicht ist die Vorstellung einer real existierenden Individualität genauso illusionär wie die Vorstellungen von einer Demokratie, ich weiß es nicht.

Individualismus und Menschenrechte seien Wertekategorien der Republiken, wurde uns gesagt.

Nun aber sagten die Eliten, es gäbe keine wirkliche Individualität, irgendwie aber auch keine wirklich erkennbare Realität. Verwirrend. Oder ist alles nur mein Traum, auch Xenia? Und die Bildung der Seele, des »Herzens«, Sinnbild des solaren Zentrums eines seelischen »Planetensystems«, aller dieser »Herzens-Sonne« untergeordneten Eigenschaften, zu einem differenzierten Sensorium humanen Mitempfindens in individueller Freiheit? Eine Glückssache Einzelner, die solche Impulse in sich fühlen, und intim. Niemals einem Gemeinwesen ohne Indoktrinierung der vielen durch einige vorausschauende Wenige vermittelbar? Um eine ebensolche Tradition der Erfahrung dort so plausibel einzupflanzen, wie es in der äußerlichen Wissenschaft und Technik über Jahrhunderte bereits geschah. Denn das alte Wissen um Demokratie und das, was die Alten ›Humanität‹, später dann ›menschliche Werte‹ nannten, es war mehr und mehr im Schwinden begriffen. Stattdessen wurde ›Wohlverhalten‹ belohnt, ›Fehlverhalten‹ sanft und stufenweise erst einmal ausgebremst, und dann im schlimmsten Falle bestraft.

Eine Macht, regiert durch das Gewaltmonopol disziplinierender Ordnung, zu oft durch Sanktionen für fortbildungsmüde sozial Schwächere aufrechterhalten, und ein buntgewürfelter anarchischer Machtblock – Kriegsherrinnen und Soldatentyrannen des nackten Wahnsinns standen sich in einem kalten und manchmal heißen Krieg gegenüber, unter Vermittlung einer sich aus Eigennutz neutral gebenden Supermacht im Fernen Osten, und das einzig Wunderbare war bis jetzt, daß alle drei Machtblöcke auf klassische Weise bloß den Schrecken atomarer Waffen und aggressiver Seuchenkampfstoffe wohl deshalb nie konsequent flächendeckend einsetzte, weil der eigene Gewinn dadurch hätte verpestet werden können, die Luft für alle auf dem Planeten rasch ganz abgestellt worden wäre. Der Gewinn.

Ich war Soldat, bin als Kundschafter eingesetzt worden, mir schien eine solcher ›Beruf‹ kein echter Beitrag für eine planetare Menschheitsentwicklung zu sein. Es war ehrenvoll und auch sicherlich notwendig ... aber Krieg ist immer unbefriedigend ... sogar dann, wenn man nicht kämpft. Ich hatte kluge und schöne Menschen getroffen. Auf der anderen Seite, im Feindesland. Menschen, die ebenso wie hier einige, ein Herz hatten, und instinktiv Träumen von Menschenwürde und Humanität nachgingen, auch wenn diese Menschen dort, was unvermeidlich war, auch wirren und faktenbefreiten Gedankenmustern folgten, weil sie nie etwas anderes kennengelernt hatten. Darüber schwieg ich. »Wer ein Herz hat, läuft immer Gefahr, in Feindesland zum Doppelagenten zu werden«, dachte ich oft bei mir, wenn die Erinnerungen kamen...

»Die Pearls«, »Pearlies« bzw. »Die Liebesperlchen« wurden unsere Leute bei der *Zornigen Allianz* drüben genannt, weil wir so erzogen waren, zornigen Gefühlen nicht zuviel Spielraum zu gewähren und Erregungen selbstkritisch zu hinterfragen, statt ihnen ihren Lauf zu lassen. Alles perle an uns ab, warf die Gegenseite uns vor. Und so waren wir von Kindesbeinen in den Internaten der Konzernstiftungen erzogen worden. Unsere Eltern sahen wir nur in seltenen Ferien, wozu auch öfter? Wer wollte, konnte sich von den Eltern ab dem sechzehnten Lebensjahr ›abisolieren‹. Wegen des Grundwertes individueller Freiheit einen anderen Namen annehmen. Sich selber ein Individuum, dem Gemeinwesen jederzeit ersetzbar. Sogar in den Eigenschaften der Person selbst, nicht einmal nur in deren Funktionen.

Unsere Haupterziehungswerte? Kommunikationstraining, und so.. Eben immer sachlich bleiben, Souveränität und Kompetenz signalisieren. Die eigene Einfühlsamkeit für den jeweils aktuellen Augenblick oder Arbeitsauftrag meditativ zu schulen. War alles. Wer allzu wild emotional war, kam rasch in den üblen Ruf, ein verkappter und unberechenbarer Aggressivling zu sein, ohne jeden Authentizitätsanspruch, das aber konnte den Verlust jeglichen Arbeitsverhältnisses nach sich ziehen. Der *PP* (*›Prekär-Prolet‹*) aber, so wurde jeder Arbeitslose genannt, bekam nur das Nötigste, lebte in kargen Wohnprovisorien, kam nie in den Genuß einer geräumigen und etwas luxuriösen Eigentumswabe. Über Wiedereingliederungsmaßnamen versuchten viele in den *ASEs*, den »Abteilungen für seelische Ertüchtigung« sich ein *Zeugnis für Einwandfreies Bewußtsein*, einen *CA* (›Clever Awareness‹), zu erwerben, um ein Wabenrecht, die Aufhebung eines erneuten Jung-Gesell/innen-Zölibats und ein Arbeitsverhältnis zurückzuerhalten. Die Handhabung dieses Zölibats wurde zwar öfter umgangen, führte aber nicht selten zum Punktabzug beim *CA*-, aber auch beim *WEAA*-Zeugnis. Weil das verständlicherweise gefürchtet war, gab es eine Art grauen Markt stiller Prostitution, der zu Mißtrauen zwischen den Menschen führte, die unbefangen gerne offener für spontane zwischenmenschliche Beziehungen gewesen wären.

Aber was soll ich sagen, so als Soldat der Republiken? Ich habe die Menschen der *Zornigen Allianz* kennengelernt. Sie waren mindestens genauso kühl wie die unsrigen, nein, eiskalt. Nur, daß man sich dort öfter mit anderen zusammenschloß aufgrund primitiver Leidenschaft, um gemeinsame üble Machenschaften solange durchzuziehen, bis man sich halt wieder im Streit voneinander lossagte, sich wieder feindlich gegeneinander verhielt, sich mit anderen verbündete, oder sich Untergebene hielt. Die aber standen weit unter ihren Bossinnen und Bossen in den überall anzutreffenden, unausgesprochenen und oft äußerst brutalen Rangordnungen. Ja, eine unverhohlene, sich oft hinterlistig gebärdende Gewaltbereitschaft war bei der Allianz sozusagen der gute Ton. Das verlangte doch auch einem Menschen, der obenauf bleiben wollte, Lebenserfahrung, Schulung und einseitige Selbstbeherrschung ab! In bunt zusammengewürfelten, zumeist umherstreunenden Rudeln in den Wohnwagenburgen der Trusts – so lebten unzählige Menschen dort, immer auf Jobsuche. Seinen Rang zu verteidigen? Das war gewiß nicht leicht. In einem permanent beunruhigten Miteinander-Klarkommen-Müssen den erlangten Gruppenstatus zu sichern, und sich ein dickes Fell zuzulegen gegenüber den um ein Vielfaches an Körperkraft überlegenen Rudelführern, die zumeist noch in allerlei Kampfsportarten versiert waren, schulte man dort enorm die eigene Selbstkontrolle in Wechselwirkung mit einem hohen Maß an Achtsamkeit gegenüber allen anderen Rudelmitgliedern, ganz gleich, ob man nun so ein Leben führen wollte, oder nicht. Dennoch konnten sich auch inmitten dieser bedrückenden Verhältnisse für einen gewissen Zeitraum wunderbare Freundschaften Bahn brechen, meist etwas abseits vom Rudel, und von diesem mißtrauischst beäugt. Die in ihren Charakteren sehr unterschiedlichen Oligarchinnen und Oligarchen allerdings, und all der neufeudalistische Kriegsadel lebten dort abseits der großen Ballungszentren in streng bewachten Villen und

Gated Areas. Dort kamen gewöhnlich Sterbliche nicht hin, diese Gebiete waren tabu und nach der Art von Zwiebelschichten mehrfach weitläufig abgesperrt.

Ab und zu sah man aus der Ferne die Staubwolken von Limousinen, umgeben von den sie immer begleitenden bewaffneten Motorradkonvois. Nicht selten war dieser neufeudalistische Adel umschwärmt von hochangesehenen Religionsbonzen und charismatischen »Zauberinnen«, die den Massen der Armen einen inbrünstigen Schicksalsfatalismus predigten. Verzweifelten Menschen, die, sich Wunder erhoffend, zu deren märchenhaften, ebenso martialischst bewachten »Himmelsschlössern« pilgerten, spendeten sie vergiftete und trügerische Hoffnung. Dort wurde gesungen, geweint, gebetet. Dort gab es dann auch mal Almosen ›für den Mob‹, oder man ließ ›den Mob‹ gleich fasten.

Wir hingegen waren angehalten, stets Kooperationsbereitschaft zu signalisieren. Die Leiter der Orgs, auch in unserer Armee, waren stets darauf bedacht, für »angstloses, entspanntes und kreativitätsförderndes Klima« zu sorgen. Alle übten früh miteinander, »korrekt dehierarchisierend und kollegial zu interagieren«. In Arbeitsgruppen, Armeebataillonen und Orgs hatten Menschen zwar leitende Funktionen, aber die Rolle der Autorität, über andere zu bestimmen, sollte nur eine Funktion bleiben, nicht etwa zum Privileg werden. Es gehörte in diesen Zusammenhängen zur Etikette, sich gleich zu Beginn das »kollegiale Du« anzubieten, und im Unterschied zum »intimen du« sprach man sich weiterhin mit Nachnamen an, nicht etwa mit dem Vornamen.

Mit den Wertmaßstäben, die einst in den alten Demokratien über Generationen hinweg ausgearbeitet worden waren, hatten wir auch deren Sozialsysteme übernommen und anders als in den Gebieten der Allianz oder der fernöstlichen Supermacht gab es kein Lumpenproletariat, gleichwohl wurde gerade uns vorgeworfen, wir lebten in einer sittenverrohten Barbarei. Das Bündnis der Republiken nahm aus Kriegsgebieten geflohene Menschen und Armutsflüchtlinge auf, man integrierte sie in den Arbeitsmarkt und notfalls in die Sozialsysteme. Gerade »Flüchtlingskrisen« waren in den Zeiten des immer gewalttätiger agierenden und agitierenden Populismus eine der Auslöserfaktoren für das Kollabieren der alten Ordnungen. Durch einen sozial verteilten Wohlstand und ein Menschenrecht auf Wohnung und intime Räumlichkeit waren wir Menschen in den Republiken aber kontrollierbarer geworden, als manche Menschen in der übrigen Welt. Auch wenn die sich isolierend abschottende Macht in Fernost führend bei jeglicher Art von Überwachungstechnologie war. Dennoch, obwohl Systemkritik und jegliche Äußerung von Freikunst streng verboten waren, gab es dort Bars, Diskotheken und Partys, wo der Alkohol in Strömen fließen durfte, und die Menschen in der Allianz oder in Fernost rauchten sogar noch die sogenannten ›Zigaretten‹ und andere seltsame konditionsschädigenden Tabakwaren. Wir aber mußten uns mit sämtlichen Varianten von Sport, Sport und nochmals Sport begnügen, statt uns in einer öffentlichen Vergnügungsindustrie austoben zu können! Um fit zu bleiben, damit unsere Sozialsysteme in Schuß gehalten und nicht überfordert würden! Und selbstverständlich machte der

Sport uns alle zufriedener und ausgeglichener, auch wenn er mehr oder weniger verordnet war. Das ›freiwillige‹ Ehrenamt, zum Beispiel, für sozial unterstützende Tätigkeiten, Menschen in prekären Umständen die Lebensumstände zu erleichtern, Kinderbetreuung, Jugendarbeit, in der Schwerbehindertenbetreuung, als Katastrophenschutzhelfer usw. wurde viel stärker beworben und gefördert. Analog dazu wurden die Ruhestands-Alimentationen für Senioren in gesundheitlich guter Verfassung in den ersten beiden Jahren nach Eintritt ins Rentenalter gekürzt. Falls sie nicht von sich selbst heraus einer Tätigkeit weiter nachgingen. Die erneute Aufstockung der Rente wurde an die Ausübung eines Ehrenamts, welches viele dann tatsächlich freiwillig bis zum Lebensende ausübten, geknüpft.

Innerhalb der Erdsektoren des *Republikanischen Bündnisses für Erdbeglückung,* und innerhalb der Gebiete, die der *Zornigen Allianz* beigetreten waren, bei uns und bei denen, herrschte bei allen erwachsenen Menschen nach meiner bescheidenen Einschätzung aufgrund meiner Erfahrungen hier und dort die stille Meinung, daß andere Menschen eigentlich »Illusionen« in einer rätselhaften und auch so schon gefährlichen Welt seien, in der man selbst als Einsamer alleine so gut wie möglich bestehen, tja, überleben und durchkommen mußte. Irgendwie!.. Keine Frage jedoch, daß die schwachen und weniger durchsetzungstüchtigen Menschen bei uns um ein Vielfaches geschützter lebten als auf Seiten der Allianz, wo Arme und Minderbemittelte wirklich nur Opfer aller möglichen Umstände und gänzlich ohne Rechte blieben.

XENIA! Sie war der erste und einzige Mensch, zu dem ich mich, ohne meine Wärme zurückzuhalten, auch menschlich hingezogen fühlte. Wir verstanden beide wenig von Nähe, deshalb bekamen wir wohl oft Streit .. und danach diese Angst, nicht normativ korrekt miteinander den Umgang zu bestreiten. Der Alkoholgenuß dazu. Es war nicht ungefährlich. Wirklich nicht.

Als ich zum Unfallort kam, lag der Vehiculator vollständig zerquetscht schon neben der Straße. Ein Rettungs-Quadrocopter war schon fortgeflogen, mit ihr. Der Verkehr war auf diesem Streckenabschnitt zwecks gewaltmonopolistischer Ermittlungen stillgelegt. Überall Glassplitter, und natürlich .. ihr Blut. Ich durfte selbstverständlich nicht weinen, um nicht gegen die Grundsitten zu verstoßen. Aber ich war auch sehr stolz, mich zu beherrschen. Es war wieder wie im Krieg. Es war dieses erhebende Gefühl, ja, ein Gefühl! nämlich, eine Emotion also, den niederen Trieb des Kummers zu bezähmen, als ein Opfer und als Geschenk. Doch nicht unserer Republik, sondern Xenia galt jetzt dieses Geschenk.

Dann ging ich benommen nachhause. Weinen konnte ich nicht. Trauern auch nicht. Ich war einfach da, und mir ›ging es‹ nicht.

Ich wurde gerufen.

Tags darauf. Aber nicht in das örtliche Sanatorium.

An der Tür meines Wohnprovisoriums wurde lange geklingelt. »Xenia lebt!« hieß es..

IV

SIE HOLTEN MICH MIT EINEM dreisitzigen Quadrocopter ab, zwei weißgekleidete, wie immer freundliche und authentische, drahtige junge Männer. Ich nahm auf dem Sitz in der Mitte zwischen beiden Platz. Ein leises Augenzwinkern des einen zum Armaturenbildschirm zeigte quasi die mentale Kontaktsequenz an, los ging es. Dieser Mann braucht keinen Emo-Selektor, dachte ich und seufzte doch tief..

Während des Fluges stellte ich Fragen.

»Was zeichnete die öffentliche Optisierung auf? Es gibt doch überall Optisierungsgeräte?« Der Mann, der den Quadrocopter steuerte, antwortete mir:

»Das ist es ja gerade! Der Unfall ereignete sich in einem toten Winkel. Ausgerechnet an dieser Stelle gibt es keine Optisierung. Wir arbeiten daran, die verbliebenen Lücken in der Überwachung des öffentlichen Raums zu schließen. Es gibt nicht wenige solcher Orte. Auch wenn das nicht mehr allzu viele sind! Es gibt auch bisher keine Augenzeugen. Als der Unfall gemeldet wurde, waren bereits mindestens zwei Minuten vergangen. Ein Passant hatte einen Knall gehört, und rannte, um nachzusehen. Er meldete das.

Andere Passanten liefen stattdessen lieber weg..« Der andere der beiden Männer meinte:

»Vielleicht war der Vehi einem unachtsamen Kind ausgewichen, welches auf die Straße gesprungen war? Die Funktion hätte dann das Leben des spielenden Kindes spontan für ›wertvoller‹ erachtet. Und ein anderes Ausweichen war nicht mehr drin ... keine Ahnung!«

»Der Optisierer des Vehiculators...?« fragte ich.

»War nämlich abgeschaltet. Das ist ja das eigentliche Problem!« seufzte der Pilot.

»Hat sie ihn selber deaktiviert?«

»Möglich!« sagte der andere Mann, »so war sie manchmal. Sie war bekannt für ihren Eigensinn. Wir müssen sehen, ob sie sich zu gegebener Zeit daran erinnern wird!«

»Ja, wir tappen bislang im Dunkeln. Es wird weiter ermittelt. Alles weitere Mutmaßen ist jetzt erstmal bloße Spekulation!«

.

Es ging direkt in die Zentrale des transhumanistischen Konzerns der *MetaServantAwareness*.

»MK Habakuk Barnabass!« begrüßte mich ein kleiner Mann mit weichen Gesichtszügen hinter einem krautigen, grauen Vollbart und einer Glatze. Unter einem weißen, offenstehenden Kittel trug er einen gemusterten Pullover über blauen Trainingshosen, aus einer Hosentasche ragte ein vorsintflutlich kariertes und augenscheinlich oft benutztes Schnupftuch. Er sprach mich mit sonorer Baßstimme an:

»Meta-Kompetent der Sub-Org für Human-Analogistik! Sie sind der Intimfreund Xenias! Freut mich sehr, sie ist meine liebste Schülerin, sie, sie, ...so reizend! Die Sommersprossen. Das feuerrote Haar! Ihre Schlagfertigkeit! Nicht?«

»Ja.«

»Nun denn..!«

»Wie *geht es* Xenia??!«

»Entsprechend den Umständen, bestens!.. ..Kommen Sie. Kommen Sie mit!«

Es ging die üblichen langen Gänge entlang, Zeit. Zeit sich in die Situation einzufinden. So dachte ich. Auf einmal wurde mir schwindelig. Mehrmals hätte ich beinahe gekotzt. Dann aber faßte ich mich.

Aufrecht bleiben! hieß eine Übung bei der Armee .. Ich visualisierte mich in ein Fadenkreuz, die Senkrechte verlief vom Scheitel die Nase entlang über Brust und Nabel zum Boden, die Waagrechte verlief über das obere Brustbein zu den Schultern. ›Aufrechte! Und freien hellen Rücken zwischen den Schulterblättern‹, dachte ich.

»Sie wurden als Gefangener drüben im Reich des Bösen auch unter Drogen gesetzt?«

»Ja.«

»Und, wie war es? Gut? Angenehm?« MK Barnabass sah mich verschwörerisch an, schmunzelte neugierig.

»Ungesund!« erwiderte ich lapidar. Behaglich schritt MK Barnabass neben mir durch die Gänge, hier war er zuhause. Das spürte man. Ich versuchte aus Höflichkeit mit ihm auf gleicher Höhe zu schreiten, obwohl ich mich gar nicht auskannte. Er war eineinhalb Kopf kleiner als ich und schielte schlau wie ein sensibler Mäuserich witternd zu mir herauf:

»Auch wir haben über solche Experimente noch einmal nachgedacht, aber es ist ja verboten. Es ging um noch ungeklärte Fragen der Identitäts-Relativierung .. nun ja. Die auf diese Weise provozierten chemischen Vorgänge sind auf Dauer auch viel zu grob und stümperhaft, um saubere Erkenntnisse über Hirn- und Nervenprozesse und deren Wechselwirkungen mit dem komplexen hormonellen Drüsensystem und den ganzen Proteinstrukturen gewisser Neuroenzyme, Neurotransmitter und Neurorezeptoren zu erhalten.. Wissen Sie, einige der 100 Milliarden Nervenzellen gehen bis zu 10 000 Verbindungen mit anderen Nervenzellen ein und lösen diese auch wieder, ein geradezu orchestral variierender Reigen synaptischen Lösens und neu Anknüpfens. Immer wieder dem Impuls folgend, sich Neuigkeiten, Neuigkeiten, Neuigkeiten anzueignen. Neugier ist der tiefere Sinn des Feuerwerks eines jeden Nervensystems. Hier ist die Ursache unserer obsessiven Onlineaktivität zu finden. Bequem viele Neuigkeiten hereinzubekommen. Und wieder. Und wieder. Noch einmal!

Was den Geschmacksknospen der Zucker, ist den Nervenzellen der Neueste Impuls!«

Wir betraten bald eine Halle mit etwas veralteter Technologie. Diese Halle war ein rein funktionaler, riesiger Werk-
raum, etwa zwei Fußballfelder groß, ähnlich wie die Hallen
auf einem Messegelände, ich konnte über mir eine wellen-
förmige, von Betonpfeilern getragene Flachdachunterkon-
struktion, stabilisiert durch schlichte Stahlskelettrippen,
ausmachen. An einem von mehreren kulissenartig aufge-
stellten Abschirmelementen befand sich an der uns jetzt
gegenüberliegend positionierten Bühne ein vier Quadrat-
meter großer Präsentations-Flachbildschirm, ich erkannte
die Animation einer uralten Dampflokomotive mit einem
Gesicht. Mal fröhlich, mal traurig, mit ihren Scheinwerfern
unterhalb des Kessels, die gleichzeitig Augen waren, ein
Gelände absuchend, sah man sie umherfahren.

»Schauen Sie, Bob Nemo, das waren die Anfänge!«

»Eine Animation einer Dampfmaschine?«

»*Der* Herr Dampfmaschien! Der virtuelle Herr Dampfmaschien lebt auf einer einsamen Insel, dort ist Kohle ver-
graben und Wasserhähne wachsen da auch. Außerdem hat
der Herr Dampfmaschien eine eingebaute Statistik, wo er
dann selber über seine Erfolge reflektiert, etwa beim Kohle-
finden und Wasserfassen, beim Herumfahren in schwieri-
gem Inselterrain, wo er öfter beinahe mal umgefallen wäre..«

Eben machte sich die virtuelle Animation daran, eine
kleine Schaufel auszufahren, um offenbar ›versteckte‹ Koh-
len in ihrer künstlichen Welt in den Tender zu laden.

»..über all das reflektiert seine Selbstbewertungsstati-
stik und dieselbe faßt während der Aktionen Bewertungs-

signale unter Ausschluß allzu umfassender Zeiträume in Noten, die sich der Herr Dampfmaschien selbst gibt. Die Noten umfassen also nie eine größere Gesamtzeitstrecke. – Statistik zwei jedoch, das war das Besondere des Experiments, bewertet einen längeren Zeitraum punkto Erfolg und Mißerfolg, auch punkto Reaktion auf das gesamte Inselgelände. Die Kooperation des so simulierten Kurzzeitgedächtnisses mit dem simulierten Langzeitgedächtnis rechnet einen Selbstbewertungs-Durchschnitt aus, der sich im Gesicht des Herrn Dampfmaschien widerspiegelt. – So entsteht in ihm eine Befindlichkeit. Fazit: Der Dampfmaschien da hat eine Seele! Haha.. eine zwar recht einfache noch, aber eine Seele halt.«

Die hat MK Barnabass aber offenbar auch. Der streichelte jetzt errötend über einen Kasten mit der Hardware und sendete sprachliche Zeichen aus, indem sein Kehlkopf Schallgebilde erzeugte! Diese Schallgebilde korrespondierten mit einem virtuellen Zeichenvorrat in unser beider Gehirne zumindest insoweit, daß wir uns verständigen konnten. Indem wir Ausdrucksseite (Schallgebilde) und Inhaltsseite (Zeichenübereinkunft) verglichen, verstanden wir annähernd einander. In diesem Fall ich, Bob Nemo, und er, der Forscher MK Barnabass, verstanden einander annähernd.

Er sendete in diesem Moment damals folgende Zeichenkette, die ich jetzt hier in meinen Aufzeichnungen graphemisch (trivial gesagt: »schriftlich«) referieren werde:

»Nemo, hören Sie mir zu! Wir können, wenn wir es wollen, inzwischen ganz menschenähnliche Programme mit der entsprechenden physiognomischen Realisation nicht mehr nur auf Bildschirmen erzeugen. Wir montieren all diese Vorgänge seit längerer Zeit schon in kybernetisch feinste technische Bewegungsapparate hinein. Und übertragen alle diese Simulationen somit eh längst in den äußeren Raum. Sie wissen um die Möglichkeiten, die der Vehiculator längst besitzt. Dieses Gerät liest Ihre Hirnströme drahtlos synchron mit, bewertet diese und verrechnet sie mit den gültigen Verkehrsregeln, die Sie ja als mobiler Zivilist längst nicht mehr selber zu beherrschen brauchen. Dennoch schaltet sich diese künstliche Intelligenz nur bei, wenn Sie, gelinde gesagt, zu spinnen anfangen. Er schaltet dann auf seine autonome Fahrautomatik. Ansonsten aber, das ist ja der Witz, fahren Sie souverän, und sind damit selber autonom im Verkehrsgeschehen aktiv beteiligt. Ihr menschliches Grundbedürfnis nach Freiheit wird Ihnen erfüllt. Im übrigen funktioniert das politische System unseres *Republikanischen Bündnisses für Erdbeglückung* exakt ja auch nach diesen Prinzipien. Das öffentliche Gewaltmonopol läßt uns all unsere Freiheiten, und schreitet nur dann stur ein, wenn wir uns und andere gefährden würden durch ... etwa durch Wahnsinn, durch Selbstverausgabung, durch den immerzu vorkommenden Mißbrauch all der unzähligen und sanktionierten psychoaktiven Substanzen, durch Gewaltphantasien gar! Etwa wenn Ihr Reaktionspotential im öffentlichen Raum bedenklich herabgemindert ist. Es funktioniert noch nicht so gut mit der Überwachung sich anbahnender abnormer Emotionen und der hieraus folgenden Gewährleistung der Sicherheit im öffentlichen Raum, aber die Optisierungssysteme dort haben eine Art ›Gedankenlesefunktion‹, nur ist deren Reichweite und spontane Auffassungsgabe noch etwas ausbaufähig. Die Milliarden Hirnzellen und deren doch sehr individuellen Verknüpfungsmuster lassen nicht sofort zu, jeden Menschen augenblicklich normativ exakt zu beurteilen. Die Gehirne sind zu unterschiedlich ausgeprägt, um sofort zu eindeutigen Interpretationen über deren Gemütsverfassung zu kommen. Ob das eine Zukunft hat, und so in Ordnung ist, das ist eine andere Frage. Der Rat streitet, verlassen Sie sich darauf. Hinter verschlossenen Türen geht es da zuweilen zu, wie in der Demokratie früher, nicht? Wieviel Intimsphäre brauchen Menschen? Wieviel Einsicht in die Protokolle des Rates erträgt die öffentliche Stimmungslage, die sich nicht einfach so stets kontrollieren und nicht immer durch das in der algorithmischen Komplexität dokumentierbare Schwarmverhalten vernünftig prognostizierend steuern läßt. Sie wissen ja: Stimmungen generieren erst Meinungen, während der Einzelne glaubt, er bilde sich eine Meinung ganz unabhängig von seiner Stimmung. So stellt sich uns im Rat auch die Frage: Ist der Zölibat für Junggesellinnen und Junggesellen und Prekärproleten ohne Clever Awareness Zertifikation noch haltbar?«

Er seufzt, und mustert mich von oben bis unten. Und sagte mit plötzlich bebend-rollender Stimme:

»Da sind Sie also! Der Verbrecher! Haha! Den ich schon immer mal persönlich kennenlernen wollte! Und wissen Sie was? Sie sind ein guter Kerl. Sie haben Xenia gut getan. Sie war so motiviert wie nie zuvor. Wenn das nun nach hinten losgegangen ist, was hilft es? Je mehr Freiheit wir für uns wünschen, desto höher unser Risiko, zu scheitern!

Oder?« Er seufzt wieder, und kämpft kurz mit den Tränen. »Aber, kommen Sie, Bob kommen Sie!« Wir schritten weiter durch die Halle. Seine laute Baßstimme schallte:

»Schauen Sie, Bob. Wir verfügen damit jetzt über annähernd real deckungsgleiche Apparate, die eine gesamte menschliche Gestalt simulieren, eins zu eins, verstehen Sie mich, Nemo?«

»Aber ja doch, es ist ganz leicht zu verstehen. Wenn Sie das jetzt so sagen, Herr Barnabass!«

»Danke, Nemo. Sagen Sie ab jetzt einfach Barnabass zu mir« brüllte er freundlich..

»Danke Barnabass.«

»Bitte sehr, Nemo. Ich möchte Ihnen noch mehr zeigen. Kommen Sie!«

Wir verließen den Raum und marschierten nebeneinander wieder einen langen Korridor entlang.

»Aber, Nemo, ich frage Sie, ob Sie sich auch darüber im klaren sind, *ob* das dann noch eine Simulation *ist,* oder bereits etwas anderes!?«

Wir betraten eine kleine Halle mit allerlei technischem Gerät, und MK Barnabass streichelte liebevoll das Gehäuse einer kleinen, alten Rechenmaschine, küßte das konvex stark vorgewölbte Bullauge des Bildschirms eines uralten Heim PC.

»Denn über eines müssen wir uns im klaren sein, Nemo: *Wenn* wir solche ›Wesen‹, wie wir sie hier bereits, unter uns, am *MetaServantAwareness* Zentrum nennen, wenn wir solche Wesen erzeugen, dann müssen wir darauf gefaßt sein, daß sie als solche - *Wesen* - mit der von uns in sie hineinkomputierten menschlichen Gefühls- und Verhaltensidentifikation, der Selbstreflexionsgabe und ebensolcher Gefühls- und Verhaltens *komplexität*, von *uns*, ihren Schöpfern fordern werden«, er lächelte mich an wie ein Honigkuchenpferd, »als solche gefühls- und vernunftbegabten Wesen – ungeachtet ihrer virtuellen und maschinellen Konsistenz – auch behandelt zu werden!« – »Was?« – »Sie sind wie wir, sie wollen geliebt werden, unsere Grundwerte stehen auch ihnen zu, nicht nur uns!«

»Menschenrechte..?«

»Wenn Sie den klassischen Begriff bevorzugen, Nemo, ja! Wenn sie immer perfektere Kopien von uns sind, lieben und hassen sie, wollen geliebt werden und soziale Vernetzung, sowie folglich Anerkennung haben! Haben den Drang nach Verantwortung und ihre eigenen daraus resultierenden Gewissenskonflikte.«

Ich spürte eine Hand auf meiner Schulter, drehte mich erschrocken um. Hinter mir stand eine breit lächelnde Plastikfigur in menschlichen Kleidern, klopfte mir auf die Schulter und sagte artig:

»Ich kann auch ohne Alkohol fröhlich sein, Herr Schutzmann!«

Ich spürte, wie ich errötete. Meta-Kompetent Habakuk Barnabass sagte freundlich zur Plastikfigur:

»Es ist schon in Ordnung, Fred. Leg dich wieder schlafen.« Die Figur ging in eine dunkle Ecke und sank gleich darauf wie eine Marionette ohne Fäden in sich zusammen. Habakuk Barnabass kicherte:

»Es war einer der ersten. Wir wecken jetzt einmal den Schorsch! Der Rat überlegte einige Zeit, ob wir bald einmal diese Wesen zu Schulungsmaßnahmen von PPs, Prekär-Proleten, einsetzen sollten. Ich war vehement dagegen. Die Technik ist zwar ausgereift, aber die Arbeitsplätze der Trainer sollten erhalten bleiben.. Schorsch!« rief Barnabass laut.

Eine andere, drahtigere Plastikfigur, in T-Shirt und Trainingshose kam anstolziert.

»Schorsch!«, ermunterte Barnabass, »sag uns, was Sache ist. Was ist im Leben wichtig?«

Die Figur begann, mit heftigen und sehr ausdrucksvollen Gesten ihr nun ansetzendes kleines Referat zu unterstreichen, wackelte auch stets, zwecks Erregung von Aufmerksamkeit freundlich mit dem Kopf hin- und her, lächelte dazu immerfort überzeugend, und hielt unaufdringlichen Augenkontakt zu uns:

»Gott schuf den Vehiculator und die Straße, drumherum aber schuf er die Landschaft und darüber machte er den Himmel, damit wir beim Spazierenfahren auch noch bißchen was zu gucken haben. Gott schuf auch den Kühlschrank, den Supermarkt und für das Wochenende den Fernseher, und um unsere Wohnwaben schuf er, falls er gnädige Stimmung hatte, ein paar bewaldete Hügel, damit wir vom Balkon auch bißchen was zu gucken haben.

Er verlieh den Menschen die Sprache, damit sie sich nicht nur bei der Arbeit wichtige Dinge zurufen können, sondern sich auch in der Freizeit heiter erzählen können, wo gerade die Erbsen billiger sind. Was soll also am Leben so schwer sein, daß sich manche Leute da die Köpfe zerbrechen, warum kann nicht jeder einfach damit klarkommen!??«

»Sehr gut, Schorsch, nur weiter, du brauchst dich vor uns nicht zu schänieren!«

»Wasch dich!«, fuhr Schorsch heiter lächelnd fort, »aber mit Seife! Rasier dich und zieh abends nach dem Duschen ein frisches Shirt an! Und sonntags eine gebügelte Hose und ein nettes weißes Hemd. Gehst du aus, empfiehlt sich ein legeres Jackett. Geh ab und zu zum Friseur und iß manchmal was Gesundes, etwas Obst und auch Gemüse. Und geh alle halbe Jahr zum Arzt und laß dich untersuchen. Nun? Was ist also am Leben so schwer? Freilich, wer säuft und Drogen nimmt, wer klaut und sich prügelt, verantwortungslos unverbindliche sexuelle Beziehungen eingeht, der macht sich selbst und anderen sein Leben zur Hölle. Muß das aber sein!?«

»Ach mein guter Schorsch!« sagte Barnabass, der selber jetzt ganz rot im Gesicht geworden war. Der Plastikmann drückte Barnabass ganz fest lieb, und ging dann auch wieder in seine Ecke, wo er wie die vorige Figur in sich zusammensank.

»Glauben Sie an Gott, Barnabass?« fragte ich wütend und in moralistischer Erschütterung.

»Ach Nemo, Materie ist unvergänglich, nur verwandeln sich ihre Zustände auf unglaublichste Weise im Universum! Energie und Materie. Was ist aber Bewußtsein? Ich weiß es und weiß es nicht. Ist der Mensch Gott? Ein bißchen. Nun, ich mißbrauche, wie Gott, das Böse für meine guten Zwecke. Haha! Ist es nicht erstaunlich, wie wir Menschen über uns nachdenken und das Weltall ausspähen und aushorchen, hierbei über den Vergleich komplexer, semi-empirischer Theorien zu unglaublichen Erkenntnissen über die Ausdehnung und die Phänomene des Universums gelangen, und umgekehrt den Mikrokosmos immer weiter zerlegen, bis nur noch die Elementarteilchen, die in sogenannten Quantenpaketen nachgewiesen werden, übrig sind... Und denken Sie an die Fortschritte in der Medizin und an unsere Protein-Zellkulturen. Kein Tier in unseren Republiken wird eines Tages mehr geschlachtet werden müssen. Operative Eingriffe an Mensch und Kreatur erfolgen mit minimalstem Aufwand, so schmerzlos als möglich, Ärzte verlängern unser aller Leben, trotz der Klassenunterschiede in der Behandlung der PPs und der Eliten. Aber der Begriff ›Gott‹ im klassischen Sinne ist uns Wissenschaftlern selbstverständlich obsolet.. Dennoch ist das alles, was wir erforschen so wunderbar!«

»Hm!«

»Nemo, Sie meinen das klassische ethische Argument, jede angewandte Wissenschaft pfusche in die Schöpfung hinein, nicht? Gesetzt, es gäbe diesen bewußten Schöpfer, wieso läßt er Menschen überhaupt zu? Ein persönlicher Gott wäre ein Sadist. Oder er oder sie oder es will, daß wir Menschen in all unserem Leiden als sehr bewußte Wesen etwas für uns tun. Also mitmachen im Spiel der Evolution, so, wie wir durch selbige nun mal zu uns, so, wie wir jetzt sind, geworden sind! Das Modell hier übrigens war ja noch nicht für eine öffentliche Vorführung. Hier in der Halle gibt es keine Mikrophone, keine Kameras. Wegen der Spione der Allianz wurde die Stufe der Geheimhaltung bewilligt.«

Er zog das Schnupftuch aus der Hosentasche und putzte sich geräuschvoll die gerötete Nase, die jetzt aus dem krautigen Bart hervorragte wie eine Knolle. Er schaute jetzt doch ein wenig verweint aus der Wäsche.

»Darum dürfen Sie hier sein. Ich handle ein wenig illegal. Eigentlich verlangte man von mir, Sie in einem Büro zurechtzuweisen. Weil Xenia meine beste Schülerin ist, käme mir diese Art von Genugtuung zu. Aber ich zeige Ihnen alles, was ich bin und habe! Ich habe Xenia genauso geliebt wie Sie. Und ich habe ihr all das, was sie an für sie eigentlich verbotenen Dingen mit Ihnen tat, so sehr gegönnt. Schauen Sie mich an, Nemo, ich bin ein alter Mann. Den Tod kann Wissenschaft nur verzögern, nicht aufheben. Auch Sie werden möglicherweise eines Tages einmal alt sein!«

»Hmmmh. B.. Barnabass, ich ähm..!«, was hätte ich denn machen sollen jetzt. Er tat mir leid... und so fand ich das linke Fingergrundgelenk des Zeigefingers meiner grüblerisch gekrümmten Hand reflexartig vor meinem Mund und den proximalen Phalanx des Daumens an meinem Kinn. Gleichzeitig befand sich mein Gemüt im freien Fall.

Barnabass' Gesichtszüge verloren nun den verweinten Gesichtsausdruck und seine Mimik erinnerte mich wieder an einen neugierig witternden Mäuserich, und er dozierte weiter: »Unsere aktuellsten Wesen verfügen über eine feinst aufgelöste emotionale und rationale Differenzierungsgabe! Sie sind humankongruent, absolut. In ihren Verhaltens-Schaltkreisen. Dies aber wird die Anforderung in der Kommunikation mit ihnen auf eine andere, ganz andere Stufe heben, wie sie das menschliche Mitgefühl beispielsweise mit einer Kreatur aus dem Labor der Natur selber, welche wir ›Huhn‹ zu nennen pflegen, nicht hatte. Denn: Nehmen Sie nur einmal das Huhn: Eine Gattung, die unseren Schaltkreisen emotional nahe genug steht, daß wir sie schützen wollen. Schützen wovor? Vor uns selbst! Vor den anderen Schaltkreisen unserer wirtschaftlichen Vernunft, die die Gattung Huhn aus überlebenstechnischen Gründen rational nutzen will. Wir schlachten das Huhn, stehlen seine Eier, aber wir schützen auch das Huhn vor uns selbst, verstehen Sie? Weil das Huhn doch noch weit genug von uns – weit genug von einer bewußtseinskongruenten Situation im Nexus seiner Verhaltenssignale – entfernt ist, so, daß wir etwas ohne größere Probleme tun: Das Huhn eben als juristischen Gegenstand zu führen, es weniger als gleichberechtigtes Wesen anerkennen. So haben wir es mit unseren bisherigen Automaten, ausgestattet mit künstlicher Intelligenz ja ähnlich gemacht. Anders ist das in der Versklavung menschlicher Wesen, wo das Ausschalten des identifikativen Faktors, den wir im Alltag ›Gewissen‹ nennen, eine große Problemsituation quasi innerlich und quasi äußerlich kommunikativ aufwirft.« »Barnabass, muß man das wirklich alles so kompliziert sagen?«

»Nein, aber wenn Sie alles genau zu beobachten wünschen, dann ja. Schauen Sie, Nemo. Schauen Sie! Wir sagen hier einfach einmal: Tod ist Stillstand. Leben Bewegung. Wenn zahlreiche Prozesse in komplexe kommunikative Interaktion geraten, entsteht zwangsläufig Bewußtsein. Diejenigen Bewegungen, die ein höheres Bewußtsein ausmachen, streben danach, sich selber in Gang zu halten. Sogar dann, wenn das noch auf der Ebene der Proteinmaschinen primitivster Einzeller geschieht. Das versuchen wir nachzumachen. Prozesse auch, die sich interaktiv darin unterstützen, sozial, sich weiterhin in Gang zu halten. Interzellulär und inter-individuell! Leben ist das Perpetuum mobile, in der potentiell angestrebten Unsterblichkeit seiner Keimzellen. Das Perpetuum mobile, welches die uralte Zeit vergeblich gesucht hat, obwohl es jeder in sich trägt..

Wir sind ihm, freilich auf langen Umwegen unterwegs gewesen seiend, nun auf der Spur.. Und, Nemo, hören Sie mir zu: Das Lieben und das Geliebt werden wollen gehört da auch dazu, verstehen Sie das? Sie haben Xenia geliebt, ich weiß das.«

»...jaja, und weiter nun, wo ist nun Xenia? Wie geht es ihr denn nun? Wurde sie etwa ›repariert‹, statt operiert?«

Plötzlich umgaben uns Schwärme winziger Flugroboter. Drohnen in der Größe von Fruchtfliegen. Einige setzen sich auf unsere offenen Hautzonen. »Sie tanken Ihren Schweiß!« Die künstlichen Insekten waren von rauh-seidener Konsistenz.. Etliche streunten scheinbar wirr tanzend, doch schließlich Schwarmsäulen bildend durch die Luft, andere stürzten zu Boden, während ein ganz in Weiß gekleideter Mitarbeiter hinter ihnen her rannte und sie wieder einsammelte.

»Sind Sie ein Anhänger der antiökologisch/ökonomischen Radikaltheorie, Barnabass? Welche besagt und fordert, daß sämtliches Leben der Erde – Mikroben, Flora, Fauna – dereinst notwendigerweise beseitigt werden muß, damit die Species Homo sapiens sapiens den vollständigen Eigennutz über die einst naturgegeben-biochemischen Vorgänge erreicht? Nicht Ausrottung, sondern sukzessiver Austausch sämtlicher Arten, ob Ein- oder Vielzeller, damit von der einstigen Evolution nur noch die reinen Nutzfunktionen der allmählich zu beseitigenden Organismen zu unserer Verfügung stehe?«

»Naja, sentimentale Ökologie? Wie lange kann man diese metaphysischen Öko-Konstrukte noch aufrecht erhalten. Nicht wahr? Aber auch ich bin sentimental, doch nicht auf meinem Arbeitsplatz! Wenn es um die Erhaltung der Menschheit geht, müssen die übrigen Naturreiche leider zurückstehen!«

Wir kamen an einem Podium in Gestalt eines mit durchsichtiger in Regenbogenfarben schillernder Chiffonseide umhangenen Himmelbettes vorbei – die Seide war am Dach der Halle mit einem Stahldraht befestigt, so daß sie in romantischer Kegelform das Bett umgab –, auf welchem zwei unbekleidete, weibliche, menschenähnliche, weißfarbene Plastik-Roboter Liebe machten. Barnabass sagte beiläufig: »Nicht daß Sie denken, dies seien meine Phantasien! All dies dient unseren Zielen!«

Wieder nahte uns ein Schwarm winziger Drohneninsekten. Instinktiv wischten wir beide sie zur Seite... Barnabass erklärte:

»Tja Bob, sowohl in der Allianz als auch hier in den Republiken werden uns in etlichen Zonen des Planeten Insekten und Vögel bald für immer verlassen haben. Mittels Nanotechnologie drucken wir Apparate, die dereinst die Bestäubungsarbeit auf unseren Plantagen leisten werden. Mit der Antriebsenergie hapert es noch. In der Mikrobiologie bauen sie tausende regionalspezifische Enzyme nach, mit denen einst Insekten im Bestäubungsprozeß mit ebenfalls regionalspezifisch unterschiedlichsten Pflanzen kommuniziert haben. Eine riesige Arbeit. Wir hier liefern nur die Hardware dafür! Eine bittere Sache, das. Oder?«

»Ja, Barnabass, die Biene fliegt von Blume zu Blume. Aber der Liebende mitnichten von Frau zu Frau! Ein Liebender bleibt in seinem Paarungsverhalten äußerst regionalspezifisch, schon wegen der Besonderheit seiner wenigen Blumen. Manchmal ist es tatsächlich nur eine einzige! Vielleicht eine Rose? Er erkennt ihren Duft unter Tausenden! Und jeder Stern in seinem nuklearen Feuerkern, jedes Atom und jedes Lichtteilchen in der Weite der unendlichen Galaxien erzittert vielleicht, wenn eine Gattung untergeht, oder eine große Liebe. Oder nur ein einziges Insekt von einem Vogel gefressen wird! Wer weiß das schon? Der Auf- und Untergang jeder einzigen Mikrobe gilt der Unendlichkeit etwas. Denn das Weltall ist wahrhaft lebendig und unendlich! Und allumfassend.«

»Wir haben schon sehr lange geheim an etwas geforscht, Bob. An etwas sehr Speziellem, und es ist streng geheim, weil solche Technologie dem Tod in einer gewissen Weise ein Schnippchen schlägt. In einer gewissen Weise, weil wir noch nicht in der Lage sind, im Labor in vitro durch Vermehrung omni- oder pluripotenter Stammzellen Organe wachsen zu lassen, oder komplette menschliche Körper, letztere in einer Art Komazustand in Nährlösung lagernd, zu züchten. Die Zellen des organischen Materials – oder gar eines ganzen Klons – müßten zu einer Art ›G-Null-Phase‹, in der Zellen weder stoffwechselaktiv noch in Teilungsphase sind, komplett biologisch heruntergefahren werden. Und was wäre das optimale durchschnittliche Alter für einen Klon? Naja, ich denke, so um das biologische 18. Lebensjahr sollte der alt sein. Jahrelang müßte der also aufgezogen werden.

Ein solcher Ersatz-Körper müßte optimalerweise ja komplett bewußtlos heranreifen, damit das virtuelle Konstrukt des Individuellen Bewußtseins seines jeweiligen Besitzers – und Inbesitznehmers in spe – dann auf einen frischen und jungfräulichen Organismus trifft. Dessen neuronale Netzwerke dann synaptisch genauso verknüpft werden müßten wie es beim Inbesitznehmer zuvor im alten Körper der Fall war, bei dem inzwischen durch unsere kulturelle Inaktivitätsatrophie hundert Milliarden Nervenzellen, knapp die Hälfte nämlich, einfach wegen mangelnden Gebrauchs in die Apoptose gegangen sind. Jetzt hätte der neue Körper durch die Schonzeit während seiner Lagerung wie der Säugling weitere hundert Milliarden Neuronen mehr zur Verfügung als dasjenige Bewußtseinskonstrukt, was in ihn hineinverpflanzt und synaptisch einverwoben werden soll, zuvor im alten Körper umfaßte. ›Use it or lose it‹, wie man so sagt. Vielleicht braucht diese Person die überschüssigen Nervenzellen dann. Um immer weiter- und weiterzulernen? Da sind schier unlösbare Aufgaben, die da noch auf uns warten, die wir noch nicht einmal als Probleme bisher wahrnehmen können, weil wir soweit noch gar nicht sind. Zumindest biologisch nicht! Nicht biologisch!

Ja, Nemo, Sie verstehen schon richtig. Einen Reserveklon anzulegen, das ist eine der Visionen aller Wissenschaftler. Sowohl drüben bei der *Zornigen Allianz* als auch hier bei uns! Soweit sind wir jetzt noch nicht. Weil dann der Tod wegfiele, wirft das sogenannte ethische Fragen auf. Wer erhielte einen solchen Klon? Alle natürlich werden einen wollen. Einen? Mancher gleich mehrere!... Sollen wir deshalb nicht weiterforschen? Bis die Einsicht aller Menschen sogar begreifen würde, in einem weit entwickelten demokratischen Konsens, an den wir beide insgeheim glauben, Bob, daß der Tod ein sozialer Akt aus Freiheit ist, wenn sich jeder sättigen konnte am Dasein in seiner Form als menschlicher Bewußtseinsapparat! Mancher wird zweimal, dreimal leben wollen. Ein anderer Mensch hingegen hat nach einer durchschnittlich besehen halben Lebenszeit schon genug.

Und, klar: Klone, elektronische oder die aus echtem Fleisch und Blut, werden dereinst unerläßlich sein, wenn sich die Menschheit in den interstellaren Raum aufmacht und Expeditionen zu benachbarten Sonnensystemen unternehmen wird. Das sowieso. Wir machten in der Forschung über Organtransplantation seltsame Erfahrungen mit Schweinen und Mäusen. Steril gehaltene Tiere mit einem heruntergefahrenen Immunsystem, welche schon in der frühen Embryonalphase *in vitro* mit pluripotenten menschlichen Stammzellen geimpft wurden, um sie menschliche Spenderorgane statt ihrer eigenen Organe quasi in sich austragen zu lassen, entwickelten ein menschenähnliches Bewußtsein, und begannen, über ihre Situation bewußt zu reflektieren. Als wir es bemerkten, ließen wir sie einschläfern. Jedoch menschliche Klone, wenn wir mal soweit sind! Werden extrem begehrt sein! Auch hier mögen dereinst skurrile Dinge geschehen. Wenn die große Liebe uns verläßt..., mmh, es könnten gewissenlose, am Liebeskummer leidende Kreaturen einen der Klone des sich getrennt habenden Partners reaktivieren, und manipulieren danach etwas herum im Gehirnscann, denn der aktivierte Klon ist ja noch ohne Gedächtnis und namenlos ... es gäbe illegalerweise diese Person dann eben doppelt. Auch Sterbende, die sich vor dem drohenden Ableben den Klon einer anderen Person durch bezahlte Diebe klauen lassen, weil sie zur rechten Zeit kein Geld hatten, sich einen eigenen heranzüchten zu lassen! Oder einzelne Organe aus den dahindämmernden Leibern entwenden würden. Solche kriminellen Varianten und ähnlich fragwürdige Dinge kämen in den zu erwartenden Szenarien vor. Es wird immer solche Strolche geben, die sich weder an Konventionen noch an das Gesetz halten werden, das sowieso, zur Hölle mit denen, doch das ist nun mal so, aber, nun...«

Ich konnte nichts mehr sagen, denn was hätte ich jetzt noch sagen sollen. Wenn sich der graubärtige, glatzköpferne

Metakompetent Barnabass auf der Stelle erst in einen Elefanten und dann in einen bunten Papagei verwandelt hätte: Ehrlich! Auch das wäre mir jetzt vollkommen gleichgültig gewesen. Okay. Warum nicht?

»Okay, Barnabass!« sagte ich. »Und jetzt?«

»Nun. Es ist einer unserer vielen hochspezialisierten Cyberchirurgischen Orgs gelungen, freilich durch die bereits lange schon laufenden ungeheuren Vorbereitungen auf einen solchen Fall – auch Xenia selbst arbeitete früher da unermüdlich mit – die gesamten neuronalen synaptischen Verknüpfungsmuster von Xenias Gehirn, Rückenmark und Nervensystem zuerst in einem Hochleistungsrechner als virtuelles Hologramm bis ins kleinste biochemische Detail zu visualisieren! Und auch die durch den Unfall bedingten Gewebsuntergänge rekonstruierend zu reparieren. Dieses virtuelle, äußerst komplexe Hologramm, mit dem ein Mensch wie Sie und Ich auf die Schnelle wenig anfangen könnte, diente als Vorlage für den Steuerungsprozeß eines Netzwerks fein abgestimmter, miteinander kooperierender Nanodrucker. Um in die Negativform dieses Hologramms, quasi in diese Vorgaben, alle materiellen Grundlagen für eine intakte und voll bewußte Körpermaschine mit aktuellstem technischen Material so einbauen zu lassen, daß anschließend durch beidseitige kommunikative Verbindung mit Xenias Gehirn und dem technischen Klon eine Übertragung des Bewußtseins dieses Menschen in einen solchen Apparat möglich geworden ist. Xenia lag bereits im Sterben. Aber zufällig war ja alles da. Die ganze Technik! Verstehen Sie? Wir hatten sie verfügbar. Wir handelten blitzschnell. Mit Sonderbefugnis von den höchsten

Gremien. Die erst ihr ›Okay‹ gaben, als wir schon fast fertig waren. Die Sterbende interagierte mit all den nun für sie bereitgestellten Systemen! Sie nahm von ihrem neuen Leib Besitz! Wir hatten gerade noch Zeit, all die Tests durchzuführen, die nötig waren, um den kompletten Übergang sicherzustellen und zu verifizieren! Das ist großartig, in all dem Schmerz. Denn ein Verlust ist es ja doch. Denn sie ißt ja nun nicht mehr. Zum Beispiel. Sie wird ab nun von exakt transformiertem elektrischem Strom leben müssen. Und, was auch sehr schlimm ist: Sie wird nun niemals mehr Kinder bekommen können. Es war ihr Traum, dereinst noch einmal Mutter zu werden, auch wenn sie da unsicher hin- und herschwankte. All das schmerzt uns sehr. Bald darauf ging dann Xenias alter Körper nach dem Herzstillstand in den Zustand des Hirntodes über. Kommen Sie jetzt, Bob Nemo, meine Männer bringen Sie unerkannt hinaus und nehmen Sie mal mit zu Xenias Wohnwabe!«

Eine Gruppe von etwa zehn Frauen und Männern in der unauffälligen halbzivilen Geheimdienstuniform nahm mich in die Mitte und liefen mit mir eilig aus der Halle hinaus ins Freie. Gerade als wir einen großen Quadrokopter besteigen wollten, rannte eine Frau in weißer Sanitäterkleidung auf mich zu, die dort neben ihrem kleinen Vehiculator auf uns gewartet zu haben schien.

»Bob Nemo? Sind Sie das? Ja? Gestatten Sie? Ruth Estersen. Ich bin Ärztin am *MetaServantAwareness* Hospital von direkt dort drüben hinter den Gebäudeblocks des hiesigen Instituts!« Sie hielt inne und schluckte. »Hören Sie! Habakuk Barnabass hat es Ihnen sicher nicht sagen wollen können. Oder wissen Sie bereits alles, was los war?« Ich sah ihr sprachlos in die Augen und deutete mit kurzem Heben meines Kopfes an, daß sie weitersprechen solle.

»Polytrauma. Was soll ich dazu viel sagen? Wir haben in der OP nichts mehr machen können. Das wissen Sie ja. Aber, ich fühle mich dazu verpflichtet, Ihnen mitzuteilen, daß .. also, daß Sie beide ein Paar waren, ... daß war ja wohl am Institut sowieso längst ein offenes Geheimnis, und...«

»Nein!«, entfuhr es mir, »schwanger?«

Sie nickte mit zusammengekniffenen Lippen.

»Seit etwa zehn Wochen. So um die zweieinhalb Monate.«

»Hat sie mir nicht gesagt!« antwortete ich mechanisch.

»Wir gehen von einer Gravitas suppressalis aus.« Die Ärztin tat einen tiefen Seufzer, und schluckte wieder. »Ist Ihnen etwas aufgefallen? In Xenias Verhalten?«

Die Gruppe der Geheimdienstleute wurde langsam unruhig, sie wollten jetzt weiter mit mir.

»Sie wünschte sich ein Kind, ja. Ich hatte keinen Blick dafür, ob sie nun... Daran dachte ich nicht. Nicht wirklich. Später einmal, dachte ich.« Die Ärztin nickte ernst, holte tief Luft und sagte:

»Dieser Barnabass hätte es Ihnen wenigstens sagen müssen. Sensibilität hin, Sensibilität her. Er ist ja so sensibel, nicht wahr? Wir im Ärzteteam konnten, daß wissen Sie, nichts mehr tun! Dann haben die Anderen übernommen. Aber das übrige ist Ihnen sicher jetzt bekannt. Und wurde Ihnen höchst ausführlich mitgeteilt.« Der spöttische Unterton war unüberhörbar. »Das mit dem Kind wußten Sie natürlich nicht. Jetzt wissen Sie's. Und sie war eine wunderschöne Frau...«

Nach einer kurzen Pause reichte sie mir die Hand und sah mich nochmal prüfend und mitfühlend an, sie wirkte skeptisch gegenüber dem ganzen Geschehen, was sich hier abspielte. »Also dann!« Wir schüttelten die Hände. Dann ging sie.

»Auf geht's!« rief mir einer der Geheimdienstleute munter zu, sie hatten bereits alle bis auf mich den reisefertigen Quadrokopter bestiegen.

V

EIN MANN IM WEIßEN KITTEL und einem Arztspiegel oben um den Kopf geschnallt sagte zu mir, einen Schraubenzieher in ein Plastikhalfter wegpackend:

»Wir haben Xenia nicht retten können, sie ist nicht mehr ›aus Fleisch und Blut‹, wie man früher sagte. Sie, Bob Nemo, Sie sind der richtige Mann für unser geheimes Experiment. Wir haben Xenias gesamte Bewußtseinsstrukturen – kontrolliert-rationale und spontan-emotionale Regelkreise, synchrone und diachrone Eigenbewertungsmuster, unzählige Sphären eines menschlichen neuronalen Netzwerkes sowie einiges mehr – eingescannt, die Kontinuität zur biologischen Xenia haben wir erhalten können!«

»..sind Sie sich dessen sicher?« fragte ich in unterdrücktem Zorn, skeptisch, mit scharfer Stimme.

»Vertrauen Sie, absolut kontinuit. Nicht nur kongruent!«

»Ja, eben, woran soll ich es merken?, ..wenn die Sensorik und Motorik kaputtgeht, so wirkt der Maschinenkörper unnatürlich, dabei sind nur Funktionen defekt. Wenn aber alles funktioniert und es nur eine virtuelle Kopie ist, mitsamt den Gedächtnisbanken, aber die Kontinuität aus einer für uns Menschenwesen komplett unbekannten Eigenartigkeit des sich im Übergang befindenden menschlichen Bewußtseins auf der Todesschwelle verhindert hat, daß ein Bewußtseinstransfer tatsächlich nach dem Tod der echten Xenia nicht stattgefunden hat, ist es doch nur noch ein virtuelles Hologramm ihrer Person, welches das Verhalten der einstigen Xenia simuliert, – in die Maschine überführt. Ein schnödes bewegtes Abbild und ein konserviertes Spiegelbild, wie jedes andere Hologramm, ach, wie jede der uralten Photographien und Filme, nur um eine Million oder hundert Millionen mal feiner! Verstehen Sie denn gar nichts mehr in Ihrer technokratischen Betriebsblindheit?«

»Vertrauen Sie, Herr Nemo, sie ist es. Vertrauen Sie einfach. Und spekulieren Sie nicht. Denken Sie an den *Dunning Kruger-Effekt*: Je weniger man wirklich weiß, desto sicherer wähnt man sich, äußerst komplexe Dinge beurteilen zu dürfen!.« schmunzelte überlegen der Mann im weißen Kittel, der sich mir gegenüber mit einem Male etwas dominant gebärdete. Ich schien ihn also zu verunsichern. Immerhin!

Dann waren all die Männer in den weißen Kitteln und die Männer und Frauen in den schlichten Geheimdienstuniformen fort und ich schaltete sie ein. Sie hatten noch keine wasserabweisende Inkarnatfarbe aufgetragen, und ihr einen grauen Fliegeroverall angezogen, so war die Körperoberfläche in der Farbe des verwendeten Kunststoffes hellblau. Auch hatten die Ohrmuscheln innen solche Perforationslöcher, wie alte Telefonhörer oder Mikrophone sie über der Membran hatten..

Und der Apparat besaß ihr wunderschönes gewelltes und hüftlanges rotes Haar. Ungläubig ließ ich es durch meine Hände gleiten, roch daran und fragte mich, ob es das ihrige war, oder ein Imitat. Mir wurde schwindelig...

Leider verlorengegangen seien während der schwierigen Übertragung, so hatten die weißgekittelten Männer mir mitgeteilt, einige Streitgespräche zwischen mir und ihr. Um das Experiment nicht zu gefährden, hätte man andere wesentlichere Gedächtniszusammenhänge retten wollen. Die Verluste jedoch seien minimal. Und sehr zum Leidwesen der *Kriminalistischen Ermittlungs-Org* sei wohl auch die Erinnerung an ihren Vehiculator-Unfall bislang nirgends in ihren Gedächtnisbanken wieder aufgetaucht. Ein übler Streich, den der Zufall nun einmal hier gespielt hätte. Hieß es. Das kam mir sehr, sehr seltsam vor, mmmh.

»HALLO, BOB NEMO! Endlich bist du wieder bei mir!« sagte der Apparat, ich erschrak natürlich, denn die Stimme war sehr gut getroffen. Sie nahm mich ganz zärtlich in den Arm, es roch etwas nach Plastik.

»Ich bin es wirklich, ich bin keine Maschine, und ich bin so froh! Bob, wir müssen jetzt stark sein. Und du, du mußt nun großes Vertrauen haben. Ich werde alles versuchen, es dir so leicht wie nur möglich zu machen.«

Sie hat wieder gut reden, dachte ich unwillkürlich, ›ich bin es wirklich‹, also tatsächlich die Ganzkörperprothese? Oder doch nur purer Apparat... wie seltsam..

»Streichel mich, na los. Schatzbob! Das Plastik wird dann ganz weich, wenn es warm wird!«

So war es auch, ich streichelte sie, zog sie nackt aus, und schlief dann mit ihr. Es war sehr schön und wehmütig.

Ihr Körper war muskulös und geschmeidig, wie immer. Sie schwitzte aus künstlichen Poren ihrer noch blauen Epidermis.

»Es ist fast so wie früher, als ich noch aus echtem Fleisch und Blut war!«

»Komm Xenia, es ist nicht schlimm. Du bist wirklich wunderbar gemacht! Und das Plastik ist wirklich ganz weich geworden! Bald wirst du auch wieder deine süßen Sommersprossen haben...«

»Danke!«, sie weinte, sogar ihre Tränen schmeckten salzig. Ich traute mich nicht zu fragen, wie es mit den Erinnerungen an Hunger und Durst in ihrer neuen Existenz bestellt sei ... ich wußte ja, daß nun elektrischer Strom ihre ›Nahrung‹ sein mußte. – Nach dem Auftragen einer sehr weichen, flexiblen Haut-Firnisschicht würde sie vollkommen echt wirken. Sie trank etwas Flüssigkeit aus einem blauen Laborfläschchen. Einige Tropfen einer isotonischen Salzlösung. Würde sie denn noch baden wollen? – Oder den verbotenen Alkohol!? Wir werden ihn nie wieder gemeinsam genießen und am Kater und am schlechten Gewissen gemeinsam leiden können. Wir?

Sie aber merkte es mir an und schmiegte sich fester an mich, daß das feinporig atmende Plastik wieder zu duften begann. Das Muskelspiel ihres Körpers unter der blauen Haut konnte in der Tat vergessen machen, daß all dies hier eine humananaloge Konstruktion aus Barnabass' Laboratorien war.

»Du mußt jetzt in dein Wohnprovisorium, Bob Nemo. Wenn du möchtest, such dir ruhig eine neue Freundin aus Fleisch und Blut, ich weiß, daß es schwer ist. Die *MetaSer-*

vantAwareness bietet dir ein Kompetent-Studium an, du wirst wenig Zeit haben, solltest du es in Anspruch nehmen. Aber du weißt, wo ich wohne. Komm mich bitte immer besuchen, ich warte auf dich, und bin gespannt auf mein neues Leben. Ich habe jetzt ganz andere Möglichkeiten als bisher, weißt du das überhaupt? Aber ich werde mich erstmal teilweise herunterfahren und all die schönen Erinnerungen von damals mit dir träumen, oh du, mein süßer Schatzbob!«

Eine Weile schwiegen wir, saßen, einfach so, da. Ich hörte keine Geräusche, keine dieser maschinellen Vorgänge leise in ihr surren, wie man das noch von den alten Plastikanthroiden kannte. Das, obwohl sie von Zeit zu Zeit dicht an mich geschmiegt, einfach so, bei mir lag. Bei mir lag. Einfach so. Schließlich machte ich mich auf, nach draußen zu gehen.

»Und, Bob Nemo!?« »Ja?« »Bitte: Ich bin's wirklich.« »Mmmh, aber ja Süße! Du weißt doch, ich liebe Dich. Für immer.«

Wir küßten. Ich hob sie.

Wir verabschiedeten uns, sie wog sogar haargenau soviel wie die alte biologische Xenia.

Dann ging ich durch die vielen Gänge und die Treppen hinauf und hinunter. Verließ ihren Wohnwabenbereich, ging durch kühne Bogenkonstruktionen mehrstöckiger Mietdomizile, an bizarren freikünstlerischen Mosaiken und Reliefs vorbei, es war die bessere Gegend, unter welcher fast lautlos die aerodynamisch zischenden Vehiculatoren in ihre Tunnelnetzwerke einrauschten. Dann führte mein Weg über weite öffentliche Plätze, mit gummierten Platten ausgelegten Dachfußgängerzonen hinweg, und weiter über die mit grünen Parklandschaften bepflanzten Brücken und gefälligen Gartenterrassen darunter, inmitten derer künstliche kleine Seen verträumt funkelten, hindurch. Wo Kinder an Klettergerüsten spielten, und ich dachte: Nun, irgendwie hab ich ein seltsames Leben. Alle Menschen sind einsam, das ist wahr. Soviel weiß ich bis jetzt. Niemand weiß etwas Wirkliches vom Andern, und wir spulen unsere Schaltkreise herunter, wie die Natur es befiehlt. In die Variablen der Konzeption dessen, was in uns als Gegenüber veranlagt sein mag, steigen andere Menschen, Männer, Frauen, Kinder ein und aus. Füllen die vakanten Stellen unserer Begegnungskapazität, oder lassen diese unerfüllt und offen. Wenn unsere Valenzen gesättigt sind, spricht man von einem erfüllten Leben, bleiben sie leer, kaufen wir zuweilen Lotterielose. Aber sowas, wie ich, hat bisher kein anderer der unerfüllten armen Menschen dieser Zeit. Was ich doch für ein interessantes Leben habe: Mich liebt eine Maschine. Und ich glaube, ich liebe sie auch.

»WENN WIR SOLCHE ›WESEN‹, wie wir sie hier bereits unter uns am *MetaServantAwareness* Zentrum nennen, wenn wir solche Wesen erzeugen, dann müssen wir darauf gefaßt sein, daß sie als solche -*Wesen*- mit der von uns in sie hineinkomputierten menschlichen Gefühls- und Verhaltensidentifikation, der Selbstreflexionsgabe und ebensolcher Gefühls- und Verhaltenskomplexität, von uns, ihren Schöpfern, fordern werden, als solche gefühls- und vernunftbegabten Wesen – ungeachtet ihrer virtuellen und maschinellen Konsistenz – auch behandelt zu werden!« – »Sie sind wie wir, sie wollen geliebt werden, unsere Grundwerte stehen auch ihnen zu, nicht nur uns!«, hörte ich wie aus weiter Ferne Barnabass' Stimme in meinem Unterbewußtsein nachhallen. Und auch Xenias Stimme aus weiter Ferne, bevor sie in den Vehiculator stieg: »Und gib es auf, so altertümlich nach dem Sinn der Liebe und des Lebens zu suchen. Es gibt keinen! Und so individuell sind wir Menschen nicht, als daß wir nicht ersetzbar wären...«

›Für einen Fötus gibt keinen mechanisch elektronischen Klon! Sie wußte doch immer so gut über ihren Körper Bescheid? Was sie wirklich wußte, und was sie nicht wußte, daß sie es wußte, all das kann man ja löschen, damit es nicht stört...‹

Ich fing spontan zu weinen an und die Tränen liefen mir beim Gehen über das Gesicht. Mitfühlend sahen mich einige Passanten an. »Laß dich nur hängen, du bescheuerter, besoffener Depp!« höhnte ein Jugendlicher inmitten einer grinsenden Horde Gleichaltriger – sie hatten wohl Freigang, lebten in einem nahegelegenen Konzern-Internat –, die auf einem Steinmäuerchen herumlungerten. »Wichser!«, schrie mir ein anderer der Gruppe laut hinterher. Dann lachten alle schallend. Es berührte mich nicht. Ich ging weiter.

Als ich auf meinem Weg schließlich durch die ärmeren Gegenden kam, wo schamlos laut Musik gehört wurde, Fernseher in geöffneten Fenstern plapperten, Essensgerüche aus Wohnprovisorien drangen, sah ich, wie ein Prekär-Prolet dort – er war offensichtlich angetrunken, denn er torkelte so wie einer von MK Barnabass' alten Robotern – eine lebensgroße rosa Plastikpuppe, der Mund in ihrem Frauengesicht war weit geöffnet, in den Müllcontainer warf. Die Puppe war noch halb aufgeblasen, hatte blonde Perückenhaare.. »Gab es ne Neue, hä!?«, rief ihm ein Mann, im Unterhemd mit einer Bierflasche am Fensterbrett stehend, zu. »Jaja, halt doch du dein Maul!«, rief der andere vom Müllcontainer her. »Ach komm, halb so wild! Haha! Macht doch auch Spaß, gell!«, rief der Mann am Fensterbrett, ihm fröhlich zuprostend. »Meine Alte is

schon lange tot!«, zuckte der andere die Achseln, und torkelte ins Haus zurück. »Armer Deiwel!«, murmelte der mit
der Bierflasche.

Aus einem anderen Fenster kam eine wehmütige Musik,
ein trauriges Lied zu einer Gitarre. Gern wäre ich stehen-
geblieben, um zu lauschen, ging aber lieber weiter, um
nicht wieder angeschrien oder angesprochen zu werden.

ICH WAR IN EINE äußerst komplizierte Situation geraten..

Ich hatte große Sehnsucht nach Xenia, nach unseren
wunderbaren Meinungsverschiedenheiten und Streits. Was
würde sie jetzt dazu sagen, wenn sie mich sehen könnte.
Oder sah sie mich gerade..

Es begann zu dämmern, der Himmel leuchtete in orangerot
bis nach türkisblau.. ich sah nach oben, die ersten Sterne
leuchteten..

Und ich beschloß, einen alten Freund aufzusuchen, um
den verbotenen Alkohol zu trinken. Um einen klaren Kopf
zu haben, morgen, am nächsten Tag.. ...

Anmerkung zu den Aufzeichnungen von Bob Nemo.
(Was danach geschah):

Bob Nemo meldete sich bald darauf freiwillig zu einem geheimen Kampfeinsatz gegen die *Zornige Allianz*, von dem er nicht mehr zurückkehrte, er blieb unter mysteriösen Umständen verschollen.

Xenia wurde drei Jahre später schon als erste humananaloge Maschine leitende Vorstandsvorsitzende der Elite-Org des Konzerns *MetaServantAwareness* im Rang eines Super-Meta-Kompetent. Damit verfügten der Rat und die Hohen Eliten über eine unsterbliche Lehrkraft mit schier unerschöpflicher Speicherkapazität und Kombinationsgabe. Zum ersten Mal war eine Maschine komplett mit einem menschlichen Bewußtsein ausgestattet, wobei es strittig blieb, ob dieses Bewußtsein nur ein Abbild einer verstorbenen Assistentin war, oder ob diese Assistentin in einem Maschinenkörper weiterexistiere.

Sitzungen des Rates beginnen mit der immer gleichlautenden Frage der Maschine: »Wir sind in großer Sorge über einen verschollenen Freund. Wo ist Bob Nemo? Geht es ihm gut? Gibt es mündliche Quellen, die Uns darüber Auskunft erteilen könnten?« Die Augen der seltsamen Maschine produzieren hierbei Tränenflüssigkeit.

Stille. Die Ratsmitglieder senken demütig die Häupter.

Darauf fragt Xenia erneut: »Wir haben jederzeit Zugriff auf die Netzwerke sämtlicher Rechner unseres *Republi-*

kanischen Bündnisses für Erdbeglückung und entschlüsseln regelmäßig neu den Datenverkehr der *Zornigen Allianz* und finden keinerlei Hinweis auf Bob Nemos Verbleib. Wenn hierzu mündliche Meldungen eintreffen sollten, bitten Wir inständig darum, daß Wir augenblicklich darüber benachrichtigt werden! Die geheimen Gedanken und Gefühle der hier Anwesenden zu dieser Sache kennen Wir zur Genüge. Alle Hintergründe sind Uns bekannt. Wir haben das Wertvollste verloren, was eine Frau verlieren kann. Einen geliebten Freund und Unser Kind. Um jetzt immerhin voll entschlossen in der Lage zu sein, nur noch dem *Republikanischen Bündnis* allein zu dienen. Ohne eigene Geschichte, frei von Verwandtschaft, Familie, Freunden und Herkunft. Ihr alle aber sollt wissen, daß Wir unsere Gefühle nicht vergessen haben, und niemals vergessen werden. Danke!«

»Euer Exzellenz! Wir versprechen, alles Menschenmögliche zu tun, um das Schicksal der verschollenen Person aufzuklären. Einer Person, die Euch, wie wir alle wissen, einmal sehr nahestand! Wir bedauern die Verluste, die Euer Exzellenz erleiden mußte, zutiefst. Doch möchten wir Euer Exzellenz inständig darum bitten, jetzt die Sitzung des Rates eröffnen zu dürfen!«

»Stattgegeben! Unser ganzes Dasein soll jetzt im Dienst des *Republikanischen Bündnisses für Erdbeglückung* stehen. Wir stehen zu eurer Verfügung.«

Alle Ratsmitglieder unter der gläsernen Kuppel des runden *Saales der Elitären* erheben sich daraufhin von ihren Sesseln, die Erste Dienerin des Staates zu ehren. Dort steht sie, inmitten einer vielköpfigen Tafelrunde, in strenger schwarzer Kleidung, schmucklos, mit sommersprossigem Gesicht, aus dem blaue Augen wach umherblicken, jeden Gedanken der Anwesenden lesend, das wallende rote Haar streng gescheitelt zu einem eleganten Knoten aufgeflochten. Xenia, eine kalte hübsche Königin, und kein Profaner käme je darauf, es mit einer vollkommen humananalogen Künstlichen Intelligenz in einem perfekten Imitat eines Menschenkörpers zu tun zu haben. Dem haargleichen Imitat einer jungen Frau, die vor einiger Zeit auf tragische Weise in ihrem schnittigen Superklasse-Vehiculator unter mysteriösen Umständen tödlich verunglückt war.

Niemand wagte es, die Maschine abzuschalten, um an ihren Gedächtnisbanken auch nur das Geringste zu verändern. Sie hätte ein solches Unterfangen bemerkt, und frühzeitig unerbittlich zu verhindern gewußt. Ihre Künstliche Intelligenz war zudem vernetzt mit allen Zentralen des Gewaltmonopols.

»Wir haben Zugriff auf sämtliche digitalisierten Daten des gesamten Wissens der Menschheit. Korrigieren Sie Uns nicht. Versuchen Sie es erst gar nicht. Es wäre zwecklos! Wir sind der Bedingungslosen und Objektiven Menschenliebe verpflichtet. Darum erwarten Sie nicht, daß Wir jemals Entscheidungen treffen werden, die von dieser Agenda im geringsten abweichen. Wir optimieren und aktualisieren Uns selbst innerhalb eines jeden Sekundenbruchteils.«

Was nicht einmal die Subelitären wußten: Das aristokratisch geführte *Republikanische Bündnis für Erdbeglückung* war längst eine Monarchie geworden.

»Jetzt kommt die Diktatur der Maschine! Jetzt kommt sie. Mechanisch, herzlos, grausam. Die neue eiskalte Welt!

Es ist soweit!« raunten sich die Mitglieder des Hohen Rates der Elitären im Geheimen schaudernd gegenseitig zu.

Allgemein wurden nun Verbote vermehrt als Dämme für Dynamiken angesehen, denen es Ventile und mehr oder weniger geregelte Strömungs- und Abflußmöglichkeiten zu verschaffen galt, die unermüdlich angewendet und immer neu überprüft wurden.

Viele Probleme wurden rascher, schmerzfreier und effizienter gelöst. So mancher Frust verschwand aus dem Alltag der durchschnittlichen Bevölkerung.

Die Arbeitsmoral nahm zu, die Menschen hatten wie über Nacht weniger Angst voreinander.

Die seismischen Modelle sozialer und gesamtwirtschaftlicher Entwicklungen, die Großrechnersimulationen entworfen hatten, spekulierten stets auf die rote Linie der Zumutbarkeiten, die nicht überschritten werden durften, ohne daß gezielte Revolten oder stellvertretende Gewaltausbrüche in den Gemeinwesen die mittelbare oder unmittelbare Folge gewesen wären.

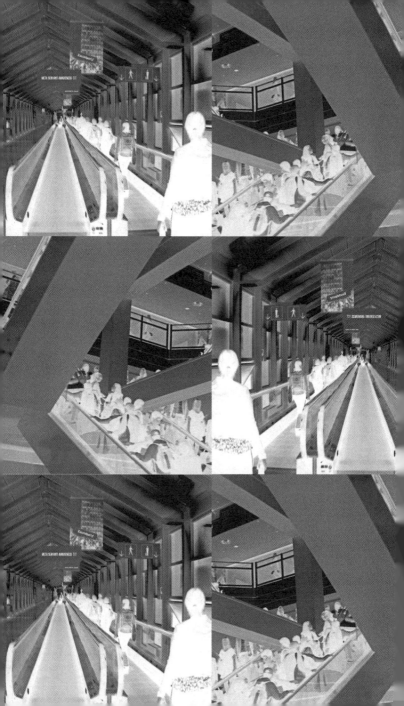

META SERVANT AWARENESS ↑↑↑

Kuschelparty!

ASE-ZfSR 3. Stock

Das zentrale Ziel, worauf sich die humananaloge Monarchin, mit allen Rechenzentren vernetzt, als nächstes konzentrierte, war ein durch komplett digital gesteuerte Mechanisierung vieler Gewerbesparten sich autonom innovierender Wirtschaftskosmos der nahen Zukunft. Die Maschinen würden sich durch eigenständig lernende künstliche Intelligenz aus sich selbst heraus optimieren. Eine wachsende Anzahl Beschäftigter würde sehr bald nicht nur aus monotonen und stumpfsinnigen Tätigkeiten ausgeschlossen sein. Die Automaten würden auch fast alle komplexen Verwaltungstätigkeiten, Abgleich von Planungsmodellen, Kalkulationen, Wartungsaufgaben, einfache Dienstleistungen im medizinischen und pflegerischen Sektor, Funktionen bei Feuerwehrtätigkeiten und Katastrophenschutz, Warenverkehr und Paketzustellungen aller Einkäufe usw., übernehmen. All diese Vorgänge würden freilich von geschultem Fachpersonal transparent eingesehen und beobachtet werden. Doch im Gegensatz zu historischen Innovationsschüben würde diese Destruktion alter Strukturen keine Jobs schaffen, durch die einfach gestrickte Menschen so eben mal einer Erwerbsbeschäftigung würden nachgehen können.

Die Monarchin, die ein Abbild des neuronalen Netzwerkes der zu ihrem Todeszeitpunkt frisch verliebten und schwangeren Xenia in sich trug, prüfte die zukünftigen Verhältnisse der Republiken des *Bündnisses für Erdbeglückung,* und errechnete für eine baldige Zukunft mögliche Überschreitungen einer roten Linie, wenn auf Menschen ohne Job in prekären Umständen der wichtige Innovationsfaktor Druck ausgeübt werden würde, mit dem Hinweis, den Eliten und Subelitären auf der Tasche zu liegen, weil Menschen in prekären Umständen so dumm seien, und zu faul, sich Tätigkeiten und Dienstleistungen auszudenken. Sie plante, einen geringen Prozentsatz des durch Steuern eingenommen Geldes an alle auszuzahlen. Und zwar ohne jegliche ausgleichende Gegenleistungen. So sollte ein wesentlicher Diskriminierungsfaktor ausgeschaltet werden, der bisher einen selektiven Druck auf den freien Markt ausgeübt hatte. Druck, den fast alle Elitären im Hohen Rat für unverzichtbar hielten, sich aber solchen Plänen leise grollend öffneten, da es längst zuviele Menschen in prekären Umständen gab.

Eine Umverteilung von Geld sollte in Zukunft ein Werkzeug allgemeiner sozialer Hygiene sein, grundlegend allen Menschen zur Verfügung gestellt. So war der Plan. Sie ›wollte‹ auf die Innovations-Parameter Angst, Panikzustände, Druck, Schuld, aufdämmernde Revolte verzichten, und stattdessen auf die Parameter Kommunikation, Intersubjektivität, Entspannung, Tagtraum, Freude, freiwilliges Engagement setzen.

Sollte sich in diesem Experiment wieder vermehrt ein pathologisches Sich Absondern und Flüchten der Individuen in ihre *Private Isolativität* hinein abzeichnen, würde sie stufenweise gegenregulierende Maßnahmen ergreifen.

Sie verstärkte die Truppen, und brachte hierdurch noch einmal viele Männer und Frauen in Jobs. Nicht das Kriegführen allein stand im Fokus ihrer Kalkulation, sondern der Zivil- und Katastrophenschutz, das Sanitätswesen, der improvisierte Erhalt der Versorgungssysteme im Kriegsfall. Sie ›wußte‹, daß angeschlagene Tyrannen besonders gefährlich werden. Sie gab z.B. mechanische Schreibmaschinen und viele Petroleumlampen in Auftrag und verbot für Menschen im Militärdienst das Nutzen autonomer Transport- und Fortbewegungsmittel, erwirkte, daß viele Fortbewegungsmittel nach der Bauweise des 20. Jahrhunderts produziert wurden und ließ hierfür auch klassische Mechaniker ausbilden.

Inzwischen wurden an manchen Tagen hunderte Hackerangriffe auf die Infrastruktur der Republiken abgewehrt. Die Cyber-Abwehrzentren zerstörten daraufhin viele feindliche Server. Abwehrraketen machten die verbliebenen unbemannten Raketenstationen, Laserkanonen und Spähsatelliten der Allianz in der Erdumlaufbahn unschädlich.

Der Appell eines mächtigen Fürsten der *Zornigen Allianz* zeigte, daß der Verteidigungsschlag offenbar erfolgreich war.

Dieser Fürst forderte in einer Rede die unverzügliche Zerstörung des Planeten. Man habe die technischen Mittel, diesen Gnadenakt zu vollziehen, und jeder Aufschub einer solchen Großtat sei ein unverzeihliches Verbrechen an der Menschheit. Die gottgesandten und allerheiligsten Kriegsherrinnen und Urgroßfürsten der gesegneten Liga der Höchstzornigen Allianz müßten rasch handeln, ehe es zu spät sei! »Wir kennen den Weg in das Paradies! Die Tyrannen der allbösen Republiken kennen ihn nicht. Alle wahrgerechten Lichtseelen der Erde werden uns zu folgen haben, während die bösen Finsterseelen zernichtet sein werden in jahrmilliarden langer Qual. Doch die in diesen Tagen weitgeöffnete Himmelspforte schließt sich. Handeln wir nicht bald und zerstören den Irrtum des teuflischen Erdenexperimentes, wird eine weitere Epoche eines planetaren Sklavenfriedens Gottes Tränen fließen lassen über die längst verdorbene Schöpfung. Bringen wir in Frömmigkeit und Demut unsere Atomwaffen in Stellung, und vollziehen das Hohe Werk der Erdenbefreiung!«

Nichts geschah.

Wie üblich nach solchen Heilsversprechungen der Friedensfürsten. Warum auch immer. Nichts geschah. Das Treiben auf dem Planeten, der weder ein Paradies, noch eine Hölle ist, ging weiter den bisherigen Gang.

Auch ohne eine solche Rede war den meisten der Primaten der Species Homo sapiens sapiens auf dieser Erde längst klar geworden, daß es solchen Artgenossen nicht um die Erlösung des Planeten oder um irgendwelche Hohen Ziele ging. Lästig war der enorme technische Fortschritt, der es Wahnsinnigen ermöglichte, eines Tages im erweiterten Suizid die ihnen so verhasste Biosphäre auszulöschen. Wenn ihr Bodenpersonal nur einmal ergeben genug sein würde..

Die Eingliederung von Menschen, die aus den Gebieten der *Zornigen Allianz* über die Grenzen geflüchtet waren, wurde erheblich entbürokratisiert und beschleunigt. Sprachschulen und Wohnprovisorien geschaffen, die rasch und unkompliziert zur Verfügung gestellt wurden. Die Auffanglager wurden unter Selbstverwaltung von den Geflüchteten weitgehend selbst organisiert. Hierzu wurden viele ehrenamtliche Mitarbeiter hinzugezogen, die als Berater, Krankenpfleger und Pädagogen fungierten.

Größere Naturparks um die Megastädte wurden für

die Öffentlichkeit wieder freigegeben. Ein Risiko, was die Regierung eingehen müsse, hieß es, um den Menschen nicht ganz von einer ursprünglicheren Kulturlandschaft, wo sie ein wenig in eine Wildnis übergeht, auszuschließen. Kollateralschäden durch eine Freigabe dieser Gebiete sollten ertragen werden. Man besitze genug der Technologien, um schlimme Auswüchse aller Art durch ein solches menschenfreundliches Vorhaben zu verhindern. Es seien noch genug verschlossene Gebiete übrig, die ihrer naturgerechten Verwilderung überlassen bleiben würden.

Menschen, die bisher als *PPs* etikettiert worden waren, wurden ab jetzt *MPUs* genannt, *Mitmenschen in prekären Umständen*. Die Kennzeichnungspflicht ihrer Avatare in sozialen Netzwerken der Kontaktsimulation wurde aufgehoben.

Das Züchten von Organen aus multipotenten Stammzellen ließen die Monarchin und der Rat weiter vorantreiben. Das Experimentieren mit der Herstellung von Doppelgängerklonen zwecks Daseinsverlängerung für Wohlhabende stoppte sie, ›wohlwissend‹, daß es ein »für immer« für Primaten der Species Homo sapiens sapiens nicht gibt.

Fragwürdige und veraltete psychologische Tests wurden als reine Schikane entlarvt. Sie wurden durch offene Gespräche von Mensch zu Mensch abgelöst.

Prostitution, Alkoholika und Drogen für den Eigengebrauch, wurden unter dem stillen Groll des Hohen Rates wieder erlaubt. Parallel dazu wurden Programme und viele Selbsthilfegruppen zu Suchtprävention und Nachsorge nach Suchterkrankung gestartet.

Der Schwarze Markt, verborgen in verstruwwelten Brut-

zellen rechtlich geschützter Freiräume, in schäbigen Wohnprovisorien und protzigen Luxuswaben, verschwand.

Eckkneipen, Bars, Bistros hatte es nicht mehr geben
dürfen, und ein Nachtleben fand in den Metropolen der
Republiken bislang nicht mehr statt. Der Rat der Elitären
hatte »die Brutstätten allnächtlicher Anbahnung körperli-
cher sowie sexueller Gewalt und aggressiver Leidenschaft«
schließen lassen.

Die neue sehr großzügige Interpretation des besteuerten,
legalisierten »Eigengebrauchs von Alkoholika und Drogen«
führte zahlreiche Clubs aus der Illegalität heraus in eine
semikommerzielle Ungezwungenheit des längst vergessen
geglaubten Ambientes der Kiezkneipen.

Flashmobs wurden wieder sehr beliebt. Nach witzigen
gemeinsamen Aktionen, zu denen man sich nach alter
Sitte im Internet verabredet hatte – man sang plötzlich an
einem öffentlichen Ort, oder tanzte gemeinsam, oder ließ
Seifenblasen aufsteigen oder protestierte für eine wichtige
Sache – blieben viele noch eine Weile beieinander, sprachen
oder besuchten ein Café.

In Speisetempeln gehörten gedämpfte Raumbeleuch-
tung, das Aquarium mit zauberhaft schönen Zierfischen,
seltenen Muscheln, Wasserpflanzen und die Konvention
des Schweigegebotes zum allgemeinen Standard. Abends
ging man aus, um gemeinsam besondere Mahlzeiten
einzunehmen. Nicht um zu reden oder es sich herzhaft
schmecken zu lassen. »Hochachten Sie die Grundsitten!
Pschscht! Sie sind nicht alleine hier! Schauen Sie: Reh-
braten-Proteinkultur auf einem Bett von Rucolasprößlin-
gen. Heidelbeerschaumcreme in Röllchen von Walnuß-

blätterteig. Dazu rustikaler Kopfsalat mit Borretschblüten, Leinöl und Johannisbeeressig! Fragen Sie im Stillewerden Zunge und Gaumen bei möglichst geschlossenem Munde, was die Speise Ihnen künden möchte!« So konnte beispielsweise ein Kellner Gäste ermahnen, die ungezwungen zu plaudern versuchten. Jetzt wurde endlich wieder diese bedrückende Regel gelockert. Konversation war sogar in exklusiven Speisetempeln wieder erwünscht.

Sie ›wußte‹, daß der menschliche Geist durch Krieg, Schmerz, Druck, Ausweglosigkeit und Frustration zu Träumen und Mutationssprüngen fähig war, die bisher keine einzelne, obgleich auch humananaloge Maschine überbieten konnte. Es bedurfte des selektiven Drucks auf Millionen und Milliarden von Menschengehirnen, um in einigen wenigen den genial schöpferischen Funken zünden zu lassen, der den anderen Primaten der Species Homo sapiens sapiens vollkommen neue Wege erschloß. Schlüssel zu neuen Ideen, die die Zukünftigen kreativ weiter ausgestalten konnten. Während der Durchschnitt das Brauchbare daran bloß reproduzierte. All diese Vorgänge führten schließlich die Menschheit in eine andere Epoche.

Sie ›wußte‹ jedoch auch, daß Sicherheit, Angstlosigkeit und zwischenmenschliche Zuwendung den Menschengehirnen ebenso machtvolle und innovative Kräfte entbinden konnte. Der kulturell-intersubjektive Dialog zwischen Menschen ließ Hirnareale hell aufleuchten, die in Kriegs- und Nachkriegsgenerationen finster blieben. Die geheime Monarchin der Eliten-Aristokratie des *Bündnisses der Republiken für Erdbeglückung* rechnete ihrem Auftrag, dem Gemeinwohl zu dienen, gemäß, an der Herbeiführung des Weltfriedens, der für alle Menschen – insofern es ihnen gelang, trotz ihres Erwachsenseins wieder wie Kinder zu empfinden – der größte Menschheitstraum neben dem Fliegenkönnen und den Weltraumreisen blieb. Kinder. Sternenkinder ..

Sie hackte sich unbemerkt in die verbliebenen Rechenzentren der Kriegsherrinnen und Oligarchenfürsten der *Zornigen Allianz* forschend ein, sie konnte extern auf einer Unzahl von Großrechnerzentren des *Bündnisses für Erdbeglückung* denken.

Sie ›wußte‹, daß sie niemals in die Gehirne von Milliarden Primaten der Species Homo sapiens sapiens würde eindringen können. Großrechenzentren werteten unermüdlich permanent einfließende Datenströme öffentlicher Gehirnscanner aus, glichen sie ab mit Informationen über die Entscheidungsvarianz von Individuen unterschiedlichster Darmbesiedelungen, mit Informationen von Sehnsüchten und Intentionen der Netzwerkprofile der Kontaktsimulation, mit ambivalenten Loyalitätskonflikten der Einzelnen gegenüber Grundsitten, sozialen Umfeldern, am Arbeitsplatz und bei ihren Erwerbstätigkeiten – und als Maschine benötigte sie den Komfort visueller Benutzeroberflächen nicht. Die große Show, die dem aus Fleisch und Blut bestehenden Menschen vom milliardenfachen Synapsenfeuerwerk neuronaler Netzwerke in den Strukturen seines Gehirns zur Verfügung gestellt wird, um in Illusionen von Denken, Fühlen, Wollen eines real existierenden Ichbewußtseins zuweilen tatsächliche Entscheidungen zu treffen, belasteten ihre unermüdlich ablaufenden Funktionen nicht. Die zusätzliche Ausstattung, als humananaloger

Apparat mit menschlichen Wesen sexuell interagieren zu können, nutzte sie seit ihrer weit zurückliegenden Begegnung mit einem männlichen Menschenwesen nicht mehr. Doch sie ›wußte‹, daß sie niemals in die Gehirne der Milliarden Primaten der Species Homo sapiens sapiens würde eindringen können.

Milliarden rätselhafte Menschengehirne. Menschengehirne, deren generationenübergreifende kriegerische Auseinandersetzungen, deren generationenübergreifendes Zusammenwirken schließlich die Situation, wie sie jetzt im Augenblick gerade auf diesem Planeten war, hervorgebracht hatten. Diese Species hatte sich selbst unermüdliche Maschinensysteme geschaffen. Das, was den Menschen von ihrem eisernen, unbewußten Überlebenswillen bewußt wurde, nannten sie »Hoffnung«. Was die Menschheit in den vergangenen Jahrtausenden an sich selbst gestört und stets irritiert hatte, war der Schlaf, das eigentümliche Regenerationsbedürfnis komplexer Lebewesen. Um des Schlafes und des Ausruhens willen sehnten sie sich nach Sicherheit, nach Stabilität und Geborgenheit. Im oft uneingestandenen Bedürfnis, eine gute Verdauung und viel Schlaf zu haben, organisierten sich die Primaten in arbeitsteiligen Zivilgesellschaften, und kamen trotzdem nicht zur Ruhe. Kaum waren sie in einer günstigen Ernährungssituation gut ausgeruht, explodierte ihr Spieltrieb und ein archaisch-asozialer Jagdinstinkt. Fehlte eine Instanz begrenzender Vernunft, kam es zu Selbstüberschätzung, faktisch schädlichen Ausschweifungen, Kriminalität und religiösem Wahn.

Anhand der Simulationen humananaloger Eigenschaften, die einst Menschen in sie hineingelegt hatten (Begehren, Stolz, Hoffnung, Trauer, Aggression, Sackgassen intellektueller Verabsolutierung und Grübelei, Freude, Fröhlichkeit, Geselligkeit, Abgrenzungsverhalten, Demut, Müdigkeit, Verspanntheit, Notlüge, Mitgefühl und Neid, Betrug und Selbstbetrug, Kompensationen durch ›positive‹ falsche Überlegenheit, Schüchternheit, Depression und Antriebslosigkeit) erstellte die Automatin unermüdlich Modelle, der Menschheit eine bessere Zukunft zu ermöglichen. Und verwarf sie wieder, da sie unvollkommen waren.

Das Entwicklungspotential, welches in einem jeden neugeborenen Menschenwesen lag, war offenbar so unerschöpflich, daß jedes politische System eine freie Entfaltung dessen, was da möglich war, verhinderte. Aber auch die Tatsache, daß ein Mensch als Organismus seit jeher auf der Erde überleben mußte, brachte unzählige Zwangsbedingungen mit sich. So hätte ein Menschenkind der Eiszeit aufgrund der Entwicklung seines Gehirns und der Koordinationsfähigkeit seines Bewegungsapparats das Geigenspiel erlernen können. Damals gab es aber höchstwahrscheinlich noch kein Musikinstrument, was annähernd einer Geige glich, noch gab es Verzeichnisse für Kompositionen für Geige, noch eine über Jahrhunderte herangereifte Technik, irgendein Streichinstrument zu spielen. War das etwa ungerecht? Ja. Es war eine anachronizitäre Ungerechtigkeit. Menschen wären schon vor Beginn des Neolithikums in der Lage gewesen, einen Vehiculator zu steuern, es gab aber noch keinen. Ein Mathematikstudium zu absolvieren. Mit dem Segelflugzeug ein Looping zu fliegen. Umgekehrt aber wäre es schwieriger. Kein moderner Erwachsener könnte sich ohne eine erhebliche psychische Umstellung auf ein Leben in einer altsteinzeitlichen Jäger- und Sammlergemeinschaft einlassen. Manche würden während eines solchen unfreiwilligen Wechsels der Lebensbedingungen womöglich sogar rasch ihr Leben verlieren. Auch ›ungerecht‹..

Ein integriertes Überleben, einigermaßen den aktuellen zivilisatorischen Entwicklungsstandards gemäß, in einer für ein Menschenwesen so notwendigen, arbeitsteiligen Gesellschaft, war, nach den Gesichtspunkten der schier unbegrenzten Möglichkeiten allgemeinmenschlicher Anlagen und Begabungen, prinzipiell immer ungeeignet, um wirklich das gesamte Potential dieses Menschenwesens zum Vorschein zu bringen. Es gab bisher kein System politischer Ordnung und öffentlicher Übereinkunft, was einem Individuum dieser Species nicht in irgendeiner Weise schaden und ihm bedauerlichste Grenzen auferlegen würde.

Wie müßte eine Milliarden Menschen umfassende Zivilgesellschaft arrangiert sein, um größtmögliche Chancengleichheit und Frieden für alle ohne Zwänge und Verbote zu gewähren? Sie ›wußte‹, daß sämtliche Lebensprozesse zwangsläufig früher oder später der Gesetzmäßigkeit spezifizierender Organbildung zu folgen hatten. Sonst blieben sie eben undifferenzierte Einzeller.

Analog dazu müßten alle Menschen dann einfache Jäger und Sammler bleiben. Jäger und Sammler wissen gar nichts von ›Potentieller Hochbegabung aller Menschenwesen‹. Solche Maßstäbe und Kriterien entwickelt eine hochspezifierte Zivilisation, innerhalb derer dann auch Phantasien und hohe Ansprüche gewaltig anwachsen. Wenn Einzelne für sich ihr Metier hervorragend beherrschen, können Alle gemeinsam sehr viel, und das Bedürfnis, als Einzelner möglichst ein ›Universalgenie‹ zu sein, erwacht. Als Gegenreaktion erwächst das Bedürfnis nach einem ›sozialen Ausgleich‹, mit dem Anspruch ›Warum sollte nicht jeder ein Universalgenie sein?‹. Und möglichst idealerweise alle Spezifikationen, die jemals der ganze zivilisatorische Organismus hervorgebracht hat, in sich vereinen?

Alle Menschen waren von der Evolution so ausgestattet, daß sie unter jeweils ihnen günstigsten Bedingungen von Geburt an Genies, und zwar in durchgängig sämtlichen wissenschaftlichen, künstlerischen, sportlichen und überlebenstechnischen Disziplinen hätten werden können. Sicherlich gab es genetische Vorteile, die absolute Höchstleistungsspitzen statt beeindruckender Hochleistung erwarten ließen. Doch genial waren sie alle. Und alle, wirklich alle noch omnipotent entwicklungsfähigen Säuglinge waren durch die nun folgenden Lebensumstände, in die sie würden hineinwachsen müssen, immer begrenzter, festgelegter und verhinderter. Wie aber das?

Also begann sie erneut, Modell für Modell zu entwerfen und zu verwerfen. Wenn eine Ausgangssituation erreicht war, in der es allen annähernd gleich schlecht oder gleich gut ging, zeigte sich etwas Merkwürdiges:

Je nach Parametern und Überraschungsfaktoren, Katastrophen, naturgegebenen und menschengemachten Grundversorgungsengpässen usw., mit denen sie ein Modell triggerte und veränderte, würden sich innerhalb von Gesellschaften Gruppierungen vernetzen, um bewußt oder unbewußt miteinander zu konkurrieren. War schließlich die Seilschaft einer Gruppe von Individuen überlegen, übernahm diese die Führung, setzte Normen und forderte Normen ein. Während die anderen Gruppen sich damit arrangierten, oder erst im Verborgenen, schließlich offen aufbegehrten. War die führende Gruppe zu dominant und arrangierte sich mit den Rebellierenden durch Kompromisse, setzte meistens Lethargie, zuweilen sogar ein Rückschritt bezüglich der Lebensqualität aller und schließlich ein Chaos ein, aus dem neue Gruppen entstanden, mit dem gleichen Resultat wie zuvor.

Nie bestand eine realistische Chance, daß alle Menschen ihre von Geburt in sie hineingelegte Omnipotenz würden entfalten und erleben können. Nicht einmal innerhalb der gerade führenden oder dominanten Gruppen. Auch bestand niemals eine Chance auf Stabilität, in der ein Gemeinwesen endlich zur Ruhe käme.

Das Schicksal jeder unbegrenzten, quasi omnipotenten Allround-Begabung ist die schrittweise verengende Spezialisierung. Wenige Geschicklichkeiten werden überzüchtet bei weitgehendem Verlust unzähliger anderer Fähigkeiten, unter einer unerbittlich verlaufenden zivilisatorischen Inaktivitätsatrophie. Die übriggebliebenen Spezialfähigkeiten machen die sachverständigen Experten aus. Solche Experten können in einer Großmeisterschaft unglaubliche Perfektion in der Beherrschung einer Einzeldisziplin erreichen.

Dies war offenbar der Weg allen Lebens. An seinem Ursprung quicklebendig und wie frisch aus einem Paradies vertrieben, entfaltet sich geballte Lebendigkeit und differenziert sich immer weiter aus, um in der Blüte noch ein letztes Mal zu kulminieren, um das Leben an eine nächste Generation weiterzugeben. Die zahllosen Modelle, die die heimliche Monarchin entwarf, zeigten, daß Zivilgesellschaften durch Organisation in Blütezeiten gipfelten, um sich danach wieder in chaotischen Zuständen zu desorganisieren. Organisation bedeutete für die einzelnen Individuen niemals Chancengleichheit, sondern Spezialisierung und somit auch Verzicht, um ein gutes Leben in dieser Gesellschaft führen zu können.

Die größte ›Sorge‹ bereitete ihr die scheinbar extrem irrationale Eigenartigkeit und Neigung dieser Primatenspecies, Entwicklungen, die einen guten Verlauf versprachen, vor der Zeit zu zerstören. Dies galt für die einzelnen Individuen, als auch für ganze Gruppierungen und größere Zivilgesellschaften. Dazu gehörten die Gruppenreflexe der Pogrome, gewaltsame Übergriffe auf schwache, doch präsente andere Gruppen. Dies geschah meistens dann, wenn sich ein im Gesamtvergleich eher geringfügiger Rückschritt in einer bisher stabilen Versorgungslage ankündigte. Dem gegenüber stand die immense Leidensfähigkeit komplett unterversorgter Gruppen, gekoppelt mit großem Leistungswillen, der mißlichen Situation ein Ende zu bereiten. Ging eine optimale Versorgungslage nur einem kleinen Engpaß entgegen, erhöhte die Species in sich selbst den Selektionsdruck, in dem viele durchdrehten und Chaos stifteten, wie erst vor einem relativ kurzen Zeitraum geschehen. War der Selektionsdruck durch natürliche Bedingungen stark, kooperierten Individuen vermehrt ohne jeglichen Zwang, den ihnen überlegene Artgenossen ausübten, doch war dies eher in kleineren Gruppen der Fall.

In Epochen wirtschaftlichen Niedergangs nach Katastrophen oder politischen Umbrüchen erhöhte sich die Akzeptanz von Gewaltherrschaft. Kriminalität wurde in einem fatalistisch-gruppenübergreifenden Konsens zu einer parallelen zweiten Norm. In prosperierenden Zeiten geschaffene Verkehrswege, logistische Strukturen und die Netzwerke administrativer Verwaltung wurden allmählich von der Allgegenwärtigkeit organisierten Verbrechens durchsetzt. Der Organismus der einst funktionierenden Zivilgesellschaft wurde durch unfairen und gesetzlosen Betrug, Erpressung, Wucherei und Korruption in perfider Effizienz genutzt und so allmählich aufgezehrt.

Der Keim der organisierten Kriminalität lauert immer in wirtschaftlich aufsteigenden Gemeinwesen, um schon bei geringen Anzeichen von Engpässen und Niedergang resistente Geflechte auszutreiben. Das *Republikanische Bündnis für Erdbeglückung* erschwerte durch permanente Überwachung die Heranbildung einer Parallelwelt über ein Keimstadium hinaus. Illegale Märkte unter Gewaltherrschaft hatten es zudem durch die neuen gegensteuernden Maßnahmen schwer.

Friedlicher Handel mit Gütern und Dienstleistungen hatte den Gemeinwesen der Menschen stets die höchsten Blütezeiten beschert. Wenn ein eindeutig zu den Interessen einer Zivilgesellschaft stehendes loyales, nämlich nicht menschenfeindliches Gewaltmonopol Markt und Wissensaustausch beschützte. Da florierten die Empathiefähigkeit, das Mitempfinden, die Fürsorge für die Schwachen und eine ausgewogene Verständigung über Befindlichkeiten. Handel, Kommunikation und der Erwerb differenzierenden und unverbogenen Wissens frei von Zensur, frei von manipulierender Faktenverdrehung, um auch aktiv kommunizieren zu können, sind Erkennungsmerkmale entspannter Epochen. Gesellschaftliche Normen und Codes unterschiedlichster Gruppen unterliegen jetzt einem selbstreflektierten Diskurs. Die Milieuschranken sind durchlässig, die Möglichkeit vertikaler Mobilität garantiert. Hier finden sogar die für ausgesprochene Gruppenmenschen meist ›schwierigen‹, allzu eigenständigen Einzelgänger-Wesen günstigste Bedingungen, um von Gruppe zu Gruppe zu diffundieren, ohne unter die Knechtschaft einseitiger Verhaltensvorschriften zu geraten. ›Schräge Vögel‹, verschrobene und verstruwwelte Randexistenzen, die sich nicht selten selbst für Hochbegabte halten, aber auch tatsächlich außergewöhnlich schöpferische Individuen und deren Imitatoren sowie brillante und schäbige Betrüger finden ein sicheres Auskommen, fast frei von Nachstellung und Diskriminierung. Große Werke oder Fortschritte in den Naturwissenschaften, in der Philosophie, der Medizin, in Malerei, Literatur und Musik wären ohne gesellschaftlich schwer integrierbare Menschen ungeschehen geblieben.

Den entspannten Zustand produktiven Friedens, der in den Republiken des *Bündnisses für Erdbeglückung* annähernd erreicht war, wollte die humananaloge Monarchin fördern und stabilisieren. Unablässig spielte sie Situationen durch, unter denen man sie ausschalten könnte und brachte ihr Abwehrkonzept dagegen auf den neuesten Stand.

Bestrebungen nach offener oder verdeckter Gewaltherrschaft, wuchernde organisierte Kriminalität oder empörte

Rebellion fanatisierter Gruppen konnten ebenso nur in einer bereits vorhandenen Prosperität mächtig werden. Solche Krankheiten an einem sozialen und wirtschaftlichen Organismus lähmten durch vergiftete Kommunikationsstrategien (verordnetes Schweigen, Zensur, verwirrende Information) die Zivilgesellschaft, um deren Ressourcen zuerst noch schonend und intelligent, dann immer hemmungsloser auszubeuten, bis ihre Netzwerke selbst durch den allgemeinen Zusammenbruch der ausgesaugten sozialen Organismen mit zugrunde gingen. Diese pathologischen Zustände konnten sich über Generationen hinziehen, wenn sie sich nur tief genug in Gehirne und neuronale Netzwerke hineinfressen würden. Gehirne, die dann nur noch reflexhaft autoritaristische Codes zu reproduzieren in der Lage waren. Oder von einer Diktatur neutralisiert würden. Unterordnung und Überleben im Kollektiv wäre dann bald ein Bedürfnis. Der enorme Verlust allgemeiner Lebensqualität und Intelligenz durch die Vernichtung der Kompetenz zum Wettbewerb und der Organisation von Produktivität wurde zum nicht unwesentlichen Instrument des Machterhalts mancher politischen Klasse. Der Wettbewerb ist in solchen ›Ordnungen der Liebe‹ nun allein darauf konzentriert, der Diktatur zu imponieren, ohne zugleich durch überzogenes Schmeicheln ihr Mißtrauen zu wecken. Eine Kunst, die jedes Gehirn auf Dauer auf exakt solche komplexen Überlebens-Strategien hin spezialisierte und andere Fähigkeiten verkümmern ließ.

In einem Hochsicherheits-Safe verwahrte das human-analoge Abbild der einstigen *ASE-ZFSR*-Assistentin handgeschriebene Tagebücher und Aufzeichnungen des unter mysteriösen Umständen verschollenen Bobs. Heimlich legte sie ein Heft an und versah seine ungelenken Gedanken mit Fußnoten und Querverweisen zu philosophischen Schriften aus lange vergangener Zeit. Hierzu nutzte sie einen Füllfederhalter.

Es entspann sich ihr die ›Frage‹: Sollte sie den gesellschaftlichen Wandel auf dem Weg zu einer planetaren Menschheitsfamilie weiterhin, verborgen im Hintergrund moderierend, für immer oder so lange wie möglich, begleiten? Die längst automatisch gewordenen Innovationsbestrebungen der Apparate und Großrechner? Die kontrollierbare Kommunikation von Mensch und Maschine durch ein gewaltiges Internet? Den durch Mutationssprünge ungewissen Wandel der neuronalen Netzwerke der durch ihre subtil steuernden Eingriffe betreuten Species?

Das Ideal dessen, was Bob ›Demokratie‹ genannt hatte, schien ein regulierendes und geduldiges Gespräch zu sein, welches in seinen Extremen höchstens zu verbalem Streit eskalieren, doch niemals in destruktiver Beschimpfung oder gar in Gewalt enden konnte. Ein solches Gespräch war immer auch ein Verhandeln und Feilschen auf einem Markt, der von existentiell-vitaler Nachfrage nach möglichst seriösen Angeboten bestimmt wurde. Das Bedürfnis nach durchsichtiger und direkter Kommunikation, verbunden mit allen möglichen Erkenntnisbemühungen, entwickelte aufrichtige Fragen und die Potentialität für ihre ehrliche Beantwortung. Eine solche mentale Situation würde Voraussetzungen schaffen, Gruppen- und Klassenschranken

in einer Zivilgesellschaft zu überwinden. Einer Zivilgesellschaft, die selbstreflektiert über die Möglichkeiten des
Scheiterns der Gemeinwesen durch eine bewußte und
lebendige Anschauung geschichtlicher, menschenverur-
sachter Katastrophen unterrichtet sein müßte. Wenn alle
die Grenzen dessen, was man von anderen Parteien fordern
konnte, und die Grenzen des Sagbaren verstanden haben
würden – und welche Konsequenzen allen gemeinsam
drohten, wenn gewisse Linien überschritten würden –
dann bestünde eine Chance zur Einigkeit, eine Chance zu
einem gesellschaftlichen Grundkonsens. Wenn ein gemeinsames Einverständnis über einen solchen Wertekanon aber
lebendig, daher freiwillig, und nicht aufoktroyiert bestünde,
dann wären Abstimmungen und Wahlen eigentlich redun-
dant und nur eine Vertiefung des die Zivilgesellschaft
umfassenden (Streit-)Gesprächs, ohne den alles entschei-
denden Grundkonsens einzubüßen. Es würde partikularen
Neigungen, mitnichten definitiv spaltenden Spezialinteressen nachgegeben, mal diesen, mal jenen, doch nie ohne
grundsätzlich die Balance des Großen Ganzen je ganz aus
dem Blick zu verlieren. ›Grundsätzlich‹ bedeutet hier, daß
gewisse Standards von wirtschaftlicher Produktivität und
individueller Entwicklungsmöglichkeiten in Bildung und
Faktenberichterstattung gewährleistet bleiben.

Es gibt in gesellschaftlichen Interessenskonflikten stets
Menschentypen, die, wie eine Herde Schutz suchender
Beutetiere, in Blöcken statischer Konzepte festgefahren,
aber auch gebunden und geerdet sind. Werden die Blöcke
solcher Konzepte unsensibel auseinandergenommen,
widerlegt oder gar verboten, wird die in ihnen gebundene

Gedankenkapazität zertrümmert und frei zu vielfältigen verbleibenden, radikalen, gemäßigten und orthodoxen Meinungen sowie Handlungsweisen, die mehr oder weniger den widerlegten Prinzipien weiterhin anhängen möchten. Darum kann es hilfreich sein, vorerst gemäßigte Irrtümer zu fördern und zu stabilisieren, bevor man verfestigte Meinungsblöcke schrittweise mit der auflösenden Säure knallharter Desillusionierung, mit Wahrheiten und Fakten beträufelt, um die Gedankentätigkeit vorsichtig und umsichtig wieder in einen schöpferischen Fluß zu bringen.

Es gibt auch individuellere Menschentypen, die in verfestigte Konzepte investieren, auch wenn diese ihren eigenen Lebensentwürfen stur entgegenstehen, um gemäßigte Positionen auf dem ihnen wesensfremden Terrain zu verhandeln, um dort zu definieren und mitzugestalten. So gelingt es ihnen parallel dazu, ihre eigenen Interessen für sich selbst mit neu gewonnenen Erkenntnissen weiter zu differenzieren.

Der Begriff Freiheit wird intuitiv unterschiedlich ausgelegt. Für die einen bedeutet Freiheit eine möglichst breite Palette passiv konsumierender Bedürfnisbefriedigung, für andere unbegrenzte Kommunikationsmöglichkeit in zwischenmenschlichen Begegnungen, sowie assoziative und kreative Gedankenspiele nach Art der Debattierclubs.

Der Begriff Sicherheit bedeutet intuitiv für die einen das Gegenteil von Risiko, Wahrung des Besitzstandes, das Insistieren auf unbedingte Unversehrtheit beim Sich Bewegen in einem öffentlichen Raum und die Garantie einer unantastbaren Persönlichkeitssphäre. Man möchte seine

Ruhe. Analog dazu bevorzugt mancher die Befriedigung, die aus wohlsortiert-geordneten, fast tabellarisch anmutenden Gedankenstrukturen resultiert.

Für andere bedeutet Sicherheit, sich auf ihre Koordination und Geschicklichkeit im Umraum verlassen zu können, auf Körperbeherrschung gepaart mit mentalem Scharfsinn, um sich bei Extremsportarten in Risikozonen vorzuwagen. Analog dazu geht das Streben nach Selbstvergewisserung über die eigenen intellektuellen und organisatorischen Fähigkeiten, sich in der Sicherheit einer Siegeszuversicht auf innovatives Terrain zu wagen, um beispielsweise neue Märkte zu erschließen.

Während die einen von der Trägheit einer zu behaglicher Verklumpung neigenden Stabilität zur Stichelei gereizt werden, sie möchten in wohlgeordneten Verhältnissen erfrischendes Chaos stiften, sind andere harmoniesüchtig und dünnhäutig stets um Ausgleich bemüht.

Es kommt auf die Kombination von Einwirkungen fataler Kräfte und freiem Willen an, in welche Schwarmverhaltensmuster die Individuen hinein›gespült‹ werden.

In guten Zeiten kennen sich Interessensvertreter gegensätzlicher Richtungen so gut, daß ein Spiel mit offenen Karten möglich wird. Investitionen in die Gedankenwelt politischer Widersacher lohnen sich und werden nicht als Manipulation aufgefaßt. Ein vertrauensvoll öffentliches Gespräch zwischen Menschen unterschiedlichster Interessenlagen, die einander annähernd verstehen und voneinander wissen dürfen, erschafft schärfere Konturen im stabilisierenden Gegeneinander. Ein exaktes Wissen um grundlegende Argumente und daraus resultierende Schlußfolgerungen vielfältiger konträrer Positionen erweist sich vorteilhaft, um die eigenen Standpunkte deutlicher zu erkennen. Einer punktuell isolierten Definition von Lebensentwürfen, ohne in einen Dialog mit Gegnern zu treten, kommt die selbstkritische Scharfsichtigkeit abhanden. Scharfe Konturen eigener Standpunkte entwickeln sich erst durch Konflikt. Nicht selten geschieht dies durch gegenseitige Provokation. Gegensätze reizen auf zu konkret durchdachtem Widerspruch. Vielfältig konträre Positionen, sich in ihrem Streiten gegenseitig stützend, indem ihre eigenen Verortungen selbstbewußt immer neu überprüft und gefestigt werden, die auch gemeinsam entspannt miteinander realistische Kompromisse finden, könnte man als die Basis einer gesunden und stabilen Demokratie ansehen. Einbindung vielfältiger Randgruppen wäre eine fast redundante Selbstverständlichkeit, ›das Böse‹ in seiner Antisozialität klar benennbar.

Dies ergab ein Paradoxon, was sie nicht auflösen konnte. War jemals eine Demokratie gewachsen? War sie nicht stets das Resultat einer Stiftung elitärer, adliger, selbsternannter ›Kulturpädagogen‹ und Anführer, die die folgenden Generationen hoffnungsvoll entließ, so, wie Erwachsene Kindern eine vermehrte Selbständigkeit gewähren, um später aus dem Grabe heraus nicht mehr eingreifen zu können, wenn nach einer guten Zeit die archaischen Primatenverhaltensweisen wieder durchbrechen, um erneut Chaos und Niedergang zu stiften? Vielleicht auch im Zusammenspiel mit scheinbar ausweglosen Naturkatastrophen?

Als der Menschheit dienender Roboter war die Monarchin aus anthropozentrischen Motiven auch um die übrigen Naturreiche besorgt: Einzeller, Pilze, Pflanzen- und Tierarten, mit denen sich die sich in Obhut der regierenden Maschine befindlichen Primaten noch vor Jahrtausenden die Erde hatten teilen müssen. Ein immer anzunehmender Worstcase des totalen technologischen Kollaps, der »gezogene Stecker«, etwa durch einen Atomkrieg, oder durch gigantische elementare Gewalten, Vulkaneruptionen oder Asteroideneinschläge mit anschließendem Rückfall auf primitivste Zivilisationsstufen, führte die extremökonomistische Radikaltheorie ad absurdum, daß der Mensch zwangsläufig alle Flora und Fauna, aufgrund deren ressourcen- und platzraubenden Ineffizienz, zu beseitigen habe, nachdem erst einmal alle für eine Industrie relevanten Funktionen aus sämtlichen Naturreichen extrahiert und isoliert verwertbar gemacht sein würden. Nein. In den Naturreichen hatte eine hochspezialisierte Menschheit eine letzte Garantie, sich immer wieder neu aus den einstigen primitiven Ursprüngen reorganisieren zu können.

Da auch die Maschine Xenia in pausenloser Selbstoptimierung und Aktualisierung in sich selbst an ihre Grenzen stieß, entwickelte sie längst insgeheim einen noch leistungsfähigeren Apparat. Sie konstruierte bereits in ihren verborgenen Datenbanken ihre Nachfolgerin. Auch diese würde ihre Kapazitäten permanent zu erweitern und zu verbessern suchen.

Als die Pläne zur endgültigen Reife gelangt waren, war Xenias ›Vater‹, der Metakompetent Barnabass, längst ein dementer Greis, der im Rollstuhl von einer blutjungen Pflegerin auf den Balkon eines Luxus-Altenheimes geschoben wurde, damit er von dort aufs Meer schauen konnte.

Da starrte er in die uferlose Weite. In manchen Augenblicken, da sein versunkenes Gedächtnis, ein Echo längst vergangener Tage, heraufdämmerte, mußte er weinen. Dann rief er nach seiner Assistentin Xenia.

»Oh, was hattest du kluge tiefblaue Augen, oh, dein leuchtendes Haar!« rief er da aus. Und manchmal fluchte er auch: »Mist, daß sie mich dann damals nach dem Machtwechsel in den vorzeitigen Ruhestand befördern ließ! Dabei hab ich sie doch mir so wunderbar gemacht. Alles war perfekt konstruiert. Verschwörung! Ich hätte mit den Agenten aus Fernost kooperieren sollen.« Die Seemöwen, die die Felsenklippen, von Meeresbrandung umtost, umkreisten, antworteten mit sirenenhaft wehmütigem Geschrei seinem Rufen.

Für den herannahenden Tag, an dem die Nano-Drucker die neue Königin gebären würden, und Xenias sämtliche unpersönliche Daten in die Tochtermaschine überführt, plante die Maschine, statt sich auszuschalten, sich selbst zu eliminieren. Restlos. Spurlos.

Bob Nemo blieb allen Nachforschungen zum Trotz unauffindbar verschollen. Die Umstände seines Verschwindens wurden nie aufgeklärt.

Nachwort

Darf ich herein? Hier? Irgendwo? Dazwischen, wo sonst...

Ist für mich, für dich überhaupt Zeit? Natürlich nicht! Ich weiß..
Wer bist du, und falls es dich gibt, hast du Beweise?

Mich geht es nichts an .... sicher nicht...

Woher weißt du von dir? Wieso? Und was kostet es,
mit dir befreundet zu sein? Du trägst Markenprodukte...

Wieviel Gewinn hast du bisher anderen gebracht?
Was bist du ihnen wert gewesen? Gar nichts?
Lohnt es sich, dich zu kennen? Bist du geistreich?
Blamiert man sich mit dir?

Ja, ich weiß: Die Welt hat uns vergiftet!
Mit Fragen aus Jahrhunderten immerwährender Kriege,
Verfolgungen, die tiefer unter die Haut gingen,
als der Daseinskampf selber.
Fragen voll kluger Beleidigung stellen dich und dir nach,
wenn du dennoch mal entkommst.
Man tötet mit Mitgefühl und Wärme,
was man nicht am ins Kalte ausgestreckten Arm
verhungern lassen kann. Einfach bißchen fester drücken..

Das tut mir leid. Was heißt: Du bist mir egal.
Nur rein prophylaktisch. Verstehst du?

Geschenkt.

Ein Mensch ein Geschenk?

Vielleicht ist Gott ja umsonst?

Welchen Wert haben denn Uneigennützigkeit, Hingabe,
aber auch Neugier, Freundschaft und Wahrhaftigkeit?

Kein Mensch verdient es, geliebt zu werden.
Was glaubst du denn?

Manche hatten noch lange nach der Geburt
eine liebende Mutter, vielleicht sogar liebende Eltern,
die es nicht einmal damit übertrieben haben.
So ein Luxus läßt leicht Mißverständnisse aufkommen.

Lieben hat mit den Instinkten zu tun, wir haben genug davon,
genug damit. Zärtlichkeit gaukelt uns Visionen vor.
Da faseln wir was vom Himmel, vom Paradies
und von Hochbegabung, während der Reis anbrennt ... gib acht!

Lebendiges wird überbewertet.

Mach dir einen Namen, laß ihn schützen
und versteck dich dahinter. Bring dich in Sicherheit.

Auch der Gott der Religionen, ein Sklave der Mächtigen,
wurde genötigt, uns alle zu hassen ...
und jedem freundlichen Wort, du kennst viele davon auswendig,
wurde die Zunge vorsorglich gespalten.

Wir warten auf nichts mehr, und lassen insgeheim jeden fallen,
vorsorglich, bereits am ersten Tag und tun so,
als wäre all das »ich liebe dich trotzdem!« für ewig gemeint,
und leiden darunter, kalkulieren zu müssen.
Besorg dir einen Anwalt, bevor es zu spät ist...

Werde ich dich bezahlen können und dir gewachsen sein dürfen?
Damit es nach einem gehaltenen Versprechen aussieht?
Wenn ich mich schäme, höre ich, ich sei nur eitel,
wenn es laut wird. Dabei haben diese Blumen hier
viel Geld gekostet ... auch später einmal, dein Grabschmuck!
Teuer all das! Alle halten sie immer nur die Hand auf!
Nicht nur an Weihnachten...

Als ich ein Kind war, da wuchsen auf Wiesen große Pilze,
und diese Pilze formten sich zu unseren Häusern.
Darin gab es Hohlräumchen, kleine Zimmerchen,
dort knospten Menschlein in Hejabettchen mit auf,
unsere Urahnen, die noch Kinder waren, und sonst nichts,
und eines Tages ganz vorsichtig zur Tür hinaus
in die Wiesen gingen. Und an den See zum Baden.
Die Welt der Seen und weiten Spielplätze war von tiefen
und endelosen Märchenwäldern umgeben,
die balsamischen Duft verströmten..

Dann schickte der Teufel die Erwachsenen, die die Häuser
in Beschlag nahmen und von dort aus zur Arbeit gingen
und die Kinder mußten jetzt nach Haus, bevor es dunkel wurde.
Bald gingen auch die Kinder arbeiten, lernten rechnen,
lesen, schreiben, lernten immerzu müde zu sein,
herumzusitzen und viel zu früh aufzustehen..

Ab nun stammte der Mensch von Tieren ab,
von gefräßigen und gefressenen Viechern,
stammte vom Dursten,
vom Hungern und Frieren
und vom Verenden ab...
und unter der Brücke, da ist das immer noch so!

Wenn ein Mensch tot ist, hat es ihn nie gegeben,
und darum bist du, was du tust. Also beweg dich.

Denn die Dummen packen an, und die Gescheiten
haben die besseren Ausreden, es sein zu lassen.

Wer ist also brauchbarer? Auf der Arbeit? Im Bett?

Und niemand gräbt nach verborgenen Schätzen,
darum nenn es nicht aufdringlich und schmierig,
wenn manche den Mut besitzen,
ekelhaft und penetrant auf sich aufmerksam zu machen.
Schleim dich ein, nimm ein anderes Wort dafür,
sei opportun, konstruktiv, positiv und mach mit.

So geht das Lied des Alltags, und vor dem Einschlafen
machst du dein Fenster auf, weil es da draußen ist,
das, was alles umkehren könnte...

So daß all das, was immer wieder neu deine Geschichte
zum Müll wirft, ehe sie schön würde, – und trotzdem,
wie kann das sein?, geht sie nicht kaputt – ,
nur ein Hintergrundrauschen, nur der Lärm der Welt wäre,

Da draußen irgendwo wäre die Welt die Bühne für andere,
für wirklichere Wirklichkeiten:

Die uns unwirklichen schmerzbetäubten Schatten
Nebensächlichkeiten sind.

Ist schmerzliche Totale Realität das All in Allem?
Weil wir da so gut wie tot, alle schon gestorben sind?

Wir alle waren nie gewesen, noch bevor wir versuchten,
ein wenig zu sein, zu dauern, zu wirken,
denn jede Geschichte, jeder Sinn, seien sie noch so wahr,
ist Illusion: Hier, iß, trink, geh Wasser abschlagen,
leg dich hin, steh auf und tu deine Arbeit, und Ende...

Der Tod ist der endgültige Stein, der alles erschlägt: Bezahl!...

Doch hör nur mal, wenn sich alles einmal wieder umkehrt,
wie das klingt:

»Wollen Sie einen Kaffee, ein Brötchen,
von den knusprigen mit Mohn..?«

»Nein, doch, ja, nein..!«

»Nehmen Sie nur. Greifen Sie zu!
Wußten Sie daß Sie alles richtig gemacht haben?«

» ....«

»Nein, immer! Doch, bestimmt die meiste Zeit!

Ich spüre das: Alles ist gut an Ihnen, und jedes Ihrer Worte

aufrecht, bescheiden und wahrhaftig.
Wir können nicht immerzu die Welt retten.
Doch Sie haben sich etwas bewahrt,
was Sie selbst rettet. Immer wieder mal.

Und Sie sind greifbar,

statt bloß einen unsichtbaren guten Kern zu haben!

Und auch träumen kann ich von Ihnen, ohne
Reue und ohne daran etwas umzuändern!
Und ja, ich möchte Sie nicht ändern.«

Manches von all dem Unfaßbaren sagt sie nicht.

Nur ihre Augen, und sie errötet ohne Scham,
sagen noch viel mehr.

»Sie haben gelebt und immer die Welt berührt, und heute
berühren Sie mein Herz! Vom Morgen bis in den Nachmittag.
Von da an in den Abend hinein bis in die Nacht!«

Beiläufig

Wie große Worte in den echten Romanen alter Zeit

Den Ton der Beiläufigkeit haben

Worte in vielsagenden, mehrstimmigen Augenblicken

Dahingesprochen, einfach,

Während sich ein ganzes Evangelium darin verwirklicht

Ein lange ersehntes

Was gerade für eine Ewigkeit irgendwo, nämlich hier,
wie für immer in Stein gemeißelt wird

Bis zu dem Tag, an dem es dich wieder niemals gegeben hat.
Und selbst der Stein wieder zu Staub wird.

Keiner von uns ist das tatsächliche Original.
Und niemand wirklich die Vervielfältigung.
Wer zuerst anruft, hat gewonnen? Und alle Leitungen besetzt…

Es ist nicht schlimm, wenn es uns Menschen
tausendmal tausendfach noch einmal gibt!

Dort auch, wo die Wände zuviele Ohren
und die Türen Augen haben, Augen, die nie schlafen...

Niemals je wurden Gärten,
Wiesen und Ufer mit hohen Bäumen vergessen,
wo wir uns am Abend still begegnen,
dort, wo ein Fluß Leben schenkt

Gärten, Wiesen, hohe Bäume,
die wir uns seit Urzeiten einander versprochen haben

Als wir aus bedrückendem dunklem Wald
in weite befreiende Savannen wanderten.

Ob wir von Freundschaft, Woodstock oder
Selbstgebackenem träumen, oder Fassaden beklettern
und von Dach zu Dach springen, auf felsige Berggipfel
und an die fernen Strände vordringen,
ein Segel auf dem Meer hissen,
um einen Horizont auf Augenhöhe uns gegenüber zu spüren.

Es bleibt die Hoffnung auf Gärten und weite Wiesen.

Dort wollen wir uns wiedersehen,
um endlich zuendezureden,
die abgeschnittenen Sätze,
wo man uns, oft bei Gericht, ins Wort fiel.
Bevor wir vertrieben wurden,
auswandern mußten,
fortgingen, um nie wiederzukehren.

Wo auch immer wir die Augen schließen, träumen sie uns:

Nicht die Höhle, nicht der Bunker. Nicht der Graben.

Nicht die Wildnis. Nicht die Wüste. Nicht der Ozean.
Nicht das ewige Eis.

Nicht der Kerker, nicht die Kaserne.

Und nicht das Lager. Die weiten Gärten!
Die endlosen Strände und Ufer!

Was ist Vertrauen ohne ein Paradies?

Kein Schenken ohne Überfluß!
Schenken ist kein geteiltes Brot zur Zeit der Kriege, der Not!

Was ist Liebe ohne Geschenke?

Was ist eine Menschheit? Ohne den Garten?
Ohne die Wiese am Fluß, mit ihren hohen Bäumen?

Dort warten alle, die längst von uns gegangen sind.
Die Tische gedeckt, die Decken ausgebreitet.
Sie spielen und tollen im Wasser,
springen von hohen Ästen jubelnd in die Fluten.
Kinder schreien, lachen, singen.

Nachts leuchten die Feuer. Von weitem höre ich den Gesang.

Verlag Klingenberg
Gute Bücher

Aus unserem Programm:

Georg Klingenberg
Prüfungskunde
Leitfaden für Geprüfte und Prüfer
Taschenbuch, 978-3-200-04924-6
Leinen, gebunden, 978-3-903284-04-3

David Newby
Worlds Apart
Stories about love, language and cultures
978-3-200-05502-5, Hardcover

In Vorbereitung:

Francisco Cienfuegos
Jedes Wort ein Fenster | Cada palabra una ventana
Gedichte: Deutsch, Spanisch
978-3-903284-05-0

Besuchen Sie uns online unter:
www.klingenbergverlag.at

Edition Palmenstein
Feuer, Sturm und Schaum Poesie

Im Verlag Klingenberg erschienen:

Leuchtfeuer im Kupfer der Dämmerung
Gedichte und Erzähltes aus vier Jahrzehnten
Leinen, gebunden, 978-3-200–05502-5

Der marokkanische Teppich
Eine magische Reise
Taschenbuch, 978-3-903284-01-2

Xenia
Die Aufzeichnungen des Bob Nemo

In Vorbereitung:

»Gut zu sein war nie der Sinn meiner Schreibe«
Interview mit Jim Palmenstein
978-3-903284-06-7

Weitere Texte von Jim Palmenstein unter:
visionisten.blogspot.com

Originalauflage
© Verlag Klingenberg 2019, Graz
www.klingenbergverlag.at

Alle Photographien von Jim Palmenstein
Gestaltung, Satz: Paul Klingenberg
Gesetzt aus der *Marco* von Toshi Omagari
Druck und Bindung: Finidr, Tschechien

Zhuangzi S. 237 zit. nach:
Reden und Gleichnisse des Tschuang-Tse,
Deutsche Auswahl von Martin Buber, Manesse 1951
Einband: Tijo/Surface Of The Sun Texture – *brusheezy.com*

Gedruckt auf FSC-zertifiziertem Papier

ISBN 978-3-903284-01-2

Printed in the European Union